Georg Petz
Die unstillbare Wut

Georg Petz

Die unstillbare Wut

Roman

Leykam

60

Über den Brechern liegt ein aussichtsloser Horizont.
In Ufernähe fischt man die toten Vögel aus der Brandung, wo sie an Land steigt, im Anschlag der Wogen. Sturmvögel, Albatrosse, Möwen … ein ausgerupftes Nest pazifischer Haubentaucher als Abraum des Ozeans.
Der Blick darauf ist verstellt von den Dächern der Hafengebäude und dem Mastendickicht der Jachten an der Mole, die Flaggen eingeholt, die Segel um die Masten geschlungen vor dem Sturm … von den Schultern, den Armen, den Bewegungen der Hafenarbeiter, der Molenwäscher, die das tote Getier aus dem Wasser holen.
Als lebloses Treibgut fischt man es aus den Wellen.
Einer streicht kurz die Flügel der bis unter ihr Gefieder nassen Seevögel zur Seite: Die Daunen sind unversehrt, ebenso die Gliedmaßen. Kein Knochen im Leib gebrochen, nur aus den Schnäbeln rinnt das Wasser, als hätte es das Meer, das unerschöpfliche Element, immer noch in sich.
Ertrunken, sagt ein anderer und setzt seine Unterschrift unter den Bericht. Die Männer von der Küstenwache sind längst schon gegangen, kopfschüttelnd und lachend zugleich, sind in die hinteren Regionen der Marina abgetaucht, in den Hafenbezirk. Das ist ein eigenes überseeisches Riff für sich.
Der Sand auf der Mole und die breiten Steine der Kaibepflasterung tragen dunkle Flecken. Sie saugen die Feuchtigkeit aus den Federn gierig in sich auf.

Ertrunken, sagt der andere, immer noch unsichtbar, und schiebt den Flügel der Möwe, die Schwinge des Haubentauchers in seiner Hand wieder zurück.

Man beobachte das bisweilen: dass die Vögel umso tiefer fliegen, je stärker der Luftdruck falle. Dass auch auf ihnen das Gewicht der Schwüle laste, vor dem Losschlagen der Unwetter, und dass sie an Land gingen, wenn die ersten Blitze die Wolkenbänke draußen über dem Abgrund aufleuchten ließen, zu hunderten aneinandergereiht und im Schwarm versammelt zwischen den Fendern und Doppelpollern am Kai.

Für gewöhnlich kreisen sie noch eine Zeit lang über der See, knapp über der Meeresoberfläche, bevor sie mit den ersten groben Windstößen in den Hafen kämen. Doch diesmal müsse die Zyklogenese zu rasch vor sich gegangen sein, die Spannung der Atmosphäre nicht länger zu halten, und gemeinsam mit dem Absturz der Barometer, den man an der Marina auf jeder Jacht und an jedem Bootsschuppen gemessen habe, müssten auch die Tiere plötzlich unter die Wasserlinie geraten sein und sammeln sich nun als ein schwankender weißer Teppich an der Hafenmauer und entlang der Landungsstege und Piers: eine Meerschaumgeburt, unter dem Gekreische und Gezeter der an Land zurückgebliebenen Artgenossen.

Ich kann sie immer noch nicht sehen, aber ich kann den Sturm spüren und seine Kälte, die mir ins Gesicht steigt: Das ist noch das Eis der kalten Meeresströmung – die Ahnung des Ozeans von seinen beiden Polen und der Geruch nach den jahrtausendealten Walstraßen hinauf bis an die Barentssee. Nach den Seetangwäldern des Schelfs und wieder, immer wieder, nach den durchnässten Daunen des ertrunkenen Federviehs.

Man beeilt sich mit dem Ausfischen der Marina: Es heißt, der windzerzauste Teppich bringe gemeinsam mit dem Sturm auch die großen Raubtiere aus der Tiefsee in die Bucht. Man erörtere in den nobleren Clubs bereits die Jagdrouten auf Haie und auf Rochen, eine willkommene Abwechslung im Wasser vor der Stadt.

Ich gehe mit dem Wind, fort von der Küste.

Den Cervantes Boulevard entlang in die Bay Street, vorbei an Gough Street und Franklin Street und weiter, die Einhunderteiner hinunter, bis sie im Kreisverkehr an der Ecke Erie Street und Van Ness Avenue zum Highway aufsteigt, und von dort aus weiter in Richtung Double Rock und Candlestick Point.

Der Blick geht jetzt freier über die Bucht. Über die Küste und die vorgelagerten Felseninseln.

Dann, dem Straßenverlauf der Einhunderteiner folgend, weiter in Richtung Palo Alto und San José und schließlich, an den Ausläufern der Stadt vorbei, am Ende der Bucht, hinauf in die Coast Ranges. In die Hügel.

In die Höhe.

Ganz nahe an die aufgeladene, an die wetterleuchtende und stürmende Atmosphäre heran, und weiter, und irgendwann tritt plötzlich der luftleere Raum dahinter, und Beatrices Berührung, ebenso plötzlich in meinem Rücken, als die äußerste Umfassung gewissermaßen, als der sechste Ring des Planeten.

Es ist ein sonderbarer Ort, sage ich: die Bay Area.

Der Westen ist die Himmelsrichtung des Sterbens und des Weltendes, seit Alters her, und die Stadt, die Nekropole, lebe beständig mit der Aussicht darauf, auf den Untergang der Sonne.

Alles hier, jeder Distrikt, jede Stadt und jede kleine Ansiedlung zwischen Point Reyes und der Half Moon Bay kenne keine andere Perspektive als die auf den Tod. Und als folge alles Inventar der Stadt, alles Ding und Leben darin jenem literarischen Topos, jener Metaphorik vom kosmischen Untergang des Gestirns in einem stillen Ozean, trieben nun die Seevögel in dichten Teppichen an die Strände, wie zur Baumwollschwemme über die Wogen ausgelegt. Welche Hoffnung könnte den Bewohnern einer solchen Stadt noch bleiben?

Sie könnten sie aufgeben, meint Beatrice.

Sie könnten umkehren und sich auf den Weg des Regresses zurück ins Gebirge machen. Von dort aus gehe der Blick weiter als von unten an der Küste.

Ich solle endlich aufhören zu lesen, sagt sie dann, und den Atlas schließen, und ich verlasse San Francisco und das Ende der Welt und drehe mich zu ihr herum, wo sie, sonderbar hoch in meinem Rücken aufgebaut, hinter mir steht.

Sie lächelt mir zu.

Es ist ihr wundersames Lächeln, Beatrice.

59

Bis ins Erdreich drückt die Hitze des Unwetters. Ich kann sie hören: ein Knarren im Gebälk, ein Ächzen im Betonskelett des Hauses, das über alle Stockwerke und Etagen läuft bis in die Keller hinab, bis an die Grundfesten.
Auf dem Bildschirm flackert dasselbe Gewitter, dasselbe bläuliche Elmsfeuer des Zyklons.
Meine Mutter hat mich verlassen, als ich gerade in San Francisco war, sage ich zu Beatrice. Auf Weltreise. Der Trennungsschmerz sei deshalb nicht so schlimm gewesen. Ein Abschied ohne Worte. Kein wirklicher Bruch. Ich sei noch nicht einmal überrascht darüber gewesen, wie wenig es mir anzuhaben vermochte, und Beatrice lächelt plötzlich und ich weiß nicht warum.
Das Bild auf dem Schirm flackert ein wenig, aber es ist nur eine Lücke in der Übertragung, mehr nicht, das Signal reißt ab, ein Ameisenschwarm, der für Kurzes den Platz der Welt besetzt hält, dann kehrt die Welt wieder in ihrer gewohnten Gestalt zurück.
Es ist jedes Mal dasselbe, meine ich, ohne jegliche Veränderung: Zimmer 142 rührt das Essen nicht an. Verschwindet stattdessen kurz im Bad, für fünf Minuten nur, vier Minuten, drei, zwei, eins, das vergeht in einem Atemzug … das ängstigt mitunter … scheint die Zeit noch zu beschleunigen, wenn man sie herabzählt, als fliehe sie selbst vor dem Nichts, vor der Null an ihrem Ende.
Deshalb womöglich, von Zeit zu Zeit, das Flackern auf dem Schirm, wie ein Schnitt.

Eine Gestalt huscht katzengleich über den Gang vor 130 und 131 und verschwindet dann in Richtung der Raucherräume, oder in eines der angrenzenden Zimmer. Wenn sie kurz anhält, ist mir, als könnte ich von der Seite ihr Gesicht erkennen. Jetzt erscheint es mir wie Beatrices Gesicht, doch so erscheint mir im Moment alles und jeder.
Ein Besucher, meine ich.
Ein Anstaltsfremder, das erkennt man an der Festigkeit der Schritte, die noch Ziele außerhalb dieser Mauern haben. Die noch nicht behutsam aufzutreten brauchen, aus Angst, die Stille zu zerschlagen, die sich als ein Vorbote des Kommenden in den Korridoren und Treppenhäusern und in den Liftschächten, Lichtschächten eingenistet hat.
Die Frau auf 111 richtet sich zum Gehen und mit ihr zusammen geht das letzte Licht des Tages aus dem Zimmer, fällt nicht länger durch die Glasfronten nach drinnen, nicht länger unmittelbar, sondern nur noch im Regress, in der fahlroten Reflexion von den Backsteinmauern der angrenzenden Gebäude. An den Fenstern fehlen die Griffe. Sie sind abmontiert, oder man hat sie niemals daran angebracht.
Es ist ein sonderbares Abschiednehmen, mehr ein Verinnerlichen der letzten Dinge bis zum nächsten Morgen als ein unangebrachter Wortlaut in der Stille: eine Berührung an Wange und Armen, ein zärtliches Streicheln, und selbst das darf nicht mittelbar zum Ziel gelangen: Die Frau auf 111 rückt die Schutzmaske vor ihrem Gesicht zurecht ... überprüft noch einmal ihren Sitz, wie man die Sauberkeit

seiner Schuhe überprüft, dann nimmt sie das Tablett vom Nachttisch des Krankenbettes ... das am Teller übrig gelassene und nun von der Soße aufgeweichte Stück Fleisch darauf, den welk in sich zusammengefallenen Salat, nur ein wenig Grießpudding fehlt in der Schüssel daneben ... dann geht sie nach draußen. Alles andere bleibt jenseits der Luftschleuse zurück, nur das in die Tür eingelassene Fenster gewährt noch einen Blick zurück ins Schattenreich des Krankenzimmers.

Im Vorraum dasselbe Ritual wie jeden Abend: die Schutzmaske, das Haarnetz und die Latexhandschuhe in den Abfall, den weißen, nur mit dem Emblem der Anstalt bestickten Besuchermantel über den Haken gehängt, von wo er später weiter in die Desinfektionsabteilung geht. Das Tablett und das Geschirr darauf kommen in einen kleinen Wagen aus mattgebürstetem Stahl. Der geht danach ebenfalls zur Dampfdesinfektion in die Kellergeschoße des Hauses, irgendwann während der Nachtstunden.

Auf dem Gang hinter der Druckschleuse strömen die letzten Besucher zusammen. Die Nachtschwester, die eben erst ihre Schicht antritt, streift noch ihren Kittel zurecht, dann weist sie den Angehörigen stumm den Weg nach draußen. Die Treppen hinab, ohne Blick zurück und ohne Zorn, und nur mehr meine Puppenmenschen und ich bleiben in der Station zurück: ich vor dem bläulichen Ablicht der Schirme und sie in ihren Zimmern ... sonderbar beschnitten in ihren Gliedern, langsam in ihren Bewegungen oder überhaupt nur noch auf Zuruf der Visitenärzte dazu fähig, sich nach den Seilzügen der

Schwestern oder der Desinfektionstrupps zu rühren, die allgegenwärtig über den Linoleumfußböden der Abteilung sind.

Alles, was hier in seinen Betten liegt, wirkt farblos, und es ist nicht allein das Überlicht der Monitore, das ihnen ihre Züge stiehlt, das ihnen die Gesichter aufschwemmt und sie bis zur Unkenntlichkeit aufbläht, mit dicken Lippen und weichen Hälsen und ohne Konturen, die sind von der Medikamentation wie abgeschliffen ... ausgeschlagen vom steten Tropf der transparenten Substanzen, die an Bügeln über den Bettlehnen hängen, oder an eigens dazu herbeigeschafften Wägen: hohen Stangen, wo eine Flasche unter der nächsten für den ununterbrochenen Fluss der Infusionen sorgt.

Die Haare bleiben am Fußboden und in der Dusche zurück, die nimmt der Desinfektionstrupp jeden Morgen mit sich fort. Säcke voller Haare sind das, die von ihren Wägen baumeln, die gehen an die Verbrennungsöfen der Anstalt: Wer mit bloßen Händen hineinfährt und in dem dichten Filz wühlt, dem fallen nach einigen Tagen ebenfalls in breiten Schneisen die Haare aus, heißt es.

Manchmal liegen zwei meiner Puppenmenschen nebeneinander in derselben Wabe, für wenige Stunden, bevor man sie in ihre eigenen Zellen weiterverfrachtet. Solange die noch kontaminiert sind.

Wie Porzellan liegen sie dann beisammen, wie artig eingestelltes Geschirr, das auf seine weitere Behandlung wartet, und es gehört einiges Geschick der Pfleger dazu – oder auch Glück –, nicht ein Figürchen mit dem ande-

ren zu verwechseln und es an dessen Stelle in sein Zimmer zu bringen.
Meine Zwillingspüppchen, sage ich: das eine nicht länger vom anderen zu unterscheiden.
Das sind die eigentlichen Symptome einer Krankheit, deren Verlauf kein äußeres Erscheinungsbild nach sich zieht. Kein anderes Stigma als den Verlust all dessen, was man bislang gewesen ist, bis hin zur Austauschbarkeit … als eine Nummer unter vielen hier gelistet, und sonst nichts Bemerkenswertes mehr an ihnen, mit einem Mal.
Ich bleibe bei dem Zwillingspüppchen aus 111 hängen.
In seinen Zügen, das sind Atemzüge. Ich denke, ich kann sie durch den Bildschirm hindurch erkennen, oder eine sanfte und dennoch wie der Herzschlag kontinuierliche Bewegung der Bettdecke, des Bettsaumes mit dem aufgestickten Kürzel der Abteilung darauf über der Porzellanbrust, aber da ist nichts.
Ich lege meine Hände auf sie, bis ich sie nicht mehr sehe, aber da ist immer noch nichts. Nichts, das ich spüren könnte.
Keine Wärme.
Kein Gefühl.
Keine Herzensregung, diese Nacht.

58

Der Rattenkönig belauert uns aus der Ecke. Die Klimaanlage läuft. Alle Augenblicke steigt ein kalter Luftzug aus den Lüftungsschlitzen, entweicht einem Labyrinthsystem von aluminiumglänzenden Zu- und Abluftrohren, und dennoch bleiben die Gewitter auch hier noch als ein unbestimmtes Gewicht spürbar. Bis hier herunter mache sich der Luftdruck bemerkbar und verfälsche seine Messdaten, meint Schierling.
Das Unwetter wirke sich unberechenbar auf das Verhalten der Tiere aus. Das mache es beinahe unmöglich, die Forschungen fortzuführen, solange der Zyklon über der Stadt hänge. Mehr als die Tierbestände durchzusehen, sei im Moment nicht möglich. Totgeschlagene Zeit sei das, im Grunde: Es wäre sinnvoller gewesen, den Mitarbeitern des Instituts für ein paar Tage frei zu geben … um selbst einmal dem Käfig ihrer täglichen Routine zu entkommen, den engen Labors, in denen sie wie ihre Ratten – und Gitter an Gitter mit diesen – ihr Dasein fristeten.
Schierling lässt sich vor einem der Käfige nieder und zählt die Tiere darin. Notiert ihre Zahl zuerst auf seinem Block, vergleicht sie dann mit der Nummer, die auf einer Plakette am Käfig angehängt ist und korrigiert diese bei Bedarf.
Der Rattenkönig duckt sich in der Box nebenan zur Seite, das sind die letzten Winkel seines Reiches.
Alle Arten von Ratten hätten sie hier, meint Schierling: weiße Ratten, natürlich, wegen der besseren Sichtbarkeit

der Symptome auf Fell und Haut. Braune Tiere. Schwarze. Selbst Nacktratten hätten sie, die ständen in den Käfigen hinten an der Wand, abgeschattet gegen das Deckenlicht, da ihre Haut der Strahlung schutzlos ausgeliefert sei und ihnen schon das Licht einer einzigen gewöhnlichen Lampe schwere Verbrennungen zufügen müsste.

Auch alle Arten von Krankheiten hätten sie: menschliche Krankheiten aus eigener Produktion, darauf hielten sie die Patentrechte ... alle Arten von Krebsen und Tumoren, viral übertragbar oder vererbbar ... Organschäden, Pilze, bakterielle Infektionen oder einfach nur die alltäglichen Injurien des Zusammenpferchs im Käfig: Kratzwunden, Bisse, Knochenbrüche und andere Frakturen, das gesamte Spektrum kreatürlichen Verderbens.

In diesen Boxen hingegen – sie seien mit einem grünen Punkt gekennzeichnet – befänden sich die Tiere, an deren Genom man die Rechte halte: Mutation und Montiertes, vollresistente Ratten, die man nun bereits in vielfacher Filialgeneration fortzüchte, um am Ende die stabilste und genetisch gesündeste Struktur daraus isolieren zu können. Darauf wolle man die späteren Studien an Tieren höherer Ordnung stützen, und immer weiter so, von Spezies zu Spezies die Sprossenleiter der Evolution hinauf bis zum Menschen.

Schierling fährt mit der Hand in eine der Boxen und greift sich eines der Tiere. Unter dem verzweifelten Beißen des Nagers, das ins Leere geht, zieht er ihn an seinem Schwanz daraus hervor und setzt ihn vor sich auf die Arbeitsfläche, gleich vor dem Käfig. Ich sehe ihm zu, wie er das Tierchen abtastet, bis er endlich auf die gewünschten Symptome stößt, auf jenen Defekt, der zugleich als Name über dem Käfig geschrieben steht.

Die übrigen Ratten drängen sich an die Glasfront der Box, die Pfoten zum Beistand dagegen gepresst, und nur ihre Nasen sind beständig in Kontakt mit dem Gefährten … zucken, schnuppern, gehen wie wild immerfort dem Geruch des Artgenossen nach. Das ist auch eine Form der Berührung, durch das Glas hindurch.

Selbst der Rattenkönig ist ein wenig näher herangekommen, aus dem Dunkel seines Thronsaales hervor.

Schierling macht sich Notizen hinter einer der Nummern in seinem Block, nimmt Maße und Gewicht des Tieres und tauscht dieses dann gegen das nächste aus, setzt es zurück in seinen Käfig und beginnt die Prozedur von vorhin aufs Neue, an einem neuen Exemplar.

Etwas abseits der langen Reihen von Käfigen und Boxen stehen vier einzelne transparente Behältnisse.

Material für die Neuinfektion, sagt Schierling, es würde sich in den nächsten Tagen entscheiden, was man ihnen injiziere und ob sie am Ende zu den Defekttieren kämen oder zu den resistenten Stämmen. Es sei auch abhängig von den Versuchsreihen, die sie demnächst anfingen. Noch verhindere der Zyklon, die Hitze, ihren Beginn, doch die Prozedur sei nicht endlos aufschiebbar. Die Tiere würden älter, es sei alles eine Frage der Zeit, und man habe diese vier Käfige bereits vorsorglich zur Seite gestellt, um jederzeit loslegen zu können … junge Tiere seien das … teure Tiere, spezielle Züchtungen, und man sei gespannt darauf, wie sich das auf die Experimente auswirke.

Eine der Ratten aus dem vordersten Käfig springt mir ins Auge. Sie ist kleiner als die anderen Schemen, Schatten in ihrer Box … mehr Maus als von den physiognomischen Charakteristika der Ratte gezeichnet, mit großen, dunklen Augen, einer wachen Nase und mit einem viel zu langen Bart … ein stolzer Ausdruck in ihren Zügen, wenn das sein kann, womöglich gerade wegen ihrer Winzigkeit im Vergleich zu den Artgenossen. Ihr Pelz ist dunkelbraun, mit einem ebenso dunkelbraunen Schwanz – nicht das Fleischrosa der übrigen Tiere – und mit einer ungewöhnlichen Zeichnung am Bauch und auf der Brust. Wie ein weißes Kreuz sieht das aus, wenn sie sich aufrichtet.

Chocolate Berkshire, meint Schierling mit Blick auf das Muster. Er hat die Inventarisierung der ersten Box abgeschlossen und wendet sich dem nächsten Käfig zu. Protokolliert weiter in seinem Notizblock … es sei sonderbar, meint er und fasst ohne hinzusehen in die Box des Rattenkönigs, fasst nach einem der Tiere und hebt es mit einem Ruck in die Höhe. Ein Beben geht durch das Knäuel der Tiere, an ihren Schwänzen zu zehnt, zu zwanzigst derart ineinander verheddert, dass die eine Kreatur unmittelbar aus der anderen herauszuwachsen scheint … eine neue, eine unheimliche Form der Evolution unter den Haltungsbedingungen des Labors.

Dann gelingt es Schierling endlich, das Tier, das er am Kragen hält, aus dem gordischen Knoten verknüpfter Schwänze und anderer Extremitäten herauszulösen, und der Rattenkönig sinkt wieder, um ein Glied ärmer geworden, auf den Boden der Box zurück, zurück in die Schatten. Lediglich der Kampf der Ratte in Schierlings Hand währt fort. Mit Vorder- und Hinterpfoten schlägt das Tier gegen seine Handfläche, versucht, sich davon abzustoßen, schlägt um sich … kratzt und beißt, aber die Nagezähne sind exakt so abgezwickt, meint Schierling, dass sie niemanden verletzen können. Die Tiere würden sich sonst gegenseitig in ihren Käfigen zerfleischen.

Man habe das in freier Wildbahn schon beobachtet, meint er mit Blick auf das unermüdliche Toben der Ratte zwischen seinen Fingern: Greife man als Mensch nach einem dieser kleinen Geschöpfe, versuche man, ihrer habhaft zu werden, so wehrten sie sich mit allem, womit sie so lächerlich bewaffnet seien. Gerieten sie hingegen in die Fänge einer Katze, lägen sie von einem Moment auf den nächsten plötzlich tot in ihren Klauen. Ohne Wut und ohne Aufbegehren. Beinahe so – so scheine es –, als bestehe da eine gewisse Kompatibilität zwischen Leben und Ableben der Beute mit ihren Jägern, eine Art logischer Schaltung, über die Jahrmillionen von der Evolution hervorgebracht.

Dabei stürben sie beinahe ohne Fremdeinwirkung, ohne jede äußerliche Gewalt … der Tod gehe vielmehr vom Kopf aus, von ihrer Einsicht in die Aussichtslosigkeit der eigenen Situation. Die Physis folge der Psyche, das Sterben bewohne unsere Seelen und nicht unsere Körper, das sei bemerkenswert. Das sei von revolutionärer Bedeutung für den gesamten Prozess des Ablebens an sich, wie man ihn bisher erlebt habe: als einen primär passiven Vorgang.

Die Dinge haben sich geändert, meint Schierling. Sie machten Fortschritte in ihrer Forschung. Sie seien dem Geheimnis des Todes auf der Spur, sagt er und schließt dann ganz langsam die Finger, zwischen denen aufgehängt immer noch der kleine Nager, das abgetrennte Glied des Rattenkönigs seinen erbitterten Endkampf ficht. Fast behutsam bildet er eine Faust um das Tierchen. Die Stöße dagegen werden schwächer, und Schierling schließt seine Faust enger um das Tier, lässt ihm gerade genug Luft zum Atmen. Gerade genug Platz, um sich darin zusammenzukauern wie in einer Höhle, aber kein Licht mehr, die Hand blickdicht gemacht, und lediglich der rosige Schwanz der Ratte hängt daraus hervor, zittert noch ein wenig, greift in müden Ringelbewegungen ins Leere, um dann nach kurzer Zeit plötzlich schlaff und leblos herabzusacken.

Es sei die Aussichtslosigkeit des Tieres, die es umbringe, meint Schierling und öffnet langsam wieder seine Faust. Der Verlust jeglicher Perspektive löse erst jenen obskuren Mechanismus eines bewussten Sterbens aus, dem das Tier zum Opfer falle … auf seiner Handfläche ausgestreckt und mit halb offenem Maul, halb offen stehenden Augen liegt jetzt die Ratte … sowie, er fährt fort, eine zunehmende Biokompatibilität von Mensch und Maus. Man habe das überprüft: Mit jedem neuen Laborversuch, mit jedem weiteren Versuchstier, das sie hier herunten verbrauchten, steige auch die Sterbequote der übrigen Probanden, kaum dass sie sie in ihre Hände nähmen.

Dies sei das eigentliche Wesen des Todes, meint Schierling, und sie stünden nur noch knapp davor, auch seine letzten Geheimnisse zu entschlüsseln. In diesem Labor, mit Hilfe dieses kleinen Tieres, sagt er und nimmt die tote Ratte von seiner Handfläche, wirft sie in einen Müllkübel unter dem Arbeitstisch und macht sich daran, sich die Hände mit Alkohol zu desinfizieren ... mit Hilfe dieses einen kleinen Tieres und der Decodierung dessen, was in jenem letzten Moment in seinem Gehirn vor sich gehe, werde man eines Tages lernen, den Weg des Todes selbst nachzugehen, ebenso wie den zur Unsterblichkeit.

Das müsse mir doch gefallen, sagt er.

Er und ich, wir beide, wir jagten doch am Ende dasselbe Ungeheuer. Einzig die Wahl der Waffen unterscheide uns voneinander.

57

Ich habe den Tod gesehen, sage ich zu Beatrice. In den Rattenboxen. In den Boxen meiner Zwillingspüppchen, in ihren Puppenschachteln, und er sei weitaus leibhaftiger, als man sich ihn vorstelle. Hier in New York hätte ich ihn aufgestöbert, sage ich. Kurz bevor ich ihr begegnet sei. Ich hätte mich vor der Hitze des Gewitters in die Bibliothek zurückgezogen, während es langsam vom Hudson River und der Bay aus die Stadt umzingelt habe … ich hätte sein Näherkommen in den Wetterkarten nachgezeichnet … hätte mich an einen der Tische gesetzt mit einem zufällig aus dem Regal gezogenen Werk … einer Enzyklopädie der Welt von A–Z.
Die ganze Welt auf knapp vierhundert Seiten. Alle taxonomischen Kategorien des Kosmos in zweihundertfünfzigtausend Schlagwörtern zusammengefasst … keine weitere Weltsicht im engeren Fokus denkbar.
Dennoch schweift der Blick wieder und immer wieder davon ab. Am anderen Ende des Tisches sitzt ein anderer Student, mir gegenübergestellt wie mein Spiegelbild und seine Bewegungen, so scheint es, sind meine eigenen Bewegungen. Derselbe Gestus. Dieselbe Versenkung zwischen die Seiten. Derselbe Blick nach oben, von Zeit zu Zeit, und dann erfasst plötzlich eine sonderbare Unruhe mein Gegenüber. Immer hastiger blättert es in den Seiten, schlägt das Buch noch einmal an den bereits eingelegten Lesezeichen auf, überliest das Gelesene, zweimal, dreimal, und da ist mit einem Mal eine sonderbare

Ungläubigkeit in seinem Blick ... oder es ist die Hitze von draußen, der Druck des Zyklons über der Flussmündung, der sich an der aufgeheizten feuchten Luft vor der Küste nur noch voller frisst, und unersättlich.

Dann liegt er plötzlich reglos über seinen Büchern, sage ich zu Beatrice, und erst jetzt begreife ich, was geschehen ist. Ich lege die Enzyklopädie der Welt von A–Z aus der Hand und gehe einmal um den Tisch herum. Ich schiebe seinen Kopf zur Seite, es ist dieselbe Seite wie in meiner Enzyklopädie, dieselbe Ordnung der Dinge darin, daneben einige unscharfe Notizen ... die Anmerkungen und Interlinearglossen zu seinen Studien, die er nicht mehr rechtzeitig ausradiert hat: zahllose ziellose Striche, Verweise auf bestimmte Bücher, manche davon durchgestrichen, andere durch Einkreisen markiert, eine kryptographe Formel seiner letzten Erkenntnis, doch die Gleichung will sich nicht gleich lösen lassen.

Stimmen am anderen Ende des Lesesaales, das ist die erste Aufregung, die nun wie ein Taubenschwarm auffährt und die sich entlang der Regalwände weiter und immer weiter, flügelschlagend, unter deren zeitweiliger Einwohnerschaft fortpflanzt.

Ich greife nach der Seite mit der sonderbaren Formel des toten Studenten – das erzähle ich Beatrice nicht mehr – und reiße sie aus dem Buch. Ohne Spuren zu hinterlassen, löst sie sich aus der Bindung, und ich schiebe die gestohlene Seite vorsichtig über die aufgeschlagene Stelle in meiner eigenen Ausgabe der Enzyklopädie der Welt von A–Z.

Ich lese noch eine Zeit lang weiter. Dann schlage ich das Lexikon zu und tauche ein in den Irrgarten der Bücherregale links und rechts. Ich schiebe Wände zur Seite. Kurble Stellagen heran und setze meine Enzyklopädie an ihren Platz zurück, die mysteriöse Buchseite des anderen zusammengeschlagen in meiner Tasche. Dann mache ich mich auf den Weg nach draußen.

Eine schwüle Drohung liegt über der Stadt New York. Es ist nicht der Himmel selbst, der mich ängstigt, sage ich wieder zu Beatrice, es ist vielmehr die Schar der niederen und noch niedereren Geschöpfe, die ihn an seinem Rand bevölkern.

Das nämlich sei das Erstaunlichste am Tod meines Spiegelbilds gewesen: Für jenen Augenblick nur, da er gebannt nach oben gestarrt habe, habe auch ich mit einem Mal sehen können, was er gesehen habe. Habe auch ich in ihrer Manifestation die Inkarnation jenes entsetzlichen Wesens gesehen, über dem Buch vor ihm auf dem Tisch aufgebaut. Über der Seite in meiner Hosentasche, über jener verhängnisvollen Schrift, und so wie der Tote habe auch ich in dem Moment seinen Mörder erkannt: ein unheimliches dämonisches Zirkulieren in der Luft ... ein Reigen von Gestalten und Geräuschen, nicht mehr klar zu bezeichnen, längst nicht klar zu erkennen, und dennoch unermesslich gierig, so scheint es: mit Krallen und Klauen und Zähnen ... mit langen, lüstern nach jeder Körperöffnung schnuppernden Nüstern und mit lautem Hohngelächter und Gekirre aus allen seinen Mäulern und mit weit aufgerissenen, milchtrüben Augen. Und im Zentrum jenes Zyklons die Fossa, die Nachtkatze, ein haltloses, ein unstillbares Wüten.

Dann sehe ich mich plötzlich selbst mit den Augen des Untiers. Sehe mich unter mir sitzen und zwischen meinen Kiefern verschwinden. Ich sehe, wie ich das Kryptoskript des toten Studenten, meine Buchseite, unter dessen Kopf hervorziehe. Sehe meine Flucht hinein ins Labyrinth der Regalwände und das unruhig monotone Leinenmuster der zahllosen Buchrücken darin, dann schließen sie sich vor mir wieder zu einer glatten Fläche, zu einer festen Wand von Bänden und Borden, die bleibt unüberwindlich für den höher und immer höher daran emporkletternden Blick des Untiers.

Und: Ich sehe den gewaltigen, riesenhaften, den sich nicht minder dämonisch als das Ungeheuer selbst ausnehmenden Lesesaal der Bibliothek, und immer noch, winzig geworden in der Tiefe ihrer Trakte, darin verdaut: meine eigene Gestalt, vor mir, auf der Flucht.

56

Während ich die Fossa noch im Rücken spüre, während sie jedem meiner Schritte nachgeht, begegne ich Beatrice zum ersten Mal. Sie steht plötzlich vor mir, wo der Fluchtweg aus dem Gebäude den Korridor entlang ausgeflaggt ist, zwischen dem Aufzug und den Treppen. Ein paar Studenten sitzen teilnahmslos neben einem Kaffeeautomaten. Sie sagen kein Wort, als ich an ihnen vorbeigehe. Dann die Treppen hinab, mit sicherheitsgenopptem Polyvinylchlorid ausgelegt. Sie steht vor mir und sieht mir mit einem Mal ohne eine Grenze zwischen uns ins Gesicht, und mir ist, als frage sie mich, was geschehen sei.
Einer ist gestorben, sage ich.
Sie nickt.
Sie sterben immer, sage ich, und sie sieht mich entgeistert an. Ohne dass ich es möchte, ohne dass sie mich danach gefragt hat – ein fremdes Gesicht vom Treppenabsatz der Bibliothek –, folgt sie mir von da an. Ich bin mir nicht sicher, ob sie mich nicht vorhin gesehen haben könnte, vom Eingang der Lesehalle aus, und den Diebstahl der Seite in meiner Hosentasche.
Wohin sie gehe, frage ich sie.
Sie begleite mich ein Stück, antwortet sie. Erst dann wird mir bewusst, dass sie mich inmitten des Lärms rundum – die lauten und immer lauteren Schreie aus dem großen Lesesaal, das Gerücht, einer liege dort drinnen tot über den Studiertischen –, dass Beatrice mich verstanden hat, obwohl ich sie auf Deutsch angesprochen habe.

In der Fremde kommt sich alles Fremde näher, sage ich.
Sie lächelt.
Ich führe Beatrice in ein Café nahe des Broadway, im Trägwasser abseits der vorwärts drängenden Besucherströme.
Die Ausstattung längst schon jenseits jeder Moderne, längst nicht mehr en vogue und damit unbehelligt von den Menschenmassen, den Tagestouristen draußen vor dem Panoramafenster, die sich immerzu selbst auf den Fuß folgen.
Das Café kommt mir bekannt vor. Es erinnert an Edward Hoppers Nachtschwärmer oder an Automat, an Bilder, die mir während meines Studiums untergekommen und die mir in Erinnerung geblieben sind, gleichsam als die verknappte piktoriale Zusammenfassung, als die Untermalung des späten amerikanischen Realismus, in wenigen Farben, wenigen Strichen, irgendwo zwischen Steinbeck und Salinger …
Lediglich der Geruch im Inneren des Lokals erscheint mir ungewohnt, ist sonderbar papieren und trocken. Die Luft, die Hitze, die auch hier unter der Decke hängt, wird nur von einigen Ventilatoren im Kreislauf, in Bewegung gehalten … aromatisiert von dem alten und abgewetzten Leder der Sitzbänke, als wolle das Buch, aus dem ich gestohlen habe, als wollten alle Bände und Konvolute der Bibliothek hier nun endlich nach mir fassen, im schweren Geruch ihrer Einbände und Rücken. Das ist ihre Art der Betäubung.
Beatrice sagt, dass sie Schauspielerin sei.

Die Schauspielerei sei die Kunst der Verstellung, sage ich. Es sei ein Genre, das die Oberflächlichkeit zelebriere, und die Unwirklichkeit, und ebenso oberflächlich und unwirklich sei der Menschenschlag, den die Theater- und Dramatikerkurse und Schauspielschulen Jahr für Jahr ausbrüteten. Man könne die Oberflächlichkeit einer Gesellschaft geradezu am Stellenwert der Schauspieler im Vergleich zu dem ihrer Autoren bemessen, oder: den Sieg der Verpackung über ihren Inhalt.

Sie sei keine gute Schauspielerin, entgegnet Beatrice mit einem Lächeln. Sie deutet auf eine Reihe von Filmplakaten, die offenbar mehr einer emotionalen denn einer kanonischen Ordnung folgend an der Wand entlang der Sitzbänke aufgehängt sind: Hollywoodposter, Broadwaymotive der neunzehnvierziger und -fünfziger Jahre, nur einige wenige noch aus späteren Epochen, Star Wars und Pulp Fiction. Matrix neben Metropolis, Seite an Seite wie im Filmlexikon aus meiner Bibliothek.

Sie beherrsche nur wenige Posen, fährt Beatrice fort. Kein Dauergrinsen, wie es in den Staaten Pflichtübung sei, den Kopf nach links oben gehoben, leicht ins Profil gedreht … kein Kleinmädchengehabe, nichts Niedliches … kein Gestus des Genialen, keine Orgasmen ohne Vorspiel, kein wortloser Wahnsinn, lediglich ein oder zwei Rollen, die sich für sie eigneten.

Während sie bestellt, Kaffee und Waffeln mit Ahornsirup, erzählt sie mir von ihren Engagements in der Stadt, von den Bühnen und von den abseits jedes Zuschauerinteresses gelegenen Sälen, in denen sie sich abmühe, ihre

Schauspielkunst zu vertiefen. Von den wenigen Gestalten, in die zu schlüpfen, in die sich zu verwandeln sie fähig sei. Zumeist seien es Nebenrollen, für die man sie engagiere. Zwei Wochen lang sei sie als Statist in Cats aufgetreten, das sei bislang der bestbezahlte Auftritt ihrer Karriere gewesen, dreihundert im Monat alles in allem für eine Rolle, die ihr wenig mehr Begabung abverlange als den Kulissen. Leider habe sich für sie deswegen auch nicht mehr daraus ergeben.
Zurzeit übe sie schon in der Hoffnung auf ein weiteres Engagement alle möglichen Rollen. Sie imitiere Posen und Personen, wo sie ihr in bemerkenswerter Position unterkämen, und womöglich gelinge ihr auf diese Weise ja doch noch einmal der Sprung auf eine der größeren Bühnen der Stadt.
Die Stadt habe sich gewandelt, meint Beatrice.
Sie entspreche nicht mehr den Bildern, die man von ihr habe, sage ich, während die Kellnerin Kaffee und zwei bleiche Waffeln vor sie hinstellt, dazu Ahornsirup, um dreifünfzig zusammen. Der Kaffee ist über den Tassenrand und über ihren Daumen auf die Waffeln geschwappt und löst sie nun nach und nach auf.
Sie integriere diejenigen, die in ihr fremd seien, nicht länger, sage ich. Sie biete ihnen keinen Platz mehr, außer in unterirdischen Kellerwohnungen und in ebenso lichtlosen Schauspielhäusern. Sie lasse sie zwar eindringen in ihre Gassen und in die Felslandschaft, zwischen die Klippen, in das Häusermeer im Delta des Hudson River, in die Zirkulation von Verkehr und von Leben darin auf

den Plätzen und Plazas, aber sie könnten sich nicht länger mit ihrem Blutkreislauf verbinden. Würden abgestoßen, müssten draußen bleiben und blieben damit am Ende unter sich. Was nicht vollständig absorbiert werde, wessen genetischer Code sich nicht vollständig überschreiben lasse, der finde sich als ein Fremdkörper gemeinsam mit den anderen Fremdkörpern in der Drift dieser Stadt flutend, als abgeworfener Schorf in den aussichtslosen Quartieren einer Metropole von tausend Türmen. Im Souterrain, in den Fundamenten der Wolkenkratzer, ohne Blick auf die Neue Welt oder auf den Ozean im Westen, sondern lediglich auf die Schuhe derer, die sich den Weg über das Pflaster einer größeren Hoffnung noch leisten könnten.

Beatrice gießt sich Ahornsirup über die Waffeln. Ich sehe ihr beim Essen zu.

Im Übrigen sei die Literatur nicht weniger unwahr als die Schauspielerei, sagt sie dann.

Nein, sage ich. Wo die Schauspielerei die Unwirklichkeit zur allgemeinen Gültigkeit überhöhe, schaffe die Literatur aus dem Nichts heraus neue Wirklichkeiten. Gegensätzliche Pole seien wir: sie, Beatrice, und ich.

Gegensätze ziehen sich an, sagt Beatrice und beißt in ihre kaffeegetränkte Waffel. Ich kann ihre Zähne sehen, weil sie die Lippen heben muss, um sich nicht mit Sirup zu beschmieren.

Das sei lediglich ein Topos, antworte ich: die Attraktion des Gegensätzlichen zueinander. Eine Plattitüde, deren einziger Reiz in der logisch nicht aufzulösenden Gleichsetzung einer apriorischen Plus-Minus-Disposition in

einer Art Plus-Plus-Synthese begründet liege. Keine tatsächlichen Emotionen, keine wirklichen Empfindungen von wechselseitiger Anziehungskraft seien es, die damit dem Gegenüber transportiert würden, sondern lediglich dieses Paradoxon, dessen unergründliche Tiefe dazu anrege, mit einem Lächeln ob seiner Absurdität darüber hinwegzuspringen: Das sei die Grundstruktur des Konzepts von Sympathie, das hinter Beatrices Ausspruch stehe.
Mehr nicht als das: ein Unort des Gemeinsamen oder ein Ort des Ungemeinen. Ein literarisches Konstrukt, und ganz nach Belieben auch etwas modernistischer formatiert: ein Nachtcafé. Ein Wetterleuchten, das die Dämmerung im Inneren des Lokals für wenige Sekunden ausstrahlt. Ein Donnergrollen von der Küste ... der lange angekündigte Ausbruch des Unwetters draußen über der offenen See womöglich, während seine Vorfronten, die Hitze und die Schwüle, Manhattan Island immer noch unnachgiebig besetzt halten.
Ein Schwarm Trauermücken hat sich ins Innere des Cafés verirrt und unter der Decke verfangen, unfähig, wieder nach draußen zu entkommen oder sich auf einem der Tische, auf einer der Bänke neu zu sammeln. Man scheucht das Ungeziefer fort, kaum dass sich die Mücken den Gästetischen nähern. Langsam, aber stetig lichten die beiden Deckenventilatoren die dunkle Wolke der Fluginsekten aus, bannen sie in ihrem Sog, in ihre Strömungen und unsichtbaren Winde und zerschlagen ihre Reihen. Tier für Tier bleibt als regloser Punkt auf den Rotorblättern der Ventilatoren zurück, selbst als zerschmetterte Kreatur

noch zum Kreislauf in der Hitze, zum Laufraddasein der Lebenden verdammt.

Dann kommt die Dämmerung tiefer über die Stadt und die sich nach und nach auflösenden Wolken der Trauermücken verschwinden ebenso wie das Wüten der Ventilatoren vor dem Halblicht der bunten Neonröhren im Lokal. Beatrice hat ihre Waffeln aufgegessen, den Kaffee zur Hälfte ausgetrunken.

Wir sollten gehen, sagt sie, dann kommt noch einmal ein Blitz über die Stadt und ein tiefes Grollen gleichsam wie ein Luftholen aus der Ferne. Aus der Höhe. Aus dem Himmel über uns, unsichtbar für die Scharen von Bodenbewohnern und niederen Geschöpfen zwischen den Häusern und Aussichtstürmen, zwischen den Wolkenkratzern der Megalopole.

55

Wer es könne, verlasse die Stadt, meint Beatrice.

Die Europäer ... Künstler, Wissenschaftler und andere Gestrandete an der Küste zwischen der Chesapeake Bay und der Bay of Fundy in der Erwartung, dass ein Land der unbegrenzten Möglichkeiten automatisch auch einen weiteren Horizont trage ... die Einwohnerschaft ihrer wunderlichen akademischen und halbakademischen und ethnischen Enklaven, wo man gehofft hatte, aus der Alten Welt kommend, sich die Wachstumsfreudigkeit des nordamerikanischen Bodens zunutze machen zu können, und wo Tag für Tag dennoch nur die Erkenntnis gewachsen sei, dass man, ohne es zu wollen, wohl bereits zu sehr die Genetik der Heimat inkorporiert habe, oder umgekehrt: dass man selbst ihr schon zu tief einverleibt sei, als dass man nun in der neuen Erde Wurzeln schlagen könne.

Alle diese würden nun zu hunderten in ihre Herkunftsländer zurückkehren, denen sie einst so gerne den Rücken gekehrt hätten. Sie deklarierten dies bei jeder Gelegenheit als einen Akt des Patriotismus, der in ihnen – doch das sagten sie nicht – mit dem eigenen Scheitern immer mehr gewachsen sei und den man dennoch im Moment so hervorragend als weltgewandten politischen Protest verkleiden könne.

Es sei die gegenwärtige Verengung des einst so weiten amerikanischen Himmels. Die Regierung und ihre imperialistische, ihre opportunistische und kapitalistische Politik seien schuld daran, sagt man und verschweige geflissentlich, dass man ebendiesen Verheißungen ursprünglich über den Ozean gefolgt sei.

Nichts sei mehr wie vordem: ein neues Amerika im neuen Jahrtausend, das seine unbekannte Gestalt eben erst vom Staub der eigenen Trümmer freischüttle. Das sich jetzt erst in all seinen Auswüchsen zeige. Die Unfähigkeit aber, sich darin zu integrieren, sei nichts anderes als die bittere Erkenntnis, dass man selbst ... und immer schon ... zur Integration unfähig gewesen sei. Man sei stets nur unter sich geblieben. Jetzt sagt man, man wolle es nicht anders, man habe sich immer schon europäisch gefühlt und man kehre nun endlich einem Land den Rücken, das mit Sicherheit keine Zukunft mehr habe. Man kehre nun als die neuen Eliten in die alte Ordnung zurück.

Ich frage Beatrice, was sie noch hier halte.

Sie habe noch etwas zu beenden, sagt sie. Ihr fehlten die Mittel, im Moment. Sie müsste sich noch ein oder zwei Engagements auftun, noch ein paar Dinge erledigen, die verschiedensten Geschichten, die sie hier begonnen habe, zum Abschluss bringen, dann breche auch sie ihre Zelte ab.

Die Küste von New Jersey gleiche in nichts den Stränden am gegenüberliegenden Ufer des Ozeans, meine ich. Am ehesten ähnle sie noch den Haffs und Nehrungen der Ostseeküste zwischen dem Samland und dem Memeler Tief, ebenso nacheiszeitlich flach und zerschrunden wie dieser Landstrich, bloß die Vegetation sei üppiger, nahezu subtropisch. Stehe prachtvoll da über den Steilbrüchen zum Wasser: ein Dickicht von Zypressen, Pinien und

Zedern, von Ahornbäumen und mit vollem, breitblättrig wucherndem Unterholz.

Ich ziehe Beatrice langsam hinter mir her, die Strandpromenade entlang bis dorthin, wo sich dem Betrachter durch einen knappen Schritt zur Seite plötzlich der Blick über die gesamte Bucht eröffnet, als stehe er zur selben Zeit gleichsam über sich und könne in demselben Moment nicht nur das Panorama vor Augen erkennen, sondern auch den Aufriss der gesamten Welt, wie in einem Atlas dargestellt, in dessen Zentrum er sich selbst wiederfinde: Im Nordwesten die Raritan Bay und Staten Island als der Horizont, einsehbar bis nach South Amboy und Laurence Harbor, im Norden die Lower Bay, der breite Sund zwischen Long Island und dem Festland ... dahinter die übrigen Inseln des Deltas: Coney Island, Ellis Island, Liberty Island, Manhattan ... dann wieder die Küste von Brooklyn, nach Südosten abfallend: Bath Beach, Brighton Beach, Manhattan Beach ... wieder dahinter der Sprung über den Fjord von Rockaway Point nach Breezy Point hinüber und weiter, über die Fahrtrinnen der internationalen Schifffahrtsrouten hinweg in südsüdwestlicher Richtung bis Fort Hancock und zum Leuchtturm von Sandy Hook. Der bleibt als letzter Sichtvermerk im Osten stehen.

Von dort aus kehrt der Blick zurück, entlang der Vektorlinien, die sich von den Atlantic Highlands über Belford und Port Monmouth und East Keansburg aus geradewegs bis vor unsere Füße ziehen lassen, bis vor unseren Standpunkt auf vierzig Grad achtundzwanzig Minuten nördlicher Breite und vierundsiebzig Grad acht Minuten westlicher Länge. Nur einen Schritt über dem Meeresspiegel.

Ich liebe den Ausblick über die Bucht, sage ich zu Beatrice, er bleibt selbst für die erschwinglich, die keine Türme, keine Etagen zwischen sich und dem Untergrund einzuziehen vermögen. Ich bin die Höhe des Standpunkts, die Weiträumigkeit der Perspektive, wie sie hier an der Küste als Strandgut für jedermann bereitliegt, nicht gewohnt. Ich bin mit dem Gesicht zur falschen Seite der Welt geboren, sage ich.

Mit einem eisernen Vorhang vor dem Kinderzimmerfenster. Mit dem geteilten Kontinent als dem Weltabgrund dahinter, Kontinentalbruch und Datumsgrenze in einem: eine andere Zeit jenseits der willkürlich übers Land gezogenen Trennlinien, eine andere Hemisphäre. Keine andere Aussicht als die auf Drahtverhaue und Wachtürme und auf die stillen Drohgebärden der Panzer im Hinterland der Gegenseite, die penibel über eine Demarkationslinie wachten, die nichts festgehalten, nichts anderes bewahrt habe als die Teilung Europas.

Von frühester Kindheit an, meine ich, müsse ich daher von trauriger Gestalt gewesen sein.

Deshalb womöglich die Flucht, später, fort von der Peripherie ins pulsierende Zentrum des Planeten, an die Mündung des Hudson River in eine Stadt, die niemals schlafe, und endlich frei von der künstlich aufrecht erhaltenen Paralyse eines anderen Erdteils vor seiner inneren Abgründigkeit.

Und dennoch, sage ich, ist mir mitunter, als sei ich schon damals an ebendieser Stelle gestanden – in Gedanken wenigstens –, an der Atlantikmündung, die mir nun im Déjàvu erneut meinen Horizont aufzeige. Als kenne ich alle Regungen der Stadt und des Meeres vor mir bereits und die Geschichten der Schoner und der Jäger und der weißen Wale darunter und darüber. Als kenne ich den guten Gott von Manhattan, der über die Stadt wache, über eine gläserne Stadt, die dennoch, immer noch nach Staub und Leinen und nach Leder rieche und nach dem alt gewordenen Papier alt gewordener Tage.

Als ein fremdes Aroma steige die Stadt aus der Dünung des Ozeans empor, sage ich, aber sie bleibe trotzdem unverkennbar Teil seines Wesens, bleibe seiner Physis ebenso wie seiner Physik stets verbunden, bleibe Meergeburt und Gischt und Spiegelgrund für die aufstiebenden Schleier des Salzwassers vom Pol.

Es sei eine wunderbare Aussicht, sage ich mit einer Geste auf das weite Panorama vor uns, selbst wenn ich mir keinen erhöhten Betrachterstandpunkt darin leisten könnte.

Was ich gemeint hätte, fragt Beatrice plötzlich, als ich zu ihr gesagt habe: Sie sterben immer.

Als meine Mutter mich verlassen habe, sage ich, als ich davon erfahren habe, hätte ich ihr eben einen langen Brief schreiben wollen, weil ich bis dahin zu sehr in mein Studium, zu bodenlos in die Bücher vertieft gewesen sei, um mir die notwendige Zeit für die notwendigen Erklärungen zu nehmen. Damals sei in mir die Vermutung gewachsen, es müsse ein Zusammenhang bestehen zwischen den Figuren auf dem Papier, zwischen dem Brief, an dem ich eben noch gearbeitet hätte, und ihrem Verschwinden aus meiner Wirklichkeit ... ein archaisches, ein atavistisches Motiv geradezu, das dennoch bereits zu allen Zeiten und während aller Epochen die Literatur verdächtig gemacht habe: dass nämlich das künstlerische Abbild der Wirklichkeit, ihre detailgetreue illusionistische Repräsentation, zugleich auch der Welt das Wesen der Wirklichkeit entziehe und es stattdessen dem Artefakt einschreibe ... die Seele der dargestellten Dinge, weil jedes Simulakrum ungleich machtvoller sei als seine Matrize.

Als das Kind noch ein Kind war, sage ich mit Blick auf den Himmel über New York, habe deswegen eine Höllenangst aus den Büchern zu mir gesprochen, und ich habe mich klein gemacht und die Beine eng an den Leib gezogen, je lebendiger mir die Figuren erschienen seien, die Gegenden und Gebäude und Gestalten, die sich mir im spitzen Winkel aus den Seiten genähert hätten, der dennoch zugleich die einzige Perspektive auf eine Welt jenseits aller eisernen Vorhänge gewesen sei.

Ein Flugzeug donnert tief über unsere Köpfe hinweg in Richtung Baltimore oder Washington, das liegt nur knapp eine Flugstunde entfernt.

Wie Perlenschnüre stehen die Flugzeuge über John F. Kennedy oder La Guardia, bis sie im Steigflug weiter und weiter über die Küste hinauskommen, nach Nordosten über den Golf von Maine hinaus und in die Westwinddrift hinein, in den großen aeronautischen Strom zwischen Neufundland und den Britischen Inseln, der sie als

Rückenwind unter ihren Flügeln davonträgt. Ist das nicht sonderbar, meint Beatrice beim Anblick der großen Jets über der Bucht: In Scharen verließen sie das Land und kehrten zum Ausgangspunkt ihrer Geschichten zurück.

54

Ein Donnerschlag reißt alles von den Beinen, schleudert alle Neune in den Abgrund, leblos, wahllos durcheinander gewürfelt und ins Nichts … ein Blitzlicht draußen über der Küste, danach ein zweiter Donnerschlag, diesmal von außerhalb des Diners, dann steht nichts mehr auf dem Parkett, was sich einstmals so geschlossen zur Gruppe aufgebaut hat, aufrecht und mit dem Untergang im Gesicht auf ihrer Bühne, in ihrem Stück vom ewigen Fall und von der Wiederkehr.

Nur ein Pin ist stehen geblieben, zeigt das Scoreboard über der Bowlingbahn im schrillen, rhythmischen Tanzen der Blinklichter … das Wetterleuchten für den eigenen menschlichen Mikrokosmos ist das, dann geht der Blick zurück über die Bahnen bis in den Restaurantbereich des Diners … Beatrice sitzt neben mir mit dünnem amerikanischem Kaffee im Papierbecher und einem Schokoladenmuffin, für einsneunundneunzig im Angebot, Kaffee zum Nachnehmen bei Bedarf.

Du isst nichts, bemerkt Beatrice.

Ich habe keinen Hunger, antworte ich. Wieder der Donnerschlag in unserem Rücken. Verhaltene Freudenrufe von einer der Bahnen.

Schon seit sie denken könne, spiele sie dieselben sonderbaren Rollen, erzählt Beatrice, während sie an ihrem Kaffee nippt: Weiber, Monster oder Mörder, mehr sei da nicht. Immer nur Nebenrollen: die linke Hand des Helden oder die rechte seines Henkers.

Die Handlangerin Gottes auf seiner Bühne.
Figuren zum Endspiel, versuche ich sie zu trösten. Zentrale Charaktere seien das doch im Prinzip, deren Funktion allesamt in der Herbeiführung des wichtigsten Teiles des Stückes liege, seines Finales. Sie bauten durch ihr Eingreifen erst jene teleologische Struktur auf, jene Zielgerichtetheit literarischer Machwerke, die im Nachhinein überhaupt eine Handlung erkennbar mache: Erst das Ende der Geschichte gestatte ihren Anfang, und nicht umgekehrt. Das unausweichliche Verstummen danach sei die Bedingung allen Erzählens, sage ich.
Mit einem Biss in ihren Muffin geht Beatrice über meine Worte hinweg. Sie schlingt ihn in einem Stück hinunter, von einer sonderbaren Gier ergriffen, wie mir vorkommt. Sogar die Brösel auf dem Teller pickt sie mit dem angefeuchteten Finger auf, leckt ihn danach sauber und den Handballen, bevor sie sich wieder mir zuwendet.
Ein weiterer Donnerschlag in meinem Rücken fegt durch die Reihen der Bowlingpins. Wie meine Menschenpüppchen sehen sie aus.
Was für eine Angst machende, was für eine barocke Metapher von der Willkür des Lebens und des Sterbens das Kegelspiel doch erzähle, bemerke ich. Schon in den mittelalterlichen Legenden um das Kegeln ließen sich alle Allegorien des Welttheaters finden: der Mensch und sein Handwerk und seine Teufel, und immer sei da auch der Tod als stiller, als unerkannter Spieler mit von der Partie in düsteren Turmzimmern und Domstuben oder Wirtshausgesellschaften. Man könnte meinen, die Literatur be-

mühe sich gar nicht, ihre Affinität zum Endspiel und zum Sterben zu kaschieren.

Die Literatur ist eine bösartige Muse, der Tod ihr Amüsement. Wieder trifft ein Donnerschlag die Kegelreihen hinter mir, wieder ein Wetterleuchten von der See, oder es ist das unruhige Licht der Neonröhren unter der Decke, oder das Blitzen der Lämpchen und bunten Lichter rund um die elektronische Spielanzeige.

Wir sollten gehen, sage ich zu Beatrice, bevor das Unwetter über die Bucht komme und sie den Fährverkehr einstellten. Bevor wir hier festsäßen an einem schwarz lackierten Tisch voller halb ausgeleerter Kaffeebecher und mit dem Donnern der Bowlingspiele nebenan im Ohr … als Sphärenmusik zum elementaren Rhythmus, zum Krachen und Splittern der Spielsteine … der austauschbare Klang ebenso austauschbarer Stars und Sternchen aus den Lautsprecherboxen … ein Radiosender aus der nahe gelegenen Metropole, und keine andere Perspektive mehr als die auf die grauen Nebelbänke vor den Fenstern des Diners.

Später, am Schiff, erzähle ich Beatrice, was ich gesehen habe. Ich lasse mich dazu hinreißen, ihr den Dämon zu schildern, die Fossa, die entsetzliche Frettkatze, und den Moment des Sterbens an meinem namenlosen Spiegelbild. Einzig die Seite mit den Notizen des Studenten verschweige ich ihr.

Ein Brecher, ein Schlag der unruhigen See gegen den Rumpf der Fähre verträgt mir das Wort vom Mund und ich nehme es nicht wieder auf.

Seit Jahr und Tag, seit ich denken könne oder wenigstens solange ich mich erinnern könne, sage ich dem Mädchen, beobachte ich die Sterbenden und die Toten. Ihre Angehörigen.

Ich wache über sie, zwar nur aus der Ferne, nur durch den bläulichen Dunst meiner Bildschirme hindurch, aber immerzu wäre ich da. Berührte sie mitunter in jenem letzten Augenblick, aber man dürfe nicht eingreifen, niemals. Auch nicht Buch führen über die Sterbenden, das zögere ihren Tod nur hinaus.

Nur über sie wachen dürfe ich, als eine Art Zuschauer und Spielführer zugleich bei ihrem letzten großen Auftritt. Auf zwanzig Schirmen und mehr behielte ich sie alle im Auge, alles Püppcheninventar der Sterbezimmer, und ihrem Ableben gelte Mal für Mal meine volle Konzentration, wenn es dazu komme.

Dies sei ihr letzter großer Moment auf dieser Bühne. Ihre letzten Worte.

Jene bis in die Essenz verdichtete und zugleich nur mehr aufs Wesentliche reduzierte Szene, die bereits Moral und Schluss des gesamten Welttheaters pars pro toto in sich trage ... in diesen bangen Moment dürfe man nicht hineininszenieren.
Nicht hineinsprechen.
Man müsse als Publikum den Atem anhalten und in der Regie den Fall des Vorhangs vorbereiten, sonst nichts.
Mehr dürfe man nicht zutun.
Man dürfe nicht ins Wirken der anderen – der dunklen – Seite hineinagieren: Beide Seiten müssten jene letzte Grenze wahren, kein Brückenschlag darüber.
Nur aus der Entfernung dürfe man den Tod erfahren, meine ich. Nur diese Distanz wahre die Würde des Sterbenden ebenso wie sie es den Überlebenden ermögliche, noch für eine Weile weiterzugehen, wo sie ihrer eigenen letzten Gesellschaft bereits einmal ins Auge gesehen hätten. Als eine vollkommen fremde Geschichte müsse man das Sterben zu lesen lernen, ansonsten komme man niemals mehr über jene Stelle hinweg.
Was geschieht mit uns, wenn wir sterben, fragt Beatrice, an die Reling des obersten Fährdecks gelehnt, während das Boot Fahrt aufnimmt und sich mit einem stockenden Stampfen, mit dem wieder und immer wieder im Intervall von Wellenschlag und Kolbentakt an- und abschwellenden Geräusch der leer durchschlagenden Schiffsschraube vom Ufer abstößt.
Von Zeit zu Zeit geht ein Wasserschauer über das Deck nieder ... die ersten Regentropfen des Gewitters oder die

Gischt ... das vom Bug aufspritzende und mit dem Wind gegen die Fahrtrichtung, nach Südosten fortstiebende graue Wasser aus der Bucht, der Ton der Motoren und des Antriebs dafür nun hörbar gesättigt, im Tiefwasser. Ausgespülte Seeigelgehäuse tauchen daraus auf, oder die abgerissenen Fahnen des Seetangs und anderer Unterwasserbewuchs.

Wenn wir sterben, sage ich, geschieht das nicht in einem Augenblick. Schon Tage vor dem Eintreten des Todes setze allmählich jene Sequenz der Ereignisse und der Prozesse ein, die sich während der letzten Stunden überschlage: Die Stoffwechselsysteme verlangsamten ihren Fluss. Der Körper kühle ab, in der Folge, und die Bewegungen des Sterbenden erfolgten nur noch wie gehemmt, die Muskeln gleichsam wie Wachs so starr, das sei die Paralyse vor dem Tod, der Gedanke an ein Davonlaufen endlich undenkbar geworden. Die Haut wird an den äußeren Extremitäten des Körpers, den herzferneren physiologischen Regionen, allmählich spröde. Dann hart, und mitunter geschehe es, dass die Augen erblindeten. Die Ohren taub und nicht länger ansprechbar, längst anspruchslos geworden, und alles Sensorische, alles Motorische, alles Außenweltliche und auf die Außenwelt Gerichtete habe sich schon auf den Weg des Regresses in sein Innerstes gemacht, und ohne Wiederkehr.

Die Kälte drückt aufs Herz und endlich bleibt es stehen. Dann setzt die Atmung aus und das Gehirn verödet, nur Minuten nach dem Stocken des Blutflusses. Irreparabel zerreißen nun die Knoten und Synapsen, die Nervenbahnen ... die Nervenzellen ausgehungert über einem Magen, der noch eine Weile weiter das verdaut, was ihm vom Leben als letzter Rest geblieben ist. Die Lunge fällt langsam in sich zusammen, dann versagen der Reihe nach alle anderen inneren Organe. Die Kohlensäure in den Muskelfasern kann nicht länger abtransportiert werden und lagert sich darin ab, endgültig: karbonisiert ... fossiliert ... versteinert Glieder und Gelenke, während der Arzt den Todeszeitpunkt und das Eintreten der Leichenstarre feststellt.

Die inneren Prozesse aber laufen weiter: Das Blut, das nicht mehr fortbewegt wird, steigt in breiten Ödemflecken an die Oberfläche der Haut oder es sickert durch den Körper hindurch – ein bleicher Schwamm, ein wenig Bimsstein – an den Rücken, wo der Tote mit dem Kopf nach oben auf seinem Sterbebett liegt, die Augen unnahbar weitsichtig in den Himmel gerichtet, das ist nicht mehr als ein blinder Fleck.

Die Haut legt sich nun enger um die starren Glieder und dick und dunkel vom stillgelegten Blut treten die Venen darunter hervor.

Dann, nach drei, vier Stunden versagen auch die Nieren ihren Dienst.

Die Magensäure und die übrigen Verdauungssäfte fressen sich, in ihrem Zersetzungswerk von keinen anderen Prozessen mehr behindert, durch Darm- und Magenwände und eröffnen damit endlich aus dem Innersten des Menschen, wohin er sich zurückgezogen hat, den letzten Prozess über ihn: die Verwesung.

Über der Küstenlinie von Long Island stehen die Flugzeuge wie die Perlenschnüre im An- und Abflug von J.F.K. und La Guardia vor dem violetten Gewitterhimmel. Wer nicht mit dem Westwind fliegen könne, kehre zumindest in den Schutz der Stadt zurück, so scheint es. Fliehe die vagen Elemente – die Lüfte und das Meer –, um sich zwischen den Türmen der Metropole in Felsenritzen und Nischen zurückzuziehen. Um dort, im trügerischen Glauben, selbst unsichtbar zu sein, im Untergrund der Verkehrstunnel und Metrostollen und im Schatten der Hochhäuser, in ihren Stockwerken und Kellern den Sturm zu erwarten.

Eine Böe fasst nach der Fähre, während wir weiter dem vierundsiebzigsten Längengrad in nördlicher Richtung über die Bucht folgen. Immer schwerer kämpft das Schiff gegen den Seegang.

Man könne das Unwetter bereits eine Stunde im Voraus im Wasser erkennen, meint Beatrice, wenn man die Metaphern und Symbole eines stürmischen Ozeans zu lesen verstehe. Sie zeigt auf den Meerschaum auf den Wellenkämmen und auf aufsteigende Luftblasen in den Wellentälern, als ringe das Element dort selbst nach Atem.

Smaragdgrüne und kreisförmige Einschlüsse im monochromen Nassgrau des Golfs begleiten uns in einiger Entfernung auf unserer Route ... vermehren sich, je näher wir der Stadt kommen, sammeln sich um unser Boot und wahren doch den sicheren Abstand zur Schraube und zum Schiffsrumpf, wenn er auf das Wasser schlägt, als wären sie mehr als nur die Reflexion des Firmaments darüber, als sauerstoff- und planktonhaltige Gebilde im Salzwasser: denkende Wesen.

Was siehst du, fragt Beatrice, die mir mit ihrem Blick aufs Meer gefolgt ist. Sie steht dicht hinter mir, hält sich immer noch am Geländer des Oberdecks fest, fast so, als müsse sie damit die Umarmung kaschieren, mit der sie mich umfasst. Die lediglich der Seegang ihr aufzwinge, sagt sie.

Nichts, sage ich rasch, oder nein: ich weiß es nicht.

Die ersten Silhouetten der Metropole treten aus dem Dunst am Horizont.

Wir sollten hineingehen, sagt Beatrice. Unter Deck, falls das Gewitter losgehe, bevor wir wieder an Land seien.

Die Dinge haben sich geändert, sage ich, immer noch die verstädterte Küste im Norden vor Augen, der uns unsere Route entlang des Längengrades unerbittlich zuführt.

Beatrice, bereits zum Gehen gewandt, hält noch einmal an.

Etwas ist in Unruhe gekommen, setze ich nach, aber ich weiß nicht, was es ist.

Wir sollten gehen, sagt Beatrice noch einmal, dann fährt ein neuerlicher Schauer von Gischt und grauem Meerwasser auf uns nieder, die Fähre driftet seitwärts, rollt schwer gegen die Strömung, und ich folge Beatrice über eine nassgespritzte und rutschige Leiter hinab aufs untere Deck und von dort aus weiter in den Schutz der Passagierkabinen. Durch die Fensterscheibe der großen Sammelkabine sind keine Luftblasen, kein Meerschaum und keine smaragdgrünen Wasserwirbel mehr zu erkennen.

Stattdessen liegt das Kabineninnere als Reflexion über dem massiven Glas und in der Scheibe gedoppelt: Wochenendausflügler und Flüchtige aus der Großstadt wie wir, womöglich. Familien mit ihren Kindern. Verliebte Pärchen, die immer noch bemüht sind, im unmöglichen Winkel auf die Strände im Süden zurückzuschauen, sich diese Perspektive aufrechtzuerhalten als die Erinnerung an Turteleien und Tänzeleien, für ein paar Stunden nur. Sie ahnen nichts vom Treiben unter Wasser und von seinen Turbulenzen, die uns … das weiß ich … immer noch in unserer Bugwelle folgen.

52

Es sei nur noch eine Frage der Zeit bis zur vollständigen Entzauberung der Welt, sagt Schierling. Er lässt in endloser Abfolge Kombinationen von Buchstaben vor sich über den Computerbildschirm huschen, das sei der Schlüssel zur letzten Erkenntnis vom Menschen, sagt er, der Schritt hinweg über die letzten Grenzen, die sich unserem Verständnis bislang noch errichtet hätten. Man habe schon längst zum Angriff darauf geblasen, während ihr – er macht ein Kopfnicken in meine Richtung – euch in euren Schreibstuben und Diskussionsrunden noch darum balgt, ob dieser Feldzug überhaupt moralisch wäre oder nicht. Die Entzauberung der Welt, sagt er, während ich in die Alleen der Käfigwände und Lebendtierboxen hinabschaue, ob der Rattenkönig immer noch in seiner Ecke thront.

Sein erstes großes Projekt, das ihm später auch die Forschungsstelle an diesem Institut gesichert habe, sei eine Untersuchung zum kindlichen Staunen gewesen. Jenes Staunen sei damit gemeint, mit dem Säuglinge und Welpen und Wurffrischlinge durch die Welt gingen: mit offenen Augen.

Der Rattenkönig ist nirgends zu sehen.

Ein rein physiologisches Phänomen sei jenes Staunen über die Welt, sagt Schierling, die Konsequenz des zerebralen Wachstums – der Mensch sei ja ein Mängelwesen, wenn er auf die Welt komme – und der Grund für die ganz außergewöhnliche Lernfähigkeit des Gehirns im Frühkindalter, aber am Ende doch nicht mehr als ein System zur Prägung, das dazu diene, die letzten Synapsen und neuralen Verbindungen den sozialen und ökologischen et cetera Strukturen seiner Umwelt anzupassen.

Ein notwendiger Mechanismus sei das, der die Einheimatung des Neugeborenen in seine Umgebung erst ermögliche.

Ein bedeutender strategischer Vorteil im Verdrängungswettlauf der Evolution, sagt Schierling, während sich mein Blick wieder in den Letternkolonnen auf dem Bildschirm vor seinem Gesicht verliert … und nicht, wie landläufig allzu bereitwillig geglaubt, sentimental. Nichts Empfindsames, nichts Übersinnliches, nichts, was man sich bewahren könnte oder überhaupt sollte. Nur Genetik. Nur das Zusammenspiel von Eiweißketten und Hormonen.

Wenn man lange genug in das flirrende Buchstabengewebe am Monitor blickt, verläuft es ohne Form und ohne Ziel in eins: die vier, mitunter auch fünf verschiedenen Lettern a-g-c-t oder a-g-c-u, als die Statthalter, als Symbolzeichen für ein Ganzes dahinter, das nicht länger mehr ist als die Summe seiner einzelnen Teile. Der Blick wölbt sich, baut einen Tunnel hinein in die Planfläche des Bildschirmes und droht plötzlich darin zu versinken, spinnt widersinnige Träume im Angesicht jenes Bauplanes und jenes Logarithmus, der die Lesbarkeit des Menschen am Glas des Monitors ohne Rechenfehler, ohne Missbildungen in der Formel vorzeichnet, in einer niemals zuvor so zur Welt gebrachten Vollständigkeit und Gewöhnlichkeit.

Die Entzauberung der Welt stehe unmittelbar bevor, meint Schierling noch einmal, in der Entzifferung des Menschen. In der Entzifferung seines Denkens. Wenn dieses Rätsel eines Tages ausmultipliziert sei – und nichts anderes als eine lange und multifaktorielle Rechnung sei das –, gebe es nichts, was noch länger Geheimnis bleiben könne. Seine Untersuchungen zur Biokompatibilität des Sterbens, sagt Schierling, entzifferten eben den Tod als den letzten Gedanken des Menschen.

Während ich mich an seinen Worten entlang – ein mir längst vertrautes Terrain – aus der Abgründigkeit des Letternvorhangs am Bildschirm zurücktaste, schiebe ich Schierling das Blatt Papier aus der Bibliothek zu. Ich könne es nicht entschlüsseln, sage ich. So sehr ich es auch versuchte, ich würde nicht schlau daraus.

Schierlings Blick fällt von den Buchstabenkolonnen am Monitor und den Phantasien, die darin nisten, auf die Seite aus der Enzyklopädie. Eine amorphe Systematik, sagt er: Zahlen, Zeichen und Lautketten, asymmetrisch verteilt, die Eintragungen wie zufällig, die ihnen tatsächlich zugrunde liegende mathematische Ordnung vom Schleier der scheinbaren Zusammenhanglosigkeit verstellt.

Ich könne nichts erkennen, meine ich. Manche der Wörter hätte ich als Buchtitel zu identifizieren geglaubt, oder wenigstens als deren Fragmente. Die Zahlen könnten Jahreszahlen sein, oder Seitenangaben, oder ebenso gut alles andere. Mit den wunderlichen Symbolen, die sich vor allem am rechten Rand der Seite fänden, könnte ich sogar noch weniger anfangen: Schmierereien seien das in meinen Augen, ohne weitere Bedeutung. Einzig eine jener sonderbaren kleinen Malereien wecke bekannte Bilder in mir: eine Katzenfigur am Ende des Blattes, als habe sie sich dort selbst als letzten Eintrag in die Enzyklopädie eingeschrieben.

Die Zeichnung sei allerdings mitten in ihrem Entstehungsprozess abgebrochen worden: Pfoten, Schwanz und der Kasten des Katzentieres seien bereits gut zu erkennen, ebenso der Ansatz des Schädels, doch hier verlaufe die Miniatur plötzlich in eine nicht fertig zu denkende Unvollständigkeit: der begonnene Schädel bei weitem zu spitz für den Kopf einer Katze, darunter ein ganz und gar widersinnig dimensioniertes Gebiss, eher an eine prähistorische Kreatur gemahnend und zum Sprung bereit, im Dunkel der Geschichte. In ihrem Unterwuchs.

Woher ich das Blatt habe, fragt Schierling.

Ich habe es in der Bibliothek gefunden, antworte ich. Daneben auch einige Wertgegenstände, eine abgelegte Uhr und ein wenig Geld. Darum suchte ich den Verfasser dieser Notizen, und ich hätte gehofft, in ebendiesen handschriftlichen Anmerkungen und Schnörkeln einen Hinweis auf seine Person zu finden. Es seien vermutlich seine Studienunterlagen, doch ich würde nicht schlau daraus.

Schierlings Blick geht von den Hieroglyphen am Papier zurück zu den Suren molekularbiologischer Codes und Credos am Bildschirm. Er selbst könne nichts zu den Kritzeleien sagen, meint er, aber er könne mir vielleicht auf andere Weise helfen. Er wolle mir etwas zeigen, sagt er und macht sich auf den Weg hinein in die Alleen der Tierkäfige und Plexiglasboxen und Transportbehältnisse, hinein in das Netzwerk der Korridore zwischen einem hochaufragenden Mauerwerk von Hamstern, Ratten, Mäusen, Meerschweinchen und Kaninchen, Zelle an Zelle übereinander und nebeneinander aufgeschichtet zu einer alle Arten durchkreuzenden, unfruchtbaren Wabenstruktur. Die Käfigreihen werfen ihren eigenen Schatten in das artifizielle Taglicht des Labors.

Eine Fortführung seines ersten Forschungsprojektes sei das, sagt Schierling, biochemische und soziogenetische Faktoren des kindlichen Staunens, und er bleibt plötzlich vor einem Sektor von Käfigen mit gelben Etiketten an den Türen stehen.

Die Jungtierabteilung, sagt er, die Würfe der letzten Wochen, ich könne mir ein Exemplar davon aussuchen, während er die Präparation zusammenstelle. Mein Blick fällt auf eine Box, in der fünfzehn oder zwanzig Ratten nach allen Richtungen in heller Aufregung davonstieben, allesamt nur wenige Tage alt, erklärt Schierling, und ich meine, in dem Gewusel der Tierleiber jene bloß mausgroße Ratte mit dem weißen Kreuz auf Brust und Bauch wiederzuerkennen, die mir bereits bei meinem letzten Besuch ins Auge gesprungen ist. Ohne zu wissen, was Schierling überhaupt vorhat, deute ich auf sie, und Schierling fasst in einer geübten Bewegung in den Rattenkäfig. Kein Kampf, kein Zucken, kein Beißen mehr, bis er sie endlich außerhalb der Käfigklappe in der Hand hat und vor sich auf der Arbeitsfläche abstellt.

Auch eine Art der Biokompatibilität, denke ich, während Schierling den kleinen Nager mit der Linken geschickt nach unten drückt, den Rücken auf das kalte Metall gepresst, die Beinchen und den Rattenschwanz luftgreifend nach oben gestreckt. Mit der Rechten setzt Schierling die Injektion an, ein Protein eigener Produktion, meint er, das den Alterungsprozess der Gehirnzellen verhindere. Das Signal zur Einstellung der zerebralen Prägung werde so ausgeschaltet, die Entwicklung des Gehirns niemals abgeschlossen. Die Fähigkeit, selbst die verborgensten Muster noch zu erkennen, bleibe damit bestehen.

Schierling setzt die Injektion ab und nimmt das Tier, fast behutsam jetzt, in seine Hand.

Ich hätte in dieser Ratte nun einen hervorragenden Fährtenleser, sagt er, selbst für die amorphe Systematik meines Kryptoskriptes: Nur eine Struktur, die selbst zu wachsen vermöge, könne auch organisch gewachsene Strukturen erkennen.

Im Übrigen sei diese Ratte ein Weibchen, sagt er und greift nach einer leer stehenden Transportbox in dem dichten Wandgefüge von Käfigen und Terrarien vor sich. Ich könne ihr einen Namen geben, wenn ich das wolle, sagt er und schiebt das Tier, immer noch widerspenstig, in das Kunststoffbehältnis. Stellt es vor mir auf dem Tisch ab und legt die mysteriöse Manuskriptseite obenauf. Ich sei ihm nichts schuldig für das Tier, doch ich solle ihn auf dem Laufenden halten hinsichtlich der Fortschritte, die ich und meine Maus machten. Eine Hand wasche die andere. Ich solle mich ihr vertraut machen, des Weiteren, und eine Methode finden, über die sie sich mir mitteilen könne.

Er drückt mir die Transportbox mit der Ratte darin in die Hand und weist mir mit einer knappen Kopfbewegung den Weg zum Ausgang seines Labors. Den schmalen Pfad zurück hinaus aus dem Schatten der Käfigwände, während Schierling selbst in die andere Richtung des Raumes verschwindet … vorbei an den Drahtgittern und Plexiglasscheiben mit den tänzelnden und gegen die Gitter springenden und wieder im lichtlosen Hinterland ihrer Gefängnisse aufgehenden Schatten … den Geruch durchtauchend, der sich als ein sonderbares Aerosol aus dem Uringeruch des Kleinviehs und dem scharfen Aroma des Desinfektionsalkohols in den hohlen Gassen zwischen den Käfigwänden festgesetzt hat und, immer noch meine Maus in der Hand haltend, nach draußen … niemals zur Seite geschaut.

Niemals herumgedreht, und dennoch spüre ich Blicke in meinem Rücken, aber schärfer … wütender als die der Labortiere. Sie folgen mir, haben sich mir an die Fersen geheftet und gehen mir von nun an nach, so glaube ich, oder meiner Ratte, unerlaubt aus ihrem Reich entfernt … machen sich unsichtbar auf den Mauerkronen, nehmen Witterung auf vor jedem Sprung und wagen es dennoch nicht, mir schon jetzt in den Rücken zu fallen, solange Schierling noch im selben Raum zugegen ist, irgendwo in den abgelegeneren Sphären jener hoffnungslosen Welt. Sie fürchten ihn, solange das Licht an ist.

51

Im Blaulicht zeige ich Beatrice meine Puppensammlung … mein Puppenhäuschen voller Porzellanfiguren auf den Bildschirmen, unter den Überwachungskameras. Ich zeige ihr die Kokons aus Bettlaken und meine Mumien, meine Kahlgeschorenen und meine gleichgesichtigen Babuschkas, das herabgedimmte und traumwandlerische Schwärmen eines Stockes, den die Hälfte seiner Einwohnerschaft nicht wieder verlassen wird.

Mitunter bleibt eines meiner Püppchen leblos in seiner Wabe liegen, dann trägt man es fort. Tut es zunächst auf den Haufen zu den anderen zerbrochenen Figuren im Keller des Hospitals, bevor man es zurück in den Erdboden setzt, aus dem sie allesamt gemacht sind: bleicher Ton.

Jede Nacht dasselbe, sage ich, doch Beatrice kann ihren Blick gar nicht mehr von den Bildschirmen lösen.

Gewöhnt man sich daran, fragt sie.

Ich nicke. An das Sterben als Erstes, sage ich. Anfangs sei es schrecklich, dann übe es von Tag zu Tag eine immer stärkere Faszination aus, banne einen Zentimeter vor die blau flackernde Bildfläche und von dort aus starre man hinab ins Krankenzimmer, immerzu hinab ins Sterbezimmer, um nur ja keinen Augenblick zu versäumen. Später gewinne man mehr Abstand dazu. Man überwache den Prozess des Ablebens nur noch, still und aus der Ferne.

Welches von ihnen stirbt als Nächstes, fragt Beatrice und lässt die Augen unablässig von einem Monitor zum nächsten wandern, von Zimmer zu Zimmer. Keine Wände und keine Türen und kein Halten für sie.

Ich bin mir nicht sicher, sage ich. Zimmer 130 wahrscheinlich, oder eines der Zimmer am Ende des Stationsflügels, am Ende des Korridors. 150, oder 151, das erbricht schon seit Tagen ... hat nicht gut auf die Therapie angesprochen ... schon auf die letzten drei Therapien nicht mehr. Es hätte sich bereits ganz tief in sich zurückgezogen, wie die Larve in ihren Kokon.

Wie Glas würden sie sich jetzt anfühlen, deshalb nenne ich sie auch so: meine Glaspüppchen, und so spröde das Material einerseits sei, so zerbrechlich sei es andererseits auch.

Beatrices Blick geht von meinen Porzellanfiguren zu den lebendigeren Silhouetten der Besucher und der Angehörigen, doch man sieht lediglich ein paar krumm gemachte Rücken.

Sie tragen Mundschutz und Haarnetze, sage ich.

Ich bin Beatrices Blick gefolgt.

Ihre Gesichter könne man nicht erkennen. Einzig die Bilder der Kameras in den Korridoren und in der Cafeteria gewährten von Zeit zu Zeit persönlichere Einblicke. Dann könne man kurz in ihnen lesen, und sie erzählten die entsetzlichsten Geschichten, die man sich ausmalen könne. Die Geschichten der Angehörigen nämlich liefen weiter, sie schrieben sich über den Moment des Sterbens hinaus fort, doch dieser hafte ihnen von nun an unauslöschlich an, und der Schmerz. Und die plötzliche Stille in der Brust. Und nichts.

Wer den Fall darin nicht überstehe, komme niemals mehr über diese Leerstelle in seiner Erzählung hinaus ... der bleibe, Luft tretend, mitten in seiner Geschichte stehen ... der retardiere darin und könne ohne ihr Ende zugleich auch nie mehr an ihren Anfang zurückkehren ... der regrediere ohne Hoffnung und ohne die Aussicht darauf, diesem Zirkel jemals zu entkommen.

Während ich spreche, kann Beatrice ihre Augen nicht von der Videowand lösen. Wie lange ich hier schon arbeite, fragt sie und verfolgt zwei Schwestern, die mit Pappbechern voll Kaffee in der Hand über den Korridor der Krebsstation schlendern.

Ich weiß es nicht, sage ich. Ich kann mich nicht mehr erinnern.

Was bekommst du dafür, fragt sie.

Dreihundert im Monat, antworte ich. Geringfügige Bezahlung, mehr sei nicht zu erwarten. Dafür sei die Arbeit einfach und – habe man sich einmal an das Sterben im Puppenhaus gewöhnt – nicht weiter anspruchsvoll. Die Nächte seien großteils ruhig. Der Tod komme zumeist noch am Abend oder erst wieder in den frühen Morgenstunden, wenn Puls und Kreislauf der Patienten erneut versuchten, ihre Schlagzahl über die Paralyse des Schlafs hinauszutreiben.

Tagsüber arbeitete ich als Zuträger in den Laboratorien der histologischen und pathologischen Abteilung. Ebenfalls geringfügig.

Den Rest der Zeit verbrächte ich mit Lesen oder Schreiben, das könnte ich mir ohne die Nachtwache an den

Bildschirmen, vor dem Blaulichtflimmern eines synthetischen Himmels nicht leisten.

Es sei eine gute Arbeit, sagt Beatrice. Besser als ihre Kurzauftritte und Statistenrollen in Hinterhoftheatern und Off-Produktionen.

Ich weiß nicht, sage ich.

Dreihundert für die Arbeit tagsüber, dreihundert für die in der Nacht. Zwei Drittel davon fresse die Miete, zweihundert blieben im Monat zum Leben.

Wenn ich so weitermachte, sagt Beatrice, könnte ich mir auch bald ein Flugticket leisten und nach Europa zurückkehren.

Sie lacht.

Unmittelbar neben ihr, vor dem kammerflimmernden Horizont der Monitore habe ich die Transportbox mit Schierlings Ratte darin abgestellt. Als Beatrice sich nach vorne beugt, um das Inventar meines Puppenhauses und seine Besucher besser betrachten zu können, stößt sie dagegen, und ein aufgeregtes Geräusch kommt aus dem Inneren des Käfigs.

Was darin sei, fragt Beatrice.

Eine Ratte, antworte ich. Ich hätte sie geschenkt bekommen. Wahrscheinlich würde ich ihr auch einen Namen geben.

Welchen denn, fragt Beatrice.

Ich denke, ich werde sie Lucy nennen, sage ich, wegen Lucy in the Sky with Diamonds. Sie habe so ein Staunen in den Augen ... ein kaleidoskopisches Staunen geradezu: Ihr Auge fasse mehr, als die Welt in ihrem sichtbaren

Spektrum offenbare. Ein ganz wunderbarer und verzauberter Blick sei das, mit dem sie einen ansehe und alle Muster und Farben, so scheine es, müssten sich darin brechen und den Schlüssel zum Geheimnis ihrer Form darbieten.

Ob sie sie herausnehmen und sich ansehen dürfe, fragt sie.

Nein, sage ich und Beatrice wendet sich wieder dem Geschehen auf den Bildschirmen zu.

Bald ende die Besuchszeit, sage ich, dann kehre nach und nach wieder Ruhe ein in den Zimmern, in den Zellen. Die Korridore und Aufenthaltsräume vor den Kaffeeautomaten, die Sitzhalle vor dem Bistrocafé leerten sich dann, schließen für wenige Stunden alle menschliche Substanz aus aus ihrem Geruch nach kaltem Fett und Zigarettenasche. Was nicht mit dem Strom der Besucher nach draußen gehe, bleibe bis zum Morgen im Inneren der Station zurück: Nachtschwestern und Patienten, beides Püppchen anderer Prägung in meinem Puppenheim.

Schreibst du manchmal über sie, fragt Beatrice, plötzlich mit einer brennenden Neugier in der Stimme. Sie weist auf eine der Figuren, die sich eben in einem der Zimmer auf den Weg zur Nasszelle gemacht hat ... um auf die Toilette zu gehen womöglich, oder um sich zu übergeben, wenn sich die desaströse Wirkung der Medikamentation durch nichts mehr unterdrücken lässt.

Ich schüttle den Kopf.

Niemals, sage ich. Niemals über die Sterbenden, und niemals über die Lebenden. Anfangs hätte ich noch geglaubt, ich könnte die Literatur und ihre düstere Veranlagung beherrschen, könnte ihre konservativen Eigenschaften vielleicht sogar zu meinem Nutzen ausbeuten, doch die Literatur lasse sich zu keinem anderen Interesse einspannen als zu ihrem eigenen: Wahllos, zufällig hätte die eine Hälfte meiner Figuren überlebt, die andere Hälfte hingegen sei nur noch rascher an ihrer Krankheit vergangen wie an einer Überdosis, wie an einer falsch verordneten Therapie und ich hätte mich hinterher nur entsetzlich schuldig gefühlt.

Seitdem würde ich nur noch über das leblose Inventar der Welt schreiben. Über Bücher. Über Landschaften und Dinge und Gebäude und – wenn überhaupt – über offensichtlich erfundene Figuren … Hirngespinste … Phantasiegestalten … niemals jedoch über mich selbst und niemals über meine Patienten, solange ich über sie wachte. Erst wenn sie gestorben seien, hielte ich ihre Lebensgeschichten noch eine Zeit lang fest, schriebe ich ein paar Zeilen für sie oder baute sie, als flüchtige Charaktere, in eine unfertige Erzählung ein, doch auch das bislang nur mit mäßigem Erfolg: Irgendwann gerieten sie alle in Vergessenheit.

Ich verstehe jetzt, was du auf dem Schiff gesagt hast, meint Beatrice und schiebt sich noch näher an das Glas heran. Berührt fast die Front des Bildschirms mit ihrem Gesicht … eine elektrisch aufgeladene und knisternde Oberfläche ist das, in die sie sich hineinversenkt, als müsse sie aller Unmöglichkeit der Vorstellung zum Trotz durch Monitor und Kamera hindurch, durch Kabelwerk und Transformatoren und durch alle Widerstände in das Krankenzimmer dahinter einsteigen.

Aller dramatischer Ausdruck, zu dem das Menschenwesen fähig sei, würde in jenem letzten Moment für eine bange Sekunde in den Zügen meiner Püppchen festgehalten, sagt sie, gebannt.

Wie eine feine Malerei: Man könne darin lesen und aus dieser Lektüre mehr für das Schauspielen lernen, für die eigene Maskerade, als in sämtlichen Seminaren und Workshops zusammen, die sie bisher besucht habe. Ob sie öfter mit mir hierher kommen dürfe, um vor den Monitoren Unterricht zu nehmen?

Nein, sage ich. Nicht einmal erzählen dürfe sie davon.

Ich kann die Enttäuschung in Beatrices Augen sehen, aber sie wendet den Blick rasch von mir ab. Sieht nach unten, sieht dann im Aufstehen plötzlich wieder an mir hoch, als müsse sie an mir emporsteigen, und tatsächlich spüre ich sie bald ohne jede Grenze neben mir. Sie bringt ihr Gesicht vor meines und lehnt sich plötzlich an mich, in einer einzigen Sequenz geschmeidiger Bewegungen und Posen, während das Flackern der Monitorwand hinter ihr zum Abendlicht über einer Liebesszene im Dickicht von Kabelsträngen und Schaltern, im Labyrinth der Korridore und der Hinterzimmer und Personalräume des großen Krankenhauses wird ... zum Sternenhimmel, unter dessen Prospekt ein vielfigürliches Endspiel läuft.

Ich solle sie endlich küssen, sagt sie. Die Tageszeit verlange danach, mit einer Geste nach hinten auf den dämmerdunklen Horizont. Sie hängt an meinem Schoß, lehnt sich zurück, die Arme links und rechts von sich gestreckt, während sie mir mit einem Blick bedeutet, ihr nachzukommen.

Vor dem großen und glitzernden Sternenhimmel stößt sie mit der rechten Hand plötzlich gegen die Rattenbox. Der Impuls geht darauf über, versetzt sie in Schwingung, in eine Vibration, die wie in einem Perpetuum mobile aus ihrem Inneren heraus unermüdlich weiter in Schwung gehalten wird … ein Rascheln … ein Scharren von vier kleinen Pfoten, und immer wieder ein neugieriges Schnuppern in alle Ecken der Box, nach der dahinterliegenden Welt, das den Käfig langsam über die Tischfläche vor dem Steuerpult der Kameras laufen lässt und auf das nächtliche Firmament zu.

Siehst du, sage ich, während Beatrice mich auf den Mund küsst. Ich schiebe sie sachte beiseite.

Siehst du, jetzt passiert es wieder, und ich deute nach hinten ins Dunkel der Monitorwand in ihrem Rücken, wo Bewegung in eines der Puppenzimmer gekommen ist: Weiß und starr wie Porzellan liegt eines meiner Püppchen auf seinem Bett, endlich so weiß geworden wie die Laken mit dem Anstaltsemblem darauf, das ist sein letztes Gewand, und ein, zwei andere Figuren daneben, am Rand des Bettes. Um das Bett versammelt und sonderbar in sich zusammengefallen mit einem Mal, zusammengekrümmt … das ist der erste Schmerz, sage ich, der ihnen durch alle Glieder gehe, der ihnen plötzlich alle Luft nehme und obwohl es nur ein Augenblick sei, erscheine er ihnen doch zugleich unendlich lang.

Dann begännen sie für gewöhnlich zu schreien oder zu weinen, oder sie stampften mit den Füßen und schlugen sich mit den Händen vor das eigene Gesicht, gegen die Wände, ein alberner Beschwörungstanz und sie bemerkten es selbst noch nicht einmal, wie albern sie dabei aussähen.

Später riefen sie nach den Schwestern und nach einem Arzt, das sei zugleich der erste Ruf nach Hilfe, nach Gesellschaft ... nach einer anderen Gesellschaft als jener letzten auf dem Sterbebett, und allmählich trennten sich die weißen Figuren von den schwarzen, das sei bereits der nächste Schritt, der nächste Zug in der Verlängerung ihres eigenen Spiels und eine neue Konstellation darin, die sich für gewöhnlich erst mit dem Morgengrauen wieder auflöse ... wenn ich meinen Platz hinter der Monitorwand verlasse, und ich schiebe Beatrice langsam wieder von meinem Schoß. Ich nehme den Rattenkäfig und gehe nach draußen, da sind die Treppenfluchten und der schwarz und weiß verflieste Korridor, der sich vor dem Ausgang zum großen Wartesaal, zum Foyer des Spitals weitet ... das ist das Delta des großen Stroms, und Schritt für Schritt schüttle ich die Dämmerung meines Himmelreiches ab ... geradeaus den Gang entlang, oder schräg, im Pendelschritt von einer schwarzen Fliese zur nächsten, und ich meide die weißen Stellen im Fußboden, sie könnten sich auftun ... zwei Sätze nach vorne, einen zur Seite und immer so fort bis an den Rand des Spielfelds, und weiter, bis ganz an die Schwelle heran und, womöglich, darüber hinweg.

50

Der vierzigsten Straße folgend, im Süden entlang des Bryant Park bis zur Avenue of the Americas, wo sie zwischen General Electric Building und Exxon Building hindurchschlüpft und am Rockefeller Center, an der Radio City Music Hall vorbei bis zum Central Park. Wer sich den breiten Boulevards versagt, gerät am Ende der vierzigsten Straße an den Broadway, der in nordwestlicher Richtung die Insel quert, ein aus dem Gleichgewicht gefallener Meridian, der den Herald Square mit dem Columbia Circle verbindet ... ein vom Buntmetall der langen Automobilschlangen intarsierter Kanal irgendwo zwischen der vierzigsten und der siebenundfünfzigsten Straße, und bereits ein knapper Schritt zur Seite eröffnet entlang des Ufers von Manhattan mit einem Mal ein wundersames Viertel ... den Theater District und seinen niemals nachtschlafenden Prospekt von Musicalbühnen, Lichtspielpalästen und Varietés.

Erst jenseits der Eight Avenue fällt jene spiegelnde und glitzernde Front allmählich wieder in das matte Umgebungslicht der Stadt zurück.

Wind weht Papierfahnen und zerschlissene Nylonsäcke durch die Seitengassen, wo die Portale zu den kleineren Theatern nicht länger in die Höhe ragen, sondern über schmale Treppenstürze in die Tiefe, in das Erdreich führen. Zu jenen Bühnen hinab, auf denen Beatrice mit Einbruch der Nacht alle paar Tage in ihre andere Gestalt schlüpft.

Ich spüre, wie jeder neue Geruch, der dem sonderbar metropolen Duftgemisch über der Straße entsteigt, die Ratte unter meinem Arm in immer größere Erregung versetzt: Benzin und Asphalt, abgestandenes Wasser, Frittierfett und der Geruch des nahen Ozeans ... wie sie sich zunehmend an diesen Wegmarken aufrichtet und immer vehementer den Weg nach draußen sucht, je heimeliger sie scheinen. Wie sie an den Käfigwänden kratzt, und beständig habe ich das aufgeregte Schnüffeln des Tieres im Ohr ... das stoßweise wiederkehrende, schleifende Geräusch seines Atemholens.

Lauter und lauter wird Lucys Schnüffeln, und für einen bangen Augenblick scheint mir, ich müsste die Nase des Tieres unmittelbar in meiner Seite spüren, durch das Material der Transportbox hindurch, oder es ist nur das gewandelte Gesicht der Metropole, das diese Vorstellung gebiert: Abfall und Unrat am Rinnstein. Lange Schatten, die das Gewitter in der Bucht bereits als seine Handlanger über die Häuserschluchten wirft.

Dann laufe ich plötzlich auf Papier. Die Welt existiert nur noch in der Zeichnung, in der Abbildung, als eine Schablone von wellenschlagendem und unter jedem Tritt mit einem scharfen Laut zerreißenden Kartonagenmaterial, und ich blicke an mir herab. Meine Füße sind bis über die Knöchel im Papier versunken ... eine sonderbare Bewegung fängt sich darin, türmt sich an meinen Beinen auf, strömt dazwischen hervor, vom Wind getrieben: unzählige Kugeln und Knäuel von fortgespültem Verpackungspapier und Zeitungsseiten, losgerissene Plakatbahnen,

Metrotickets, Blumenpapier und vom Fett vollgesogene Fetzen des Einwickelpapiers der Burgerbuden. Ein vielfarbiger und raschelnder Ozean, der als eine erste Woge des herankommenden Unwetters über der Stadt zusammenschlägt.

Das Rascheln seines Wellenschlagens verpaart sich unmittelbar an meinem Ohr mit dem Rascheln und Kratzen der Ratte in ihrer Box. Mit ihrem aufgebrachten Schnüffeln. Ich hebe die Rattenbox vor mein Gesicht und werfe einen Blick nach drinnen, halte einen Finger vor ihre Öffnung, um die tobende Maus darin zu beruhigen. Lucy liegt flach am Boden des Käfigs, die Beinchen eng an den Leib gezogen, und kein Ton, keine Bewegung, während das Rascheln und Kratzen und Schnauben in meinem Nacken immer noch lauter wird und gieriger ... während ich es geradezu materialen und heiß auf der Haut spüre, und Lucy mit den kaleidoskopisch tiefen Augen drückt sich reglos in den Schutz ihrer Ecke, und erst jetzt kommt mir der Gedanke, dass es nicht das drohende Gewitter im Norden vor der Insel ist, das die Flucht all der Dinge um mich antreibt ... nicht der Wind, der zwischen den hunderte Meter hoch aufragenden Felsen der Stadt eigentlich keine Kraft mehr haben dürfte, und dass da stattdessen etwas anderes sein könnte, hinter mir ... an meinem Ohr, nass und heiß am Weg zu meinem Gehirn, zu meinem Verstand, durch die Muschel und das Trommelfell und den Gehörgang hindurch und etwas Bissigeres als der Seewind, dass selbst das leblose Inventar der Stadt davor davonlaufe, soweit es nur beweglich sei: Pappe und Karton, die auf Augenhöhe mit mir dem papierenen Ozean hinterherschleiften, winzige Steinchen, Holz .... dann die verschiedensten Flüssigkeiten ... ölschimmernde Pfützen, verschüttete Milch. Moose und Mauerpfeffer, die sich aus den Ritzen der Backsteinwände fallen lassen, um mit dem Wind gehen zu können, und dann beginne auch ich zu laufen.

Laufe den Dingen hinterher eine ding- und menschenleere Straße hinab. Suche die neunte oder die zehnte Avenue im Gitternetz der Metropole. Suche einen Weg hinaus aus dem backsteinroten Labyrinth von Seitenstraßen, dann ein langer und schmaler Schatten auf einer der Mauern und ich biege plötzlich um die Ecke, auf die dreiundfünfzigste Straße hinaus, hole allmählich auf, erreiche die hinteren Ränder, die schwerfälligeren Ströme der großen Flucht – Landkarten, lose Zeitschriften und ausgefranste Paperbacks – dann springt aufs Neue etwas über mich hinweg.

Ich ziehe den Kopf tiefer zwischen meine Schultern. Da ist wieder derselbe Umriss auf dem rechtwinkeligen Muster der Backsteinwände neben mir ... dieselbe Struktur, Quader an Quader, Winkel an Winkel, immerzu mit derselben Öffnung, die jedem Bauwerk der Stadt zugrunde liegt. Die der eigentliche Bauplan der Metropole ist und alle seine Geometrie, alle seine Regelmäßigkeit verfolgt nur den einen Zweck, keinen anderen Zusammenhang als diesen aufzuzeigen und darunter alles andere zu verbergen, was ein höherer Himmel an seine Stadt gebiert: ihre vielzählige Einwohnerschaft von marmornen Schimären und Figurenfriesen an Kirchtürmen und Hochhausterrassen und nur eine dieser Legionen dämonischer Grimassen trägt die Züge der Fossa. Der wahre Schrecken der Stadt, so scheint mir, während ich in das Licht und in die Weite der West End Avenue hinausstürze, bleibt uns im Dunkel hinterrücks verborgen.

49

Ich muss Strom sparen, flüstere ich der Rattenbox zu. Ich stelle den Käfig in die Mitte des Raumes, dann trete ich zur Seite, zum Fenster. Ich drehe die Sprossen der Jalousie schräg, sodass etwas Tageslicht hereinfällt, ein Lichtstrahl von fünf mal fünfzig Zentimetern, der im Spot die Rattenbox und ihr Umland aus dem Dunkel hebt. Willkommen in meinem Wunderland, sage ich und öffne den Käfig. Am Fenster gehen Leute vorbei. Ich kann nur ihre Füße erkennen. Mein Horizont ist ebenerdig, die Aussicht, die sich mir eröffnet, ist der platte, betonfarbene Himmel, worauf die anderen, höher geboren, mit Füßen treten.

Erst nach einer Weile wagt sich das Tier aus seiner Box, verharrt einen Moment lang an ihrem Ausgang und läuft plötzlich los … ziellos zuerst, so scheint es … dann, nach und nach erkenne ich, wie die Dechiffrierungssysteme der winzigen Ratte ihre Arbeit aufnehmen … wie sie nicht stumpfsinnig flieht, der Angst davon, die ihr im Nacken sitzt, sondern im Gegenteil: neugierig Deckung sucht zwischen meinen Sachen und meinem Mobiliar, zwischen den alten Zeitungsstapeln, zwischen Wassereimern und Geschirr. Atem geholt und weitergehastet, unter meiner Garderobe hindurch, wo ich sie an der rückwärtigen Wand des Zimmers fein säuberlich an der Wasserleitung aufgehängt und nach Farben, Stoffen und Dessins sortiert habe, bis in den nächtlichsten Winkel meines Zimmers, vorbei an dem Schachspiel, das neben dem Nachtkästchen aufgebaut steht, ohne dabei eine einzige Figur zu verrücken, und unters Bett.

Ich lasse das Licht an. Ich lasse die Jalousien vor dem Fenster wie sie sind und schiebe das Blatt mit den mysteriösen Schriftzeichen zwischen die schwarze Dame und ihren Bauern, die trennt mehr als nur die feine papierene Membran. Dann verlasse ich das Zimmer.

48

Im Café über meiner Wohnung läuft die Klimaanlage auf vollen Touren. Sie legt ein Mückensummen über alle Tische, aber man tauscht den Lärm bereitwillig gegen die Hitze und gegen die Drohung einer leeren Straße, der zusammengeklappten Gartentische am Bürgersteig und der wie die nassen Segel eingeholten Sonnenschirme. Die übereinander gestapelten Stühle.
Als ich zu schreiben beginne, spüre ich plötzlich sonderbar aufmerksame Blicke vom Nebentisch. Ich versuche, ihnen auszuweichen, dann trennt uns der Kellner einen Moment lang voneinander, während er mir meinen Kaffee hinstellt und eine dicke Waffel mit Marmelade. Einsneunzig im Angebot. Als er die Sicht auf den Nebentisch wieder freigibt, steht der Nachbar plötzlich auf.
Er kenne mich. Er habe mich bereits öfters hier gesehen, oder in der Bibliothek … ob er sich setzen dürfe.
Er heiße übrigens F. Er wolle mich auch nicht stören, er beobachte mich nur schon eine Weile – deswegen dürfe ich mir nichts denken – und es sei ihm aufgefallen, dass ich immerzu schreibe. Das habe sein Interesse geweckt, da er gewissermaßen vom selben Fach sei.
Ohne meine Antwort abzuwarten, noch während er spricht, hat F. auf seinem herbeigerückten Stuhl an meinem Tisch Platz genommen.
Ich solle nämlich wissen, fährt er fort, während er den Kellner mit Latte Macchiato und Cream-Cheese-Bagel am Tablett an den gewanderten Sitzplatz umdirigiert,

dass er an der hiesigen Universität einen Kurs für Creative Writing besuche. Gemeinsam mit einigen anderen Studenten habe man sich zu einer Gruppe zusammengetan und trete trotz aller widrigen Umstände, die in dieser Stadt gleichsam subsumiert seien, nun schon regelmäßig und vor zunehmendem Publikum auf. Das sei wichtig: Man müsse ständig sichtbar sein, das sei die Ökonomie der Aufmerksamkeit, um seinen Markt, seinen Mäzen bei Laune und bei Gedächtnis zu halten. Dazu komme dann noch die Schreibarbeit für die Workshops an der Universität, für die er zwar ein Stipendium erhalte, aber es seien immer irgendwelche etablierteren Autoren geladen … auch werde man beständig von Verlegern und Agenten belagert, vor denen man sich keine Blöße geben dürfe … kurz, die Literatur arte bisweilen zu einer richtigen Arbeit aus und dafür finde er zwischen all den Terminen und Treffen kaum noch die Lust.

F. beißt von seinem Bagel ab und nimmt einen Schluck Kaffee. Ein Stück von dem Salatblatt aus seinem Bagel bleibt an seinem abgespreizten kleinen Finger haften, fällt dann schwer und plump mit der vom Cream Cheese beschmierten Seite auf den Tisch.

Ich bin mir nicht sicher, ob das das Richtige für mich wäre, sage ich.

So habe er das auch nicht gemeint, unterbricht mich F., immer noch kauend, mit vollem Mund. Es gehe nicht darum, ihrer Gruppe beizutreten, das müsse ich verstehen, man verdünne sich ja sonst die Aufmerksamkeit, die einem zukomme. Aber meine Produktivität habe ihn beeindruckt. Eben darum habe er sich gefragt, ob ich nicht gegen Entlohnung für ihn arbeiten wolle. Um ihn zu entlasten. Als sein Ghostwriter.

Er lacht. Unter all dem, was er mich immerzu schreiben sehe, müsse sich doch zwangsläufig etwas finden, was ich ihm überlassen könne. Er wolle sich auch gleich großzügig erweisen und meinen Kaffee auf seine Rechnung nehmen.

Ich hätte noch niemals einen Text beendet, sage ich.

Das mache nichts, entgegnet F. Eine Idee, ein Anfang, das sei oft schon mehr als genug. Das hätten sie gleich im Einstiegsmodul für literarisches Schreiben gelernt, dass man nur selten mehr benötige als einen interessanten Einstieg. Nichts Intelligentes, aber der Eindruck solle zurückbleiben, der hier verstehe sein Handwerk … der hier führe seine eigene, freche Sprache im Schilde, der schere sich um keine Konventionen und entspreche darum der populären Norm. Mehr als das verlange er nicht von mir.

Er zahle zehn pro Seite, sagt er, das sei eine Menge Geld. Das sei der Standardtarif. Er benötige ein Beispiel für anschauliches Schreiben … irgendetwas Kulinarisches, farbenfroh und dennoch simpel, wie sie es gelernt hätten, das sich an alle fünf Sinne richte: an Auge, Ohr, Gefühl, an den Geschmack und an die Nase.

Dann beeilt sich F., die Reste seines Bagels hinunterzuschlingen und sich zu verabschieden. Er müsse gehen, bevor das Unwetter über der Stadt losbreche, sagt er und reicht mir die Hand. Als er das Lokal verlässt, stellt der

Kellner das Radio mit der Barmusik an der Theke aus und dimmt das Licht ab. Nur das Geräusch der Klimaanlage läuft noch als die atonale Ouvertüre vor dem Sturm.

In der Küche schien man erwartet zu haben, dass er sich für chinesische Kost entscheiden würde und man hatte bereits vorgekocht. Nach kurzer Zeit trug man etwas auf, was Albrecht an den obligatorischen Besuch des Marktes erinnerte, noch bevor man auf den Bund und auf die Stadtautobahn aufgefahren war. Man hatte die Altstadt besichtigt, die große Pagode und die siebenfach gewinkelte Treppenbrücke, die zum Schutz vor bösen Geistern im Zickzackschritt über ein Wasser lief. Dort, im Blitzlichtgewitter der Touristen, die in den mittelalterlichen Vierteln rundum – anscheinend hatte auch der Ungeist der Moderne den Gang über die dämonenabweisende Brücke nicht geschafft – die engen Gassen und die in steilen Kaskaden eins aufs andere abfallenden Dächer fotografierten, boten die Händler auch traditionelle Ware feil: eingelegte Eier, allerhand luftgetrocknetes Fleisch und Getier, gerupfte Hühner und Enten, Fisch, und Albrecht war der Fährte jenes sich auf Haken und Drähten durch den Dschungel der Großstadt schwingenden Bestiariums nachgegangen und dabei wohl unweigerlich vom Weg abgekommen. Nur ein, zwei Schritte, nur so weit, dass er aus dem Trubel der einen Seite herausgetreten und damit in das unüberschaubare Treiben auf der anderen Seite hineingeraten war, in eine andere Welt, wo man eine andere Magie zu Markte trug: Tierzähne und Häute, Katzen und Schlangen im Dutzend in abgebundenen Säcken, gehäutet, oder an denselben Haken, von denen zuvor das Geflügel gebaumelt war ... daneben getrocknete oder noch lebendige Käfer, zu hunderten in Kisten oder im Glas, luftdicht verschlossen, oder dunkle Wurzeln und Rhizome aus allen Provinzen eines vom Rest der Welt längst versunken geglaubten Reiches, das lediglich sein

Gesicht von den großen Häfen, den internationalen Wasserstraßen abgekehrt hatte, dass man es nicht mehr erkennen könne, und sich seinem Inneren zugewandt hatte: dem Hinterland der Städte und der Neubauviertel und kolonialen Promenaden.

46

Die Messerspitze in der Luft, die fallenden Arme des Chinesen zeichnen Beschwörungsformeln, sind in den Wind Geschriebenes, bevor die Klinge plötzlich ohne Widerstand durch die Schuppenhaut des Aals hindurchgeht, gleich hinter dem Kopf des Tieres. Sie verharrt einen Moment lang in der Mitte des schlaffen, schwarz glänzenden Leibes, dann folgt sie in rascher, glatter Fahrt dem schlangenartigen Verlauf des Körpers, seiner Musterung, den Wellenbewegungen, die auf den Flossenkämmen und auf der Haut immer noch die Unruhe des Meeres nachsprechen, und in ihrer Kielspur teilt sich das Fleisch. Geht feucht schimmernd auseinander, offenbart das Innere des Fischwesens im sauberen Querschnitt, ohne die Organe zu verletzen und ohne Gräten oder Splitter aus der langen Wirbelsäule zu reißen, an der das Messer entlanggleitet, bis an die Afterflosse. Dort tritt die Klinge ohne Flecken am Metall und ohne Schlieren wieder aus dem Körper aus.

Der Chinese schlägt die beiden Hälften des Aals auseinander, entfernt mit wenigen geübten Stößen Schwimmblase und Gedärm und andere Innereien des Tieres ... ein paar knappe Hiebe mit dem Messer noch, einmal im Kreis um das zerlegte Tier herum, als gelte es, den sakrosankten Bereich darum abzugrenzen, dann sind auch Flossen und Gräten, die rudimentären Extremitäten des Tieres ausgelöst, und es liegt plötzlich nichts mehr vor uns auf der Arbeitsfläche, was an das vor Minuten noch so lebendige

Wesen aus dem Salzwasseraquarium im Eingangsbereich des Restaurants erinnern würde: sauber geschnittene, mit ein wenig Reis und Gemüse angerichtete Häppchen, die weich und sonderbar pelzig zugleich – das ist die Haut des Tieres – über die Zunge gehen.

Beatrice erzählt, dass sie ein neues Engagement bekommen habe, diesmal sogar auf einer der größeren Kleinbühnen, sagt sie. Ein einigermaßen renommiertes Haus sei das, ein Haus mit Geschichte, das eine europäische Kulturstiftung nun erworben habe, um es irgendwann später zur Dependance auszubauen, oder auch nicht. Momentan renoviere man gerade die Bühne, doch die Proben für das Stück seien in den Hinterzimmern bereits in vollem Gang ... eine dramatisierte Fassung des Doktor Faustus von Thomas Mann, eine abwechslungsreiche Collage von Versatzstücken aus dem Romantext, Videosequenzen und selbstverfassten Dialogen des jungen Regisseurs, eines viel versprechenden Bühnentalents aus der Berliner Szene. Ihr, Beatrice, falle die Ehre zu, die Rolle der Hetaera Esmeralda zu spielen.

Die Prostituierte, sage ich, die der faustischen Hauptfigur des Romans, dem Komponisten Adrian Leverkühn anstelle eines Teufelspaktes mit Blut und Feder durch die Infektion mit Syphilis seine Frist stelle: in der voranschreitenden zerebralen Zersetzung, darin wuchere als Nachtgeburt der Wahnsinn.

Beatrice grinst mich an und nickt. Es sei eine großartige Rolle, sagt sie. Es hätten sich viele andere Schauspielerinnen darum beworben, aber am Ende habe sie das Engagement gewonnen. Sie habe Milieustudien gemacht, sagt Beatrice. Sie habe sich die Huren und Zuhälter vor ihrer Wohnung genauer angesehen, habe sie belauscht … habe mit ihnen gesprochen und sich endlich als eine von ihnen ausgegeben, in Verkleidung, und erst als sie in ihrer Kostümierung zwischen den Prostituierten nicht weiter aufgefallen sei, habe sie sich zum Casting angemeldet.

Mit einer natternähnlichen Zungenbewegung schlingt Beatrice ein Stückchen Aal hinunter, kaut darauf herum, solange Form und Konstistenz noch fest sind, bis es der Speichel endlich aufweicht, und sie es mit der Zunge weiter nach hinten schiebt und in ihren Rachen … immer noch ein wenig bissfest und schaler im Geschmack, das ist die langsam daraus gelöste und sich verflüchtigende Substanz des Rohen und Lebendigen darin.

Sie sei in mein Puppenhaus zurückgekehrt, sagt sie dann, um ihre Mimikry zu perfektionieren.

Sie habe mir ursprünglich nichts davon sagen wollen. Sie habe sich zur Besuchszeit in diejenigen Zimmer eingeschlichen, wo der Rand der Krankenbetten bereits verwaist gewesen sei, und vor den weißen Laken, in der Einsamkeit, die das Sterben um sich ausbreite, habe sie sich die Gesichter der Toten eingeprägt, ihre so unglaublich scharf gearbeiteten Masken: wie Porzellan. Präzise geformt bis in die kleinste Falte hinein und noch die letzte Regung darin lesbar: die Angst.

Der Schmerz. Die Müdigkeit … als habe man ihre Gesichter unmittelbar einem Schauspiellehrbuch entnommen und sie nicht als die leblosen und blassen Illustrationen daraus belassen, sondern sie direkt an die Schwelle des Lebens gesetzt.

Aus dem Kameraschatten heraus, dass ich sie nicht sehen könne, habe sie zugleich mit mir in meinem blau flimmernden Himmel überkopf die wunderbare Magie jenes letzten Augenblickes über die Gesichter meiner Püppchen huschen und wieder daraus weichen sehen. Das sei wohl auch der Grund dafür, dass sie am Ende die Rolle der Hetaera Esmeralda bekommen habe.

Sie hätte das nicht tun sollen, sage ich zu Beatrice.

Ich solle ihr keine Vorschriften machen, sagt sie.

Sie legt die Stäbchen beiseite, schiebt den Teller zurück auf die Arbeitsfläche, auf der der Chinese eben noch den Fisch für uns seziert hat, und beugt sich zu mir nach vor. Sie habe eine Schwäche für mich, sagt sie, aber ich dürfe ihr keine Vorschriften machen.

Später, als wir gehen, hält Beatrice meine Hand. Die Straßen sind leer geräumt, Bayard Street und Mott Street und Pell Street, die wie die Kaskaden zur Confuzius Plaza hinabfallen. Chinatown leer gespült, die Flutwelle liegt noch unsichtbar im Tiefwasser hinter den Docks verborgen. Man sitzt in den Geschäften und Lokalen mit den Familien zusammen, hinter Vorhängen von gerupften Enten oder ausgenommenen Kaninchen, auf Wäscheleinen darunter ihre Bälger, als hätten sie sie nur kurz zum Spülen und zum Trocknen abgestreift. Kisten von Obst und Gemüse unter Vordächern und Markisen, und von Zeit zu Zeit geht ein Wind durch die vielfarbigen Stoffbahnen und bläht sie wie die Segel.

Von der Ecke Bowery und Division Street aus können wir die Catherine Street in südlicher Richtung überblicken, bis zum Elevated Highway hinunter. Dahinter, zur Linken im Trapez von der Brooklyn Bridge eingefasst, zur Rechten von der Manhattan Bridge, liegt der East River träge und sonderbar düster.

Es will nichts kommen, sage ich mit Blick zum Himmel, mache eine Geste nach vorne auf den wächsernen Wasserlauf, es will sich nichts bewegen.

Und es lässt dennoch nicht locker, lacht Beatrice bitter und sieht mir ins Gesicht, bevor wir in die Madison Street abbiegen und in ihrem Verlauf weiter nach Südwesten marschieren, in Richtung Universität und Beekman Hospital. Der Financial District der Stadt steht währenddessen als endlos hoch gegriffener Horizont vor unseren Augen.

45

Als ich zurückkomme, sitzt Lucy auf meinem Bett und wartet auf mich. Das Blatt, das ich ihr hingelegt habe, liegt fein säuberlich neben meiner Matratze, neben dem Schachspiel. Nicht eine Spielfigur ist umgeworfen, so geschickt hat sie das Blatt dazwischen hervorgezogen. In ihrem Frontverlauf festgefahren, wie ich sie zuvor zurückgelassen habe, stehen die Kriegsreihen von Schwarz und Weiß auch jetzt in ihre Grabenkämpfe und Scharmützel verwickelt, sonderbar starr und sonderbar unnachgiebig, ein kalter und regloser Krieg, als kämpfe das Leblose gegen sich selbst in seinem eigenen Element.
Ich stelle die Reste des chinesischen Essens, Beatrice und ich haben sie in einer Pappschachtel mitgenommen, vor der Rattenbox auf den Fußboden.
Ich schiebe die Deckellasche zur Seite, dass der Geruch des inzwischen kalt gewordenen Fisches nass und schwer in den Raum steigt. Ich fahre mit den Fingern zwischen das Essen und verteile etwas vom gekochten Reis rund um den Käfig, um Lucy vom Bett herunterzulocken ... versuche, sie mir vertraut zu machen, und misstrauisch folgt sie meiner Einladung.
Immer noch eng an den Käfig gedrückt, schnappt sie endlich nach einem der Reiskörner, nimmt es in beide Pfoten und lässt es mit einem schabenden Geräusch zwischen ihren Zähnen verschwinden. Erst nach einer Weile gelingt es mir, den Käfig hinter ihr fortzuziehen. Dann lege ich das Kryptoskript aus der Bibliothek in das Flut-

licht meiner Wohnung, den hellen Fleck vom Fenster am Lehmfußboden meines Zimmers. Ich werfe die Schachfiguren zusammen, stelle das Spielbrett vor mir hin und baue das Spiel wieder auf: Schwarz und Weiß getrennt ... Türme und Rösser, Läufer und der ganze Hofstaat des Spieles hinter seinen beiden Bauernheeren verschanzt und die übrigen Koordinaten des Spielbretts noch unbenutzt, noch nicht der wechselvollen Geschichte einer langsamen Landnahme eingeschrieben und nur die beiden großen Ordnungssysteme selbst: die Buchstaben und die Zahlen beherrschen für diesen Augenblick des Zauderns vor dem ersten Zug den leeren Raum, den Luftraum jener Welt im Maßstab.

Sie sind das Raster und die Koordinaten für zweiunddreißig Geschichten vom Aufstieg und vom Fall, und jede weitere Handlegung an das Spiel gebiert daraus neue Kombinationen von Ziffern und von Lettern, als bemühe sich das Spiel selbst unermüdlich, dem Irrsinn seiner Gemetzel Bedeutung zuzuschreiben, seine Nachvollziehbarkeit zu formulieren: E3 auf F6 ... B5 auf C5 ... woraus die Simulation noch einmal allen Weltverlauf rekonstruiert, das darin unsichtbar Verborgene entschlüsselt und in die allgemeine Lesbarkeit von Algebra und Alphabet – doppelter Boden der Erkenntnis – übersetzt.

Wenn ich Schierling wieder treffe, werde ich ihm erzählen, wie geschickt das Tierchen seine Welt zu dechiffrieren verstehe. Ich werde ihm wie verlangt Bericht erstatten, und er wird meine Schilderungen nebenher auf dem Rand einer Notizbuchseite protokollieren, als sei davon nichts zu erwarten … Lucys Umzug in ihr neues Heim – die sentimentalistische Namensgebung wird ihm ein verächtliches Lächeln abringen – und die Methode, mit der ich ihr nach und nach das Schachspielen beibringe. Wie ich immer eine weiße Figur bewege und danach versuche, Lucy das schwarze Equivalent dazu mit Resten von Fisch oder Gemüse schmackhaft zu machen.

Ich bewege die Figur einmal nach vor, dann wieder in derselben Art zurück, und Lucy imitiert meinen Zug … erkennt die beiden einander gegenübergestellten Heere und ihre unversöhnliche Opposition, wo sie sich ums Wunderland bekriegen, und nach und nach auch die Zug- und Schlagbewegungen der einzelnen Spielfiguren. Was ich ihr zeige, lernt Lucy in ungeheurem Tempo … kombiniert das scheinbar Unzusammenhängende, das Willkürliche der jeweiligen Figurenbewegungen miteinander und rechnet aus diesen Losekomponenten, aus dem begrenzten Material, nach und nach alle Dimensionen des Spieles hoch: die Gerade und die Quere, die Beschränktheit und die Unendlichkeit.

Zuletzt, so werde ich es Schierling erzählen, erkläre ich ihr die Bedeutung der Zahlen und der Lettern an den Spielfeldrändern.

Zeige ihr, wie alles Inventar der Schwarzweißwelt, wie Türme, Könige, Rösser und Bauern in diese beiden Sequenzen umgeschrieben werden können. Wie diese wiederum, eins um das andere, aus Laut und Valenz das System einer Sprache zusammenfügten, in der ich und sie kommunizieren könnten.

Mithilfe jener Lautkette und der endlos fortzudenkenden Reihe zunehmender Werte am Spielfeldrand, mithilfe von Lettern und Zahlen bringe ich ihr bei, diesen Prozess umzukehren und, immer noch im Spiel, das Geschehen auf den vierundsechzig Feldern dafür zu nutzen, um in der Transformation über den Spielfeldrand endlich auch in Laut und Bedeutung mit mir zu kommunizieren.

Schierling wird seine Basenkolonnen auf dem Monitor betrachten und beiläufig nicken. Es sei gut, wenn ich sie beschäftigte, wird er sagen. Es tue dem Tier mit Sicherheit gut, gefordert zu werden.

Dann setzt mich Lucy mit einem Satz ihres Springers ins Herz meines Hofstaates plötzlich schachmatt und ich lasse es sein, ihr weiterhin das Spiel zu erklären. Ich räume die Steine ab und formiere sie aufs Neue in ihren Angriffsreihen, aber ich spiele nicht mehr, nicht für den Moment.

Ich streue Lucy noch ein wenig von dem kalten Reis hin, und sie macht sich ohne jede Noblesse des Siegers darüber her.

Was an Resten von meiner Verabredung mit Beatrice noch übrig ist, esse ich selbst, rühre den grauen Rand gestockter Soße, der sich am Pappkarton abgesetzt hat, in das Darunter ein und schlinge beides gemeinsam hinunter.

Irgendwann spüre ich einen Schmerz durch meine rechte Gesichtshälfte gehen.

Ich taste mit der Zunge nach der betroffenen Stelle, bis ich auf jene freistehende Knospe des ungekochten Reiskornes stoße, die noch aus dem Zahnfleisch hervorragt, wo ich es mir tief in den Kiefer gestoßen habe. Ich überlasse Lucy den Rest meines Essens.

44

Überall erscheint mir Beatrices Gesicht, ein fremder Zug in meinem Puppenhaus. Sie ist kaum mehr als ein Schatten vor dem Neonlicht der Korridore, unter den Überwachungskameras, das flüchtige Schwärmen einer Bildstörung auf meinen Monitoren, und dennoch hat sie sich, eine widerspenstige Infektion, in den Gängen und Gefäßen des Spitals festgesetzt. Sie erscheint plötzlich in der linken unteren Ecke meiner Bildschirmwand, auf Zimmer 119, über der in Laken und verschwitzten Decken bandagierte Mumie darin, und da ist nur noch ihre flache Atmung, ein kaum mehr wahrnehmbares, kaum wahrscheinliches Heben und Senken des Brustkorbs im Blaulicht meines Himmels, das ist ihr Herzschlag.

Ich weiß nicht, wie Beatrice am Nachtportier vorbei gekommen ist. Sie ist ohne jeden Schutz durch die Luftschleuse gegangen: kein Haarnetz und keine Atemmaske, kein weißer Leinenkittel über dem Gewand, keine Latexhandschuhe. Meine Püppchen sind zerbrechlich, jede geringfügige Sepsis, ein entzündetes Zahnfleisch und ein wenig Karies müssten sie unwiderruflich zerstören ohne Immunabwehr in ihren gläsernen Körpern. Da ist nur das Gift der Chemotherapie in ihren blauvioletten Adern.

Beatrice beugt sich über das Bett, ohne darauf zu achten, wohin ihr Atem geht. Mit einem Mal, so scheint mir, ist es für sie bedeutungslos, ob die Überwachungskameras sie erfassen. Ob ich ihr dabei zusehe, wie sie meinen Püppchen den letzten Ausdruck aus den Glasgesichtern stiehlt und sich so unverfroren in ihr Spiel hineindrängt, in ihren letzten Akt vom Sterben … aller Augen nun nur mehr auf sie gerichtet, auf ihre schmale, dunkle Gestalt am Bettrand.

Beatrice versenkt sich tief im Gesicht meines Zwillingspüppchens, in Hautschuppen und Poren und in dem wächsernen, schwitzigen Überzug, der von den Schläfen aus bereits über weite Teile der Stirn gekrochen ist und sie noch farbloser erscheinen lässt als die übrige Epidermis … verfängt sich in dem Netz der Äderchen und Blutgefäße, das sichtbar aus der Tiefe darunter, im weißen Fleisch emporsteigt und den wundersamen Marmorton der Figur weiter und immer weiter austrägt. Nicht mehr lange, das weiß ich, dann ist die Metamorphose des Materials endgültig abgeschlossen. Und Stein zu Stein.

Beatrice hat sich förmlich an dem Gesicht festgesaugt. Liest darin, liest daraus seine Züge ab, studiert Furchen und Verwerfungen und löst sie dabei zugleich wie einen kalten Krampf aus den Zügen meines Püppchens, glättet diese auf widernatürliche Weise, als müsste jede Regung und jede lesbare Hinterlassenschaft des Lebens in der Mimik der Sterbenden nach ihrer Lektüre daraus verschwinden. Daraus fortgestohlen sein. Dann ist mir, als küsse sie das Porzellangesicht zynisch zum Dankeschön, und plötzlich ist Beatrice nicht mehr zu sehen.

Ist fort aus dem Zimmer und wieder ein scheuer Windstoß in den Korridoren des Krankenhauses … eine Interferenz im Neonlicht in den Gängen, die diese hinter einem sonderbar unwirklich flimmernden Moiré ebenfalls immer unwirklicher erscheinen lässt ... Beatrices unerlaubte Existenz in den Trakten und ihren Diebstahl. Sie kann nicht genug davon kriegen.

Auf 142 meine ich, Beatrices dürre Gestalt im Dickicht, im Gestänge der intensivmedizinischen Gerätschaften zu erkennen, zwischen der Aufhängung für den Tropf und der Verkabelung für den Herzmonitor ... unter den Schläuchen für die Intubation, die irgendwo neben dem Anstaltsemblem auf der Decke im Brustkorb des Patienten verschwinden. Dann steht sie wiederum ohne Schutzkleidung und ohne Desinfektion auf 103, und auf 119 verebbt plötzlich der Wellenschlag des Kardiographen, setzt damit seinen planen Summenstrich unter die Sequenz aller äußeren Ereignisse vom ersten bis zum letzten Atemzug. Als die Bilanz des Lebens bleibt wie immer ein starrer Leichnam in der pathologischen Abteilung des Krankenhauses zurück, gewaschen, untersucht und amtlich bescheinigt.

Dann kann ich mich nicht länger halten. Ich lasse mein Reich der blauflackernden Überwachungsbildschirme aus den Augen und mache mich auf den Weg hinunter, durch das Labyrinth der Stiegenhäuser und Stationen und Zimmerfluchten und Kehren und Trakte bis dorthin, wo Beatrice eben noch gewütet hat. Ich stelle mir vor, wie ich auf den Monitoren nun selbst zum Inventar in meinem Puppenhaus verkomme. Wie ich flimmernd und flackernd Korridor um Korridor hinabflüchte, hastig, selbst Schatten auf der Jagd nach einem Schatten, in der Hoffnung, ihn noch in einem der Krankenzimmer anzutreffen. Bea-

trice auf ihrer gekaperten Bühne zu überraschen, den gestohlenen Ausdruck des Todes noch auf ihrem Gesicht.
Ich tauche ohne einen oberflächlichen Zusammenhang in einem Monitor nach dem anderen auf und verschwinde wieder daraus ... falle rechts aus dem Bild, um am Monitor darunter durch einen lang gestreckten Gang zu stolpern ... tauche am linken oberen Rand der Bildschirmwand wieder auf, klettere darin empor, um etwas tiefer wieder dem Souterrain des nächsten Bildschirms zu entsteigen.
Dann stehe ich mit einem Mal vor Beatrice, die am Monitor nebenan als ein schlanker Schatten von der Decke hängt ... über die nächste Porzellanfigur in meiner empfindlichen Sammlung gebeugt, und ich falle ihr in die Arme. Strecke die Hand nach ihr aus, öffne die Tür zum Sterbezimmer und reiße sie an der Schulter herum, schreie ihr ins Gesicht, aber das ist nicht länger Beatrices Gesicht.
Stattdessen schreit mir ein anderer entgegen wie mein eigenes Spiegelbild. Leuchtet mir mit einer Taschenlampe in die Augen und starrt mich unter der Blendung an wie einen Geist.
Was ich hier mache, fragt er.
Ich bewache die Zimmer und Patienten darin, sage ich, vom Kontrollraum aus, und ich deute auf die Überwachungskamera im Raum. Ich erzähle nichts von Beatrice, das bleibt eine Sache zwischen ihr und mir, und nichts von ihren Schattenspielen in der Station. Ich melde noch nicht einmal die abgeflachte Lebenslinie am Herzmonitor auf 119.

Er sei der Portier, sagt der andere und hebt mit dem Lichtkegel seiner Taschenlampe kurz seine Uniform aus dem Dunkel.
Ob etwas vorgefallen sei, frage ich ihn.
Er schüttelt den Kopf, im Ablicht der Lampe. Die Nacht halte ihn bisweilen zum Narren, sagt er. Er habe gemeint, er hätte jemanden vorüberhuschen sehen und in die onkologische Abteilung einbrechen. Aber er habe sich wohl getäuscht, es sei lediglich ein Phantom gewesen, eine Katze, die ihm vorhin zwischen den Beinen hindurchgeschlüpft und hinterrücks irgendwo im Bau verschwunden sei. Ein richtiges kleines Biest.

43

Als ich in meine Wohnung zurückkehre, steht Beatrice im Lichtkegel in der Mitte des Raumes und erwartet mich.
Die Tür war offen, sagt sie.
Das ist nicht wahr, sage ich, und noch bevor ich weitersprechen kann, fällt sie mir ins Wort. Wir müssen reden, sagt sie. Es sei wichtig.
Ich sehe mich um, ob ich Lucy und die Kryptoskriptseite irgendwo finden kann. Die Reste des chinesischen Essens liegen immer noch um die Ränder des Schachspiels verstreut, scheinbar bedeutungslos. Ich versuche, so unbemerkt wie möglich in den Krümeln und Häufchen zu lesen, was Lucy mir geschrieben hat, doch es gelingt mir nicht, den Dreck zu entschlüsseln. Die Buchseite ist nirgends zu sehen. Lucy selbst ist ein leises Rascheln in meiner Matratze.
Was tust du hier, fragt Beatrice und deutet mit dem Kopf in Richtung des Schachspieles.
Ich spiele Schach, sage ich.
Gegen dich selbst, fragt Beatrice.
Ja, antworte ich.
Beatrice geht in die Knie und begutachtet die Aufstellung der Figuren, den Kampf zwischen Schwarz und Weiß, wie sie, in ihren Schlachtreihen festgefahren, in Knäueln und Scharmützeln verstrickt, ein ungeordneter Haufen, auf dem Spielfeld stehen.
Was für ein Unsinn, meint Beatrice. Sie verstehe nicht viel von Schach, doch das sei offensichtlich: Die Stellung

der beiden Heere lasse jede Strategie und jeden logischen Aufbau vermissen. Es sei fraglich, wie die Figuren nach ihren jeweiligen Zugregeln überhaupt jemals so hätten positioniert werden können: Man müsse schon eine Unzahl von Zügen vergeuden, nur um sie dorthin zu manövrieren, wo sie anscheinend so nutzlos als möglich wären: Nicht eine einzige Figur würde von einer anderen gedeckt und dennoch sei es beiden Seiten zugleich unmöglich, irgendeinen Stein ihres Gegners schlagen zu können.

Das sehe nur oberflächlich so aus, sage ich. Das wahre System des Spiels sei darunter verborgen, das könne sie nur nicht erkennen und ich im Moment auch nicht. Ich schaue ihr tief in die Augen und stelle mir vor, wie sie reagieren wird, wenn ich sie auf ihren Einbruch ins Krankenhaus anspreche ... ob es ihr egal wäre oder ob sie wütend würde, das sehe ich vielleicht vor mir: wie sie wortlos herumfährt und die Türe hinter sich ins Schloss schlägt. Dann erst kommt mir der Gedanke, dass es genau das sein könnte, was Beatrice provozieren möchte. Dass sie die Kryptoskriptseite bereits an sich genommen haben könnte und nur nach einer Gelegenheit suchte, wieder aus meiner Wohnung zu entkommen.

Ich starre ihr auf das T-Shirt und auf die Hose, ob ich irgendetwas darunter erkennen kann, irgendwelche Konturen, die sich durch den Stoff hindurch abzeichnen und Beatrice bemerkt meinen Blick. Sie küsst mich plötzlich auf den Mund und flüstert, ich solle keine Angst haben. Ich solle mich auf sie einlassen. Ich dränge sie langsam in den hinteren Bereich meiner Wohnung zurück, fort von der Tür und zum Bett, fahre ihr unters Hemd, streiche ihren Rücken entlang, doch da ist kein Blatt Papier und Beatrice erwidert meine Berührungen … zieht auch mir mein T-Shirt aus und legt sich dort auf die Matratze, wo sie am hellsten ist, zieht mich zu sich herab und verbeißt sich endlich wieder in meine Lippen, in meinen Hals … öffnet meine Hose, während ich sie schon fast zur Gänze ausgezogen habe, und immer noch ist da keine Spur des Kryptoskriptes.

Dann stößt sie mich plötzlich nach hinten, gegen das unverputzte Mauerwerk, und frisst sich, von einer sonderbaren Gier gepackt, an mir entlang, gräbt ihre Zähne in mein Fleisch und tiefer und tiefer jedes Mal, dass ich ihre Haare als sanften Vorhangfall zwischen den Beinen spüre. Es fällt mir schwer, mich noch länger auf meine Suche zu konzentrieren, und plötzlich sitzt Beatrice auf mir, macht kurze, runde Bewegungen mit ihrem Becken, da ist eine Sequenz rascher und harter Stöße gegen das Mauerwerk in meinem Rücken, das papierene Rascheln meiner Matratze und plötzlich ein ängstliches Quieken an meinem Ohr, und ich stemme mich mit aller Kraft gegen Beatrice und das macht sie nur noch hungriger. Ich stoße sie von mir herunter und schiebe sie zur Seite.

Ich will das nicht, sage ich.

Beatrice sieht mich wütend und zugleich immer noch mit jener sonderbaren Gier in den Augen an. Was für ein Mensch ich nur sei, sagt sie. Dann angelt sie nach ihrer Wäsche, vom Rand der Matratze aus, wo sie über den Fußboden verstreut liegt, und beginnt, sich wieder anzuziehen. Genau darüber habe sie eigentlich mit mir reden wollen, sagt sie.

Ob ich mich denn nie frage, wieso ich wirklich hierher gekommen sei und was ich hier tue, und sie zieht ihre Jeans hoch und bindet sich die Schuhe zu. Ob ich mich nicht wundere, fragt sie weiter, weshalb ich immer noch hier festsitze und immerzu arbeitete und so erbärmlich darauf hoffte, mit einem Flugticket nach Europa zurückkehren zu können, heimkehren zu können, und wohin mich meine Heimkehr denn überhaupt führen würde. Ob ich mich nie daran gestoßen habe, wie bruchstückhaft meine Erinnerung selbst daran sei, der Abschied von der Mutter zum Beispiel und alles, was danach geschehen sei.

Ich sei in San Francisco gewesen, sage ich, am anderen Ende der Welt. Deshalb habe ich keine Erinnerung daran.

Was ich denn in San Francisco getan habe, fragt sie weiter, und weshalb ich überhaupt nach San Francisco gegangen sei.

Ich weiß es nicht, sage ich. Um zu studieren wahrscheinlich, oder um zu schreiben.

Aber es sei wichtig, dass ich das nach all der Zeit endlich herausfinde, sagt Beatrice.

Ich arbeitete daran, sage ich und beiße mir auf die Zunge, um nichts von dem Blatt Papier und den Hieroglyphen darauf auszuplaudern.

Das tust du nicht, sagt Beatrice traurig und steht auf, schlägt den Staub von ihren Hosenbeinen zurück auf meinen Fußboden und wendet sich zur Tür.

Ich sei ein erbärmlicher Mensch, sagt sie und steigt über mein Schachspiel hinweg. Ich würde überhaupt nichts verstehen. Nichts erkennen … ich stolperte lediglich von einer Szene in meiner Geschichte zur nächsten, von Herzschlag zu Herzschlag, doch zwischen den Kontraktionen des Muskels pulsiere längst kein Blut mehr … nichts Warmes, nichts Verbindendes, nichts Sinnstiftendes mehr: Alles geschehe zufällig.

Wenn ich aber nicht lernte, das große Ganze zu sehen, meint Beatrice, bevor sie die Wohnung verlässt, würde ich niemals lernen, mit der Welt und ihren Ungeheuerlichkeiten umzugehen – selbst wenn diese nichts anderes seien als ein Mädchen, das sich trotz all der Verachtung und des Ekels, die ich verdiente, ungeheuer in mich verliebt habe.

42

Ich schlafe nicht. Beatrices Parfum hat sich an meinem Bett festgesetzt, ist tief in die Schichtungen meiner Matratze eingedrungen und hält nun die Erinnerung an das Mädchen ebenso wach wie die an ihre Worte. Sie lässt nicht von mir ab, doch das allein ist es nicht, was mich nicht mehr schlafen lässt: Der schmale Türspalt, durch den sie hereingeschlüpft ist, hat mehr Dingen Einlass in meine Wohnung gewährt, in ihrem Gefolge, als ich mir je erträumt hätte.

Das Tageslicht draußen geht nahtlos in das Licht der Straßenbeleuchtung über, fällt gemeinsam mit der Feuchtigkeit des heraufkommenden Abends in meine Wohnung ein … orangefarben … unverändert in seiner Gestalt, im Rippenmuster der Jalousienblätter, das sich gleich neben dem Schachspiel über dem Fußboden abzeichnet, als hätte der sich an dieser Stelle geöffnet und gewähre mir nun einen flüchtigen Blick in sein Inneres … zwischen seinen Rippen hindurch, die ihn stützten, und mit ihrem Boden lasse mir auch meine Welt, angeregt von dem bizarren Schattenspiel von Licht und Nacht und Stadt, die Erkenntnis zukommen vom Aufbau und der Tragkraft ihrer Skelette und Strukturen.

Ich schlafe nicht.

Ich habe mich in meine Decke eingeschlagen wie in ein Kuvert, trotz der drückenden Schwüle, die die herankommende Gewitterfront über die Häuser auswirft … als wäre ich selbst eine der Mumien aus meinem Puppenhaus. Als stehe die Tür zu meiner Wohnung immer noch offen ... als wäre es unmöglich, sie nach Beatrices Eindringen jemals wieder so hermetisch zu verschließen wie vorhin, oder als müsse sie von nun an überhaupt starr und reglos in ihren Angeln stehen bleiben, und ich weiß, dass es kommt. Dass es auf mich wartet, selbstbewusst am Bettrand aufgebaut, und mich ansieht.

Ich erwidere den Blick nicht. Ich spüre die Wand in meinem Rücken, höre wieder das sanfte Wispern meiner Maus unter mir im Spalt zwischen Mauer und Matratze, das papierene Rascheln, wo sie immer noch, im Wechsel zwischen Halbschlaf, Traum und Wachsein über der Buchseite sitzt, um ihr Rätsel zu entziffern. Der Saum meiner Decke, einmal umgeschlagen und vom Gewicht meiner Füße fixiert. Dann ist da wieder jenes sonderbar schnuppernde Geräusch, ein Schnüffeln, das nicht mehr das des Nagers unter meinem Nacken ist. Ein Zupfen an der Decke vom Fußende des Bettes her, und langsam gerät der Stoff unter meinen Fersen in Bewegung und gleitet darunter weg. Das gierige Schnüffeln an meinen Zehen, und ich trete einmal hart danach, das ist ein kalter Luftstrom, und nichts.

Ich bekomme die Decke wieder zu fassen, schlage sie erneut unter den Füßen ein und stemme mich mit all meinem Gewicht dagegen. Dann höre ich wieder Lucy im Spalt unter meinem Nacken rascheln und habe mit einem Mal das Bild vor Augen, wie einfach es für jenen nächtlichen Jäger wäre, mit Pfote und Schnauze darin einzudringen und das Geheimnis meines Blattes gemeinsam mit meiner Dechiffriermaschine für immer zu vernichten. Vorsichtig strecke ich einen Arm nach hinten aus, im unmöglichen Winkel unter meinem Kopf hindurch, und drücke die Matratze ein wenig zusammen, soweit es das Material erlaubt. Ich spüre die sanfte Berührung der Schnurrhaare der kleinen Maus an meinen Fingern, eine neugierige und zugleich seltsam aufgebrachte, ängstliche Nase, dann eine erste, misstrauisch gesetzte Pfote, die meinen Zeigefinger umfasst und langsam daran höher steigt.

Dann folgt der Rest des zerbrechlichen Körpers, das sanfte Schleifen des Rattenschwanzes über meinem Handgelenk, kehrtum gemacht, das Blatt Papier vorsichtig zwischen die Zähne genommen und hinter sich herziehend.

Ich verberge die Seite unter meinem Rücken, während sich Lucy eng an meinen Hals kuschelt, zwischen Kinn und Schlüsselbein … ein warmer, dick aufgeplusterter und hastig atmender Rattenbalg.

Ich fühle einen kalten Luftzug an meinem Ohr und an meiner Wange. Ein neuerliches Zupfen am Saum der Bettdecke, diesmal unmittelbar über meiner Brust, doch ich halte sie mit beiden Händen fest, halte den Kopf zur Seite gedreht, fort vom Bettrand und der Kreatur und immerzu gegen die rohe Mauer gerichtet, darauf achtend, dass nichts unter meinem Kinn hindurchschlüpfen und sich die kleine Ratte von dort angeln kann. Das gierige Schnüffeln über meinen geschlossenen Lidern, wo ich mich tot stelle.

Aber ich schlafe nicht. Ich höre ein Scharren wie von ausgefahrenen Krallen am Fußboden und an der rückwärtigen Wand ... höre, wie es den Spalt dahinter, das schmale Versteck durchsucht und doch nicht findet, weshalb es hergekommen ist. Dann ist da plötzlich nur noch das Gefühl, die Wohnungstüre müsse offen stehen und weit hinaus in die Korridore und Kellergänge des Hauses greifen, die lautlose Einladung für alles Nachkommende, das die Tiefe dort – oder die Metropole überkopf – zu gebären vermag, Monster wie Menschen.
Schierling wird nicht verstehen, was ich meine, wenn ich ihm davon erzähle. Er wird mir nicht ins Gesicht sehen wollen, während ich mit ihm spreche ... er wird unruhig auf seinem Stuhl hin und her rutschen und den Blick immer wieder, an mir vorbei, durch den Raum gehen lassen, ob wir auch allein sind. Ob da nicht noch jemand ist, an den übrigen Tischen der Cafeteria, der uns beobachten könnte, doch der Raum ist leer. Tische und Stühle sind verlassen, lediglich an den Glasvitrinen der Essensausgabe steht eine südländisch anmutende Frau mittleren Alters, mit Haarnetz und in einen Kittel gewickelt, dessen Weiß dem der Stationsärzte nahe kommt. Von Zeit zu Zeit verschwindet sie nach hinten in die Küche, um mit Tabletts voller Beilagen oder Pasta zurückzukehren – die Hauptgerichte werden nach Bedarf zubereitet –, die sie lieblos auf die freien Plätze in der Warmhaltevitrine stellt. Philodendren in braunen Hydrokulturkästen trennen den Bereich der Essensausgabe von den Sitzplätzen, nehmen der Küchenfrau die direkte Sicht auf uns beide.

Ich frage Schierling, was jenes Wesen sein könnte, das hinter Lucy her sei. Ich sage nicht Lucy ... ich sage Laborratte, sage Proband, um ihm wieder in Erinnerung zu rufen, wovon ich spreche. Die Diskurse der Laboratorien kennen keine Namen zur Identifikation, wie meine Glaspüppchen ... sie kennen lediglich Ziffern und Kürzel für die am Organismus vorgenommenen Eingriffe.

Das sei der Tod, sagt Schierling, und ich werfe ihm einen langen Blick zu. Er habe mir doch gesagt, wie wichtig es sei, dass ich mich mit dem Tier beschäftigte, sagt er. Es sei nur eine Frage der Zeit, bis das unaufhaltsame Wachstum der Nervenzellen, deren Zelltod er enzymatisch ausgeschaltet habe, den Krebs indiziere. So lange hätte ich noch Zeit für meine Spielchen, sagt er. Darum sei es wichtig, dass ich den Probanden intellektuell forderte: Erst wenn ich das Tier nicht mehr im erforderlichen Ausmaß zu stimulieren vermöchte, wenn da kein Rätsel mehr bliebe und kein Mysterium mehr zu entschlüsseln, sei jene Schwelle erreicht, hinter der die Wucherung uneingeschränkt losbrechen würde.

Ihn amüsiere aber die Art, wie ich ihm meine Angst gestanden hätte: die Formulierung allein und welche Gestalt ich in meiner Phantasie den neurochemischen Prozessen in Lucys Zellgewebe zugeschrieben hätte, und selbst das sei schon wieder bezeichnend für Menschen meines Schlags: der unermüdliche Eifer, das in wissenschaftlichen Formeln und Modellen so präzise Erfasste durch die Entrückung in das Metaphorische erneut diffus und so scheinbar für den Geist der Masse handhabbar zu machen ... es zu abstrahieren und so die molekularen Grundlagen des Sterbens weitgehend zu verdrängen und dieses stattdessen zu mythologisieren. Diese Verdrängung ... der irrationale Schmerz, der ihr vorausgehe ... das sei zugleich wohl auch die Basis jeder Religion und der ihr nachgebauten fiktionalen Gebilde.

Dennoch interessiere ihn das, sagt er, vor allem jene abenteuerliche Geschichte von dem Kryptoskript. Ich solle ihm mehr davon erzählen. Er sieht mich neugierig und zugleich auf sonderbare Weise belustigt über seinen Teller hinweg an ... da ist noch der Salat, eine Hand voll grüner Blätter und eine Tomatenspalte ... das russische Ei: ein schwimmendes Schiffchen von gekochtem und gestocktem Eiweiß im Zentrum des Gedecks, der Hohlraum in seinem Inneren gefüllt mit einer hellgelben Masse aus Dotter, Butter, etwas Olivenöl und Salz.

Ob er irgendjemandem davon erzählt habe, frage ich ihn.

Schierling schüttelt den Kopf.

Nein, sagt er. Er lege großen Wert darauf, seine und meine Welt nicht zu vermischen ... da müsse man wissen, wo man jeweils stehe und Barrieren zwischen sich errichten, das sei schon sinnvoll, wenn ich verstehe ... das sei ihm schon ein Anliegen. Dann beugt er sich mit einem Mal nach vorne, die Hände vor der Brust zum Zelt gefaltet. Etwas sei doch gewesen. Eine neue Assistentin seiner geschätzten Kollegin aus der pathologischen Abteilung. Sie habe sich verlaufen, habe nur kurz den Kopf zur Tür hereingesteckt ... ein durchaus attraktives Mädchen, daran erinnere er sich noch ... das Mädchen sei auch gleich wieder gegangen. Sie habe sich aber furchtbar beeindruckt gezeigt von seiner Kompetenz und seinem Humor, ein ganz bezauberndes Geschöpf im Grunde, wie er finde, das jetzt wohl gerade sein Praktikum vor den Kühlfächern der Pathologie absolviere.

Was ich aber nun glaubte, gesehen zu haben, fragt Schierling noch einmal nach und beugt sich über seinen Teller und über das russische Ei darauf. Wie ich mir den Tod vorstellte, der hinter meiner Ratte her sei?

Es sei ein Wesen ohne Grenzen, sage ich, das kein Holz und keine Riegel kenne. Das kein Geheimnis mache aus seinem Kommen: Vielmehr spiele es mit seinen Opfern wie die Katzen, denen es so sehr ähnle.

Das sei einleuchtend, sagt Schierling, dass der Tod der Mäuse die Katze sei. Meine Phantasie, zumindest dahingehend könne er mich beruhigen, folge seiner Ansicht nach durchaus den konventionellen Konzeptionen. Die Imagination imitiere dabei lediglich die Wirklichkeit.

Ob ihm dann auch mein Eindruck plausibel erscheine, frage ich Schierling, der sich zufrieden in seinen Sessel zurückgelehnt hat, dass noch irgendetwas anderes als seine Injektion, noch etwas Zweites den Tod zu früh auf die Fährte des Tieres gebracht haben könnte.

Wieso sollte das sein, fragt Schierling.

Weil das Tier in seiner widernatürlichen Manipulation erkennen könne, was niemand lebendig erkennen dürfe.

Was sollte das sein, fragt er.

Die Kunst der Unsterblichkeit, sage ich.

Nein, sagt Schierling und schüttelt den Kopf. Verkneift sich ein Lachen: Das sei unmöglich. Den Tod medizinisch hinauszuzögern ... ihn zu erforschen und ihn irgendwann einmal vielleicht sogar beherrschen zu können, nach der genauen Analyse der darin involvierten biochemischen und -elektrischen und übrigen Prozesse, das ja ... den Tod aber in seiner metaphorischen Übertragung als ein fühlendes und atmendes Wesen zu jagen, in einer Gestalt, die man ihm selbst zugeschrieben habe, mit weit offenem Maul und ausgefahrenen Fängen irgendwo im Unterholz der Städte ...

Ich falle ihm ins Wort.

Ein wütendes Wesen, sage ich, kein fühlendes.

... das sei blanker Unsinn, meint Schierling.

Das sei Gespinst, nicht mehr als das: sei Schimäre.

41

Die Unsterblichkeit, sagt J., verstehst du das?

Er breitet den Zeitungsausschnitt vor mir aus, deutet mit dem Finger auf einige Passagen, die er zuvor schon mit Leuchtstift markiert hat, und liest sie mir noch einmal vor … fragmentarisch … nur auf jene Quintessenz reduziert, die er selbst für sich daraus destilliert hat: *In ihrer vollständigen Verlorenheit,* liest er, *in ihrer Unfähigkeit, sowohl in derselben Welt zu existieren als auch in getrennten Hemisphären, verkommen die Figuren der Novelle zum Sinnbild für den modernen Menschen schlechthin, für seine Zerrissenheit, und werden eben darum zu zwei literarischen Figuren für die Unsterblichkeit.*

Seine Stimme wird lauter, wird immer euphorischer, je länger er liest.

Andere, die an den Tischen weiter vorne im Lesesaal sitzen, blicken von ihren Büchern auf und schauen sich nach uns um.

Ich ermahne J., leiser zu sprechen.

Er habe über F. von mir erfahren, meint er.

Er sei in derselben Schreibgruppe wie F. gewesen, müsse ich wissen, bevor man F. entdeckt und groß herausgebracht habe. Man überhäufe ihn nun mit Preisen und Stipendien, dabei sei F. in ihrer Schreibgruppe vorher kaum jemandem aufgefallen … als Erscheinung zu vernachlässigen, seine Texte kaum der Mühe wert, bemerkt zu werden … eine Eintagsfliege sei F., das sei ihm klar, aber dennoch ärgere ihn der Erfolg des Kollegen.

F. habe ihm erzählt, dass ich des Öfteren hier in der Bibliothek herumgeistere, und dabei sei ihm, J., der Gedanken gekommen, er könnte mit dasselbe Angebot machen …
Die Literatur sei eine bösartige Mätresse, sage ich. Sie verhelfe dem einen zur Unsterblichkeit, den anderen verdamme sie zu einem geplagten Dasein ohne Ende. Augenblicklich infiziere sie ihre leichtgläubigen Verehrer und nur sie selbst verschaffe Linderung gegen das eigene Gift.
Ich sehe aus den Augenwinkeln heraus ein Huschen hinter den Regalwänden in J.s Rücken, höre ein leises Rascheln, doch ich lasse mich nicht davon beirren.
Das dürfe er nie vergessen, sage ich, F. habe nicht die Literatur gesucht, nicht die Art der Unsterblichkeit, die diese selbst verheiße, sondern den Erfolg. Vor der Literatur sei er geflohen: Sie sei eine eifersüchtige Geliebte, und wem sie ihre seltene Zuneigung einmal zukommen lasse, den beanspruche sie darum allein für sich. Den teile sie mit nichts und niemandem sonst: Sie isoliere ihn bereits zu Lebzeiten von seiner Umwelt und fresse seine Seele auf.
Auf den ersten Blick könnte man ihre Liebhaber darum erkennen: Sie verfielen sichtbar, fänden keinen Halt mehr … würden von den eigenen Visionen gehetzt, isoliert von allen anderen Menschen, von ihrer Familie und von denen, die sie irgendwann einmal, vorher, geliebt hätten: unfähig, noch anders mit ihnen zu kommunizieren, auf andere Weise mit ihnen in Kontakt zu treten, als über die Literatur, als in ihren Texten.

Das Schreiben nämlich vollziehe sich immer in der einsamen Umarmung jener eifersüchtigen Muse.

Das sei der Unterschied zwischen der Unsterblichkeit, von der die Feuilletons sprächen, jene Gradmesser des Verkaufserfolges, die in sicherer Entfernung zur Literatur darauf warteten, was diese als Brocken von ihrem Mahl zu Boden fallen lasse, und der Art der Unsterblichkeit, die die Literatur selbst schenke. Diese gleiche mehr einer schleppenden Vergiftung, die dem Menschen in seinem Innersten alles Leben austreibe, während sie seinen Körper zugleich für Jahrhunderte gegen die Verwesung konserviere. Das sei die Verdammnis. Das seien Denkmäler und Marmorstatuetten in Parkalleen und Bibliotheken.

Er sehe schon, ich habe Talent, sagt J.

Er beugt sich zu mir vor und deutet noch einmal mit dem Zeigefinger auf seine Zeitungsausschnitte, im Lichtkegel der Leselampe. Er flüstert jetzt, sieht sich um, ob uns auch niemand beobachtet. Ob ich wisse, wie man zur literarischen Unsterblichkeit gelangen könne, von der ich da gesprochen hätte?

Nein, sage ich.

Dann wolle er wenigstens, dass ich für ihn schreibe. Was auch immer F. mir geboten habe, er wolle dessen Vereinbarung übernehmen. Das Rascheln in der Regalwand in meinem Rücken flattert wieder los, stiebt auf, als habe es genug gehört, und fliegt, immer noch von den Bücherborden außer Sicht gestellt, den Lesesaal hinab und hinaus in den Korridor.

Ob ich das gewesen sei, fragt J.

Nein, sage ich. Die Flugphase plötzlich abgebrochen. Das Geräusch, ein Huschen wie ein jäher Windstoß in den Seiten eines aufgeschlagenen Buches, wieder im üblichen Gemurmel der Bibliotheksräume untergetaucht, im Flüstern darin, im schlurfenden Schritt zwischen den Regalen, in der Rollbewegung der Laufräder in den Führungsschienen im Boden … im Blättern, im Papier.

Die Literatur ist eine launische Geliebte, sage ich noch einmal. Man wisse nie, welches Gesicht sie einem zeige: ob sie gerade lächle oder die Zähne zeige, vor dem Biss.

Das sei ihm gleich, meint J. Es müsse ohnehin ich mich an vorderster Front mit ihr herumschlagen. Zudem liege der Reiz aller Frauen doch gerade darin, dass sie erobert werden wollten, und je schwieriger die Eroberung sei, je widerspenstiger sich die Weiblichkeit gebärde, umso größer sei nur die Befriedigung hinterher. Er würde schon damit umzugehen wissen, was ich ihm seiten- und kapitelweise zu servieren habe.

40

Jana spielte Klavier wie besessen.

Es waren Stunden, seit sie mit dem Üben begonnen hatte, einfache Tonleitern, die sie rauf und runter lief und in denen sie plötzlich verharrte, es war eine Stelle darin, über die sie nicht hinwegkam, vielleicht auch nicht hinwegkommen wollte, denn sie verspielte sich nicht, bloß der Anschlag wurde schwächer, dann brach die Musik ab, oder ihre Hand stotterte und mit ihr das Klavier.

Ich hörte einen dumpfen Schlag, sie schlug mit der flachen Hand gegen den Korpus, oder mit der Stirn, ich wusste es nie genau, gegen den trägen, schwarz lackierten Unterleib des Instruments, dass das Dröhnen im leeren Raum, im leeren Kopf widerhallte, aus dem Bauch des Klaviers heraus, das keine Seele hatte, sondern nur Saiten gespannt an ihrer Stelle. Die schrien auch, wenn man sie schlug.

Jana schrie.

Dann, mit der Stille, setzten auch die Tonleitern wieder ein.

Ich habe Jana nie schreien gehört, vor diesem Moment am Klavier oder danach. Sie war still, nicht, weil sie nichts zu sagen wusste, aus der Melancholie heraus, sondern weil sie damals alles geschrien hatte, was zu schreien war. Über die Tastatur hinweg in Schwarz, Weiß, und sie, Jana, verklang zusammen mit dem Echo aus dem Inneren des Instruments, ohne dass ein Zusammenhang zwischen beiden bestanden hätte.

Auf den Schrei folgten die nächsten Tonreihen, ihr plötzlicher Ausbruch nur Teil einer Symphonie hässlicher und weniger hässlicher Töne. Wie ihr Schreien, und das verzweifelte Festhalten am Fingersatz.

Im Hintergrund die Stimmen von draußen, der Wind von draußen, ihre eigenen Atemzüge, es war nie wirklich still.
Nie wirklich still.
Das Leben definiert sich nur aus seinen Geräuschen, hatte ihr Freund einmal gesagt. So ähnlich zumindest, nur viel gewandter, denn der Spruch hatte ihr gefallen. Sie hatte ihn auf farbigem Papier niedergeschrieben und auf dem Fußboden festgeklebt, bis ihr jemand zwei Tage später die Zettel fein säuberlich vom Boden löste. Sie fand sie im Müllkübel wieder.
Seit damals war sie darauf bedacht, Lärm zu machen. Mit einem bisher noch nie dagewesenen Lebensdurst machte sie Lärm, für sich allein, für andere. Sie trommelte mit den Fingern auf den Tisch, beim Essen; sie sang manchmal, wenn sie allein war und ihr der Raum zu groß wurde. Sie saß da und hörte ihr eigenes Atemholen vor der Stille, ein befremdendes Geräusch, aber ein Geräusch vor dem unbelebten Hintergrund. Dann sang sie oder tat sonst etwas.
Oder sie stand in einem Lokal, an den atmosphärisch glänzenden Lacktischen im Kaffeehaus. In einem der hässlichen Studentenkeller entlang des Glacis, unter den Wandschmierereien, und sang plötzlich ein Lied, ganz entgegen dem Lärm der Trinkenden und oft mitten in deren Gespräche hinein.
Und dann, wenn sie nachts nach Hause kam, in ein stilles Haus, durch den Stadtpark, der ebenso fremd inmitten der Stadt lag mit seinen leisen Geräuschen wie sie selbst, in die Ruhe in den Gängen der Wohnung und in ihrem Zimmer ... dann war es, dass sie sich von Zeit zu Zeit einfach an das Klavier setzen wollte, das dort in der Ecke stand, und dass sie darauf spielen wollte und nicht spielen konnte. Sie hatte nie gelernt, wie sie den großen dunklen Bauch des Instruments zum Klingen brachte. In manchen Nächten.

In manchen Nächten.

Wenn sie einmal den Mut gehabt hätte, erzählte sie mir, hätte sie sich hingesetzt und einfach zu spielen angefangen. An den oberen und unteren Enden der Tastatur zugleich, und die Hände laufen aufeinander zu, bis die Nachbarn von allen Seiten läuten, an die Wände klopfen, bis jeder im Haus nach Ruhe schreit und mit ihr zusammen die schreckliche Stille zerstört.

39

Der Weg in den Himmel führt durch die Unterwelt des Krankenhauses. Im Parterre meines Puppenhauses treffe ich Pavel. Seit ich mich erinnern kann, bewohnt er die Station, hat er sich darin heimisch gemacht … hat keine Haare mehr, nicht einmal Augenbrauen oder Wimpern, und vertreibt sich die Zeit bis zur Genesung mit Schachspielen.

Die Krankheit, an der er leidet, ist chronisch, sagen die Ärzte, die einzige Möglichkeit, ihm noch zu helfen, bestehe darin, die Medikamentation so zu dosieren, dass der Patient so lange als möglich beschwerdefrei bleibe. Das Immunsystem sei inzwischen bereits zu schwach, als dass Pavel das Spital noch einmal verlassen dürfe.

Pavel heißt mich in seinem Garten willkommen. Alle fünfzig Meter löst die Klinik einen schmalen Seitenarm aus den großen Strömen der zentralen Korridore und lässt sie an ihrem Rand, an der Glasfassade nach und nach versanden.

In Sackgassen, in ruhig gestellten Buchten abseits der Fahrtrinnen von Krankenbetten und Essenswägen oder den Palettenkarren der pharmazeutischen Lieferanten verbirgt sich dort der eine oder andere Bewohner meines Puppenhauses, um für ein, zwei Stunden hinter dem Uferbewuchs jener sedierten Region … der Philodendron im Blähton, wieder, Hibiskus und immergrüne Ranken … zu verschwinden. Kaffee vom Automaten trinken, wenn die Therapie es gerade erlaubt, manchmal auch entgegen das Verbot und mit dem Blick nach draußen, durch die Fensterscheiben eine Zigarette rauchen.

Ein unsauberes Licht hängt über dem Horizont, der ist nicht mehr als das Dach des gegenüberliegenden Traktes. Ein Abendlicht ohne die Nacht in seiner Fußspur, oder ein regloser Sonnenaufgang, das lässt sich nicht sagen. Schleier liegen darüber und tief hängende Wolken. Pavel hat noch nie ein Spiel verloren.

Ich weiß, wer du bist, sagt Pavel, als ich mich zu ihm setze.

Ich möchte Schachspielen lernen, sage ich.

Pavel sieht mich über die Helme seiner Armee hinweg an, als deren letzte Figur, als ihr stiller Imperator noch hinter dem Herrscherpaar, noch hinter Königin und König selbst. Er wolle mir das Spiel nicht beibringen, meint er dann. Er sehe keinen Sinn darin.

Ich wäre ein guter Partner, sage ich. Es gehe mir nicht darum, zu gewinnen. Ich wolle lediglich das System durchschauen.

Beim Schachspiel gehe es immer um das Gewinnen, sagt Pavel. Der Sieg über den anderen, das sei das System. Im Übrigen brauche er keinen Partner: Er habe gelernt, mit sich selbst auszukommen. Er habe sich an die Einsamkeit gewöhnt, sogar im Spiel, und er werde auch einsam sterben, wenn es soweit sei und würde es nicht anders haben wollen. Er sehe nichts, was ich ihm bieten könne.

Ich wache über ihn, sage ich. Nacht für Nacht.

Keiner wache über uns, sagt er. Er wisse das, seit er als Kind zum ersten Mal in den Himmel geschaut und nichts

darin gesehen habe. Der Blick geht wieder nach draußen an den Horizont, das ist die Leere. Im gegenüberliegenden Trakt, der das Ende der sichtbaren Welt markiert, sind die Lichter angegangen, um die Düsternis des Unwetters ein paar Schritte weit zurückzutreiben. Nicht in allen Zimmern, nur vereinzelt, ein Auffachen und wieder Verlöschen in den Fenstern ist das, ein Morsecode ohne Schlüssel.
Nur wenig Licht fällt davon bis an den Grund, bis ins Parterre und in die Gärten vor den Fenstern des Erdgeschoßes. Die lassen sich auch nicht öffnen. Ein kurz geschnittener Rasen, mehr ist da nicht zu sehen, und die groben Schotterrinnen der Drainageanlage.
Die Welt hinterglas, sage ich.
Was ist damit, fragt Pavel über die Linien seiner Soldateska hinweg.
Ich könne ihm davon erzählen, sage ich.
Er wisse schon alles, sagt er. Er spielt mit seinen Fingern um den Königsbauern, umkreist ihn, fast zögerlich zuerst, als wisse er nicht recht, was er mit ihm machen solle … ob er ihn tatsächlich in Marsch versetzen solle … dann rückt er ihn um zwei Felder nach vorne.
Darum gehe es nicht, sage ich: von der Welt zu wissen. Es gehe darum, sie zu sehen.
Er habe in seinem Leben schon genug gesehen, meint Pavel. Mitunter sei er sogar froh, wenn sie das Licht ausmachten, auch im gegenüberliegenden Gebäudeflügel, und wenn er überhaupt nichts mehr von der Welt sehen müsse. Es überrasche ihn nichts mehr. Es freue ihn wenig

von dem, was außerhalb der Grenzen seines Schachbretts vor sich gehe, und er sieht mich wieder herausfordernd über die Reihen seines Heeres hinweg an, der vorgerückte Bauer ein erster Schritt, eine erste Attacke in meine Richtung.

Das meine ich nicht, sage ich und beantworte seinen Zug mit meinem Königsbauern. Nicht die Welt sehen, sondern sie sehen zu können sei bedeutsam: überhaupt noch eine Aussicht zu haben, und ich deute noch einmal auf den betongrauen Horizont, auf seine Lichtspiele wie ein Wetterleuchten, von einem Zimmer zum nächsten weiterhuschend, vom Boden bis zur Decke. Das Dasein im Spital, in der Niemandsbucht zwischen Philodendren und Hibiskusbüschen, biete keine Aussicht, es halte keine Perspektive mehr.

Ein Leben ohne Aussicht aber sei hoffnungslos: Man gehe daran zugrunde, abgeschottet … allem fortgenommen und unter einen Horizont gestellt, der sich nicht mehr rühre … der sich nicht mehr verändere, bis man am Ende nicht mehr wisse, wozu man überhaupt aufgewacht sei … weshalb man nicht einfach weiterschlafe, und ob man nicht weiterschlafe und alles bleibt gleich und nichts ist je gewesen … nichts je gesprochen, nichts gedacht und wenn die Unveränderlichkeit der Welt hinter dem Fenster endlich vollkommen sei, bleibe nichts anderes mehr, als auch sich selbst endlich reglos zu machen und sich zurückzunehmen wie einen verkümmerten Trieb. Sich erneut in Samenstand und Zwiebel zu verschließen in der Hoffnung auf einen Wetterwechsel draußen … eingestallt unter der Bettdecke, die Arme vorausschauend artig links und rechts gelegt, die Hände vorsorglich über der Brust gefaltet und bereits starr wie Porzellan … bemüht, den Mund geschlossen zu halten und die Zunge fest gegen den Gaumen zu pressen, die Lider zugedrückt, dass sie auch verschlossen bleiben und später keiner eine Mühe mit ihnen hat.

Nur unsere Imagination vermöge es dann noch, vor dem Nichts, uns eine andere Aussicht zu eröffnen. Das sei es, was ich ihm im Austausch für sein Wissen anbiete, sage ich.

Die Allmachtsphantasien der Dichter, sagt Pavel.

Geschichten, sage ich.

Ein Angebot beim Schach, entgegnet er, und sei die Beute auch noch so verlockend, sei immer entweder Dummheit oder Falle des Gegners. Mit einer raschen Bewegung, im Vorbeifliegen, bugsiert er seinen linken Springer über die Schlachtreihen seiner Bauern hinweg an den Spielfeldrand.

Dennoch, fährt er fort, müsse man manchmal im vollen Wissen um die ausgelegte Schlinge ein solches Geschenk annehmen. Nur dadurch gerate die Partie in Gang, mitunter, und bewahre seine Spieler vor einem zermürbenden Stellungskrieg, oder, schlimmer noch, vor dem Kampf ohne Ende.

38

Die Masken der Verstorbenen flankieren den Eintritt ins Totenreich. Auf halbhohen Säulen und im Schein unzähliger kleiner Lichter im Boden darunter nehmen sie den Wanderer in Empfang ... gipsweiße Larven, pessimistische Propyläen vor einem Ort ohne Wiederkehr, die aufgerissenen Münder und die halb geschlossenen Augen Kopf an Kopf in ihren Vitrinen nebeneinander gestellt. Ein Bewegungsmelder macht Licht zwischen den Fratzen, kaum dass man sich den Glasschränken nähert, überspielt so den Effekt der Beleuchtung von unten, von den Spots in den Schaukästen, der den Gesichtern der Toten noch einmal den Anschein einer infernalischen Lebendigkeit verleiht. Vor jedem Gesicht steht ein Kartonreiter mit Datum und Namen ... kein Sterbetag, keine Familienzugehörigkeit, sondern das Datum der Fertigung und der Name des Schöpfers. Über zwei Jahrhunderte reichen die Exponate der Sammlung zurück, das Totenkabinett, die Maskensammlung des Instituts, die gerade noch genug Aufsehen provoziert, um sie nicht in Kisten und Truhen wegzusperren, und doch zu wenig, um sie an der Oberfläche einer größeren Öffentlichkeit zu präsentieren.
Die Räume der Pathologie sind grün verkachelt. Grün beruhige, heißt es, und Grün täusche über die negativen Assoziationen hinweg, denen sich keiner hier herunten entziehen könne. Das Büro der leitenden Ärztin liegt hinter einer Plexiglasscheibe. Sie sieht mich als eine vorüberhuschende Reflexion vor ihrer Vierten Wand, als ich da-

ran vorbeigehe und steht von ihrem Platz auf. Ich warte auf sie.

Ich suche eine Assistentin der pathologischen Abteilung, sage ich.

Wie heißt sie, fragt die Ärztin.

Ich weiß es nicht, sage ich. Sie arbeite noch nicht lange hier. Einen Monat vielleicht.

Sie habe keine Assistentin, auf die das zutreffe, meint sie. Lediglich Praktikantinnen und Praktikanten hätten sie hier, die in regelmäßigen Intervallen in die Abteilung kämen.

Die Fluktuation sei hoch: Viele von ihnen unterschätzten das Ausmaß der Überwindung, das die Arbeit an den Gefrierschränken erfordere … das Ausmaß der Automatisierung von Gedanken und Handlungsabläufen im Umgang mit den Toten, die doch die Voraussetzung dafür sei, zwischen ihnen überleben zu können.

Wieder andere würden bloß von ihren morbiden Phantasien hierher getrieben, von einer Mischung aus Nekrophilie und Nervenkitzel, doch diese kapitulierten für gewöhnlich als Erste … sie hätten zumeist Schwierigkeiten damit, mit ihrer Arbeit zurande zu kommen, und primär sei die Arbeit untertags dasselbe wie in den höher gelegenen Stockwerken auch: nämlich Arbeit. Sie verträumten ihre Zeit beim Transport der Leichen durch die langen Korridore, bei der Katalogisierung und Kennzeichnung der Körper, bei der Akteneingabe oder beim Reinigen der Seziertische – eine Tätigkeit, die rasch und gründlich vonstatten gehen müsse.

Hier im Haus sterbe man schnell, sie hätten alle paar Wochen regelrechte Stoßzeiten, man könnte mitunter meinen, der Tod selbst hause im Gemäuer des Spitals. Um diese Jahreszeit aber sei die Abteilung für gewöhnlich verwaist. Nur wenige Ärzte seien noch hier. Wenn ich nach einer Praktikantin suchte, sagt sie, solle ich in den Operationssälen nachsehen oder bei den Leichenkammern. Dort sei es noch am wahrscheinlichsten, dass ich jemanden antreffe. Mehr als die Kataloge zu führen oder die Mülleimer zu leeren sei momentan nicht zu erledigen.

Sie weist mir mit der Hand den Weg die grün verfliesten Fluchten hinab. Dann kehrt sie in ihr Büro zurück, hinter die Plexiglaswand und hinter ihren Computerbildschirm, der nichts Wesentliches anzuzeigen scheint: Nur vereinzelt drückt sie eine Taste auf der Tastatur, nur ebenso vereinzelt geht ihr Blick über den unruhig flackernden Screen. Zumeist sieht sie zur Seite und durch ihre Fensterwand ins Leere.

Links und rechts des Korridors öffnen sich die Seziersäle und Laboratorien der Pathologie, viele davon ebenso wie das Büro der leitenden Ärztin nur durch eine überdimensionale Scheibe vom Gang getrennt. Manche ohne Abgrenzung: Wie die Klippen des Metallberges ragen die breiten Nirostatische dann in den zentralen Korridor hinaus … flache und weit ausladende Spülbecken im Grunde, mit einem abgesenkten Ausguss in ihrem Zentrum. Hinter den Tischen, ebenfalls aus Nirosta und in die Wand eingelassen, reihen sich die Klappen der Kühlfächer aneinander. Die Temperatur draußen bleibt davon unberührt, lediglich das elektrische Sirren der Leitungen und das Stampfen der Aggregate sind zu hören, als letzte Musik.

Am Ende des Ganges erkenne ich eine Bewegung. Auf einem der Seziertische liegt ein Mann, das Etikett mit Nummer und Namen baumelt noch von seinem behaarten Fuß, während sich eine Frau im blauen Kittel über ihn beugt. Während sie sich an seinem Gesicht zu schaffen macht.

Ich suche eine Praktikantin aus der Abteilung, sage ich. Sie arbeite erst seit kurzem hier.

Es gebe hier viele Praktikantinnen und Praktikanten, sagt die Frau, ohne aufzusehen, die Personalfluktuation sei hoch.

Das wisse ich bereits, sage ich. Ein, zwei Wochen sei es her, dass sie hier begonnen habe. Sie habe sich einmal verlaufen, in die molekularbiologische Abteilung des Dr. Schierling. Womöglich habe jemand davon erzählt. Anstatt zu antworten, tritt die blau Bekittelte einmal kurz mit dem Fuß zur Seite. Der Deckel eines Mülleimers gleich neben ihren Beinen springt mit einem blechernen Klang auf, dann ist da eine rasche Armbewegung nach hinten, ein kurzes Ausholen in den rückwärtigen Raum. Eine Mullbinde, schwer vom nassen Gips, fällt in den geöffneten Schlund, wo sie mit einem sonderbar satten Geräusch auf einem Berg weiterer Gipsbahnen zu liegen kommt, die dort nach und nach aushärten. Einige Reste des chirurgischen Abfalls sind dazwischen zu erkennen, die offenbar noch von einer anderen Prozedur herrühren als von der, mit der die Frau beschäftigt ist: undefinierbar ausgeschnittene Gewebestückchen, worauf die sonderbarsten Flüssigkeiten glänzen, Wundwasser und gestocktes Blut ... Knochenreste mit scharfen Sägekanten und halbdurchsetzte Reste vom Körperfett in dicken gelben Schnitten ... dann schließt sich der Mülleimer wieder.

Was sie hier mache, frage ich sie.

Sie fertige Abdrücke von den Gesichtern der Verstorbenen, sagt Beatrice. Die Abteilungsleiterin habe ihr das erlaubt, in den Abendstunden oder während der personalschwächeren Zeiten, wenn es keinen störe: Die Gesichter der Toten seien bereits nach wenigen Stunden in der Kälte so hartgefroren, dass man Gips und Mullbinden ohne einen weiteren Zwischenschritt darauf platzieren könne. Die Feuchtigkeit der Raumluft, die an den tief gefrorenen Gesichtern kondensiere, lege sich zudem als ein trennender Film zwischen das erstarrende und das bereits erstarrte Material: Ohne einander zu berühren, übernehme die Gipsmasse so die Züge des Toten bis in die letzte Hautunebenheit hinein, forme sich auf diese Weise zum Model für den späteren Gipsabguss aus, zur Matrize für ein verwesendes Mienenspiel, zur unendlichen Reproduktion des Ausdrucks von der Endlichkeit.

Siehst du, sagt sie und dreht sich zur Seite. Hinter ihr, auf dem Seziertisch ausgestreckt, liegt der Körper des Mannes, mit einer Plane abgedeckt bis auf seine Beine und bis auf sein Gesicht. Auf dem Gesicht ausgebrei-

tet liegt ein dichter und schwerer Vorhang von gipsgetränktem Mull, sickert ohne jedes weitere Zutun in alle Falten und Verwerfungen des Totengesichtes, während Beatrice nur noch darauf wartet, dass die Masse soweit trocknet, dass sie wieder davon abgehoben werden kann.
Wieso tust du das, frage ich sie.
Ich sammle die Gesichter der Toten, sagt sie. So, wie sie am Eingang zur Pathologie ausgestellt seien, zur Dokumentation des Sterbens und des Bildermachens und der Techniken der Mortiplastik, so trage auch sie jede Regung und jeden Blick, jeden letzten Zug zusammen, den das Sterben der Mimik der Toten einschreibe. Dann lese sie, im umgekehrten Prozess, für sich zuhause ihre Geschichte wieder aus dem Gips, wie aus den Zeugnissen einer vergangenen Kultur. Darin studiere sie den menschlichen Ausdruck.
Anhand ihrer Totenmasken übe sie daraufhin vor dem Spiegel Gesichtszüge und Grimassen, halte immer die Maske in der einen Hand unmittelbar neben ihr Gesicht, das sie sich ebenso gipsweiß schminke, dass man es nur noch in seiner Form, nicht aber in der Farbe vom anderen unterscheiden könne, und passe dieser Vorgabe endlich in mühevoller Arbeit, in angestrengter Konzentration auf jeden einzelnen Muskel in ihrem Gesicht die eigene Physiognomie an. Auf diese Weise schlüpfe sie in jede erdenkliche Rolle, die das Leben schreibe. In alles Figureninventar des Welttheaters: König und Bettler, Gaukler und Ganove, Herr und Hure, Trunksüchtiger und Träumer und Klassenkämpfer und Clown.

Der Part der Hetaera Esmeralda verlange ihr viel ab, sagt sie. Der Ausdruck des Sterbens in meinem Puppenhaus, so unregelmäßig und vereinzelt, wie er dort auftrete, genüge ihr nicht für ihre Vorbereitung. Erst spät sei sie im Keller des Gebäudes dann auf die mortiplastische Sammlung gestoßen und auf das pathologische Institut dahinter mit seinem unermüdlichen Zusammenfluss von Leichen aus allen Abteilungen und Krankenhausflügeln darüber … mit seinen Kühlfächern und den großen Nirostatischen, und sie habe augenblicklich beschlossen, sich hier niederzulassen.

Hier zu arbeiten, und die Arbeit gehe ihr gut von der Hand: Sie leere die Mülleimer und verschiebe die steifen, kalten Körper, führe die Akten der Oberschwestern und Ärzte und erweitere Datenbanken am Computer, und wenn sie unbeobachtet sei, wenn sie allein in der Station zurückbleibe, mache sie Abdrücke von den Gesichtern der Toten in gipsgetränkten Mullbinden und lerne für ihren großen Auftritt.

Wie weit sie noch gehen wolle, frage ich Beatrice.

Es hänge viel davon ab, sagt sie. Für uns beide: Sie verdiene gutes Geld, es würde bald für einen Flug reichen, dann könnten wir aus der Stadt verschwinden. Ich könnte endlich heimkehren, sagt sie, und zu mir selbst zurück.

Das hier sei mein Reich, sage ich. Sie sei ohne Rücksicht darin eingedrungen, sage ich, und bereichere sich an Dingen, die ihr nicht zuständen. Sie stehle den Toten ihre Gesichter und ihren Ausdruck, sie raube ihnen alle Würde ihres letzten Moments. Das nächste Mal, sage ich, wenn sie hier eindringe, würde ich sie beim Wachdienst anzeigen. Ich wachte über meine Püppchen und ich würde nicht zulassen, dass in meinem Porzellankabinett irgendetwas geschehe.

Warte, meint Beatrice. Sie geht zu einem der Kühlfächer und öffnet die Tür. Sie solle das lassen, sage ich, doch sie macht unbeirrt weiter, reißt den Nirostadeckel auf und fasst in das Innere des Kühlfaches. Der Dampf darin kondensiert augenblicklich an der Kältemauer. Sie zieht das Eingelagerte heraus, einen weiteren, flach ausgestreckten Männerkörper, ebenfalls mit einem angehängten Etikett an der großen Zehe des linken Fußes, ansonsten nackt bis zum Scheitel.

Wer ist das, frage ich Beatrice, die mir den Leichnam gleichsam zur Begutachtung vorführt.

Ob ich mich nicht mehr erinnern könne, sagt sie. Es sei der Student, der genau an dem Tag verunglückt sei, als wir einander zum ersten Mal auf der Treppe vor dem Lesesaal begegnet seien.

Hast du auch von seinem Gesicht einen Abdruck gemacht, frage ich.

Beatrice schüttelt den Kopf.

Wieso liegt er noch hier, frage ich.

Er hat keinen Namen, sagt sie, zeigt mir das Etikett an seinem Fuß, auf dem lediglich das Datum der Obduktion und sein Sterbedatum stehen.

Das sei das Problem, meint sie, und es gehe sogar noch weiter … das sei auch der Grund, weshalb sie von ihm noch keinen Gipsabdruck gefertigt habe: Jemand habe daraus bereits alle Züge und allen Ausdruck gelöscht. Die Erkenntnis des letzten Augenblicks, die für gewöhnlich in den Gesichtern der Toten stehen bleibe und der der größte dramatische Ausdruck zukomme, sei fein säuberlich daraus getilgt.

Oder, sagt Beatrice, der da vor ihr auf der mattglänzenden und vom Gefriernebel beschlagenen Bahre ausgebreitet liege, sei nicht erst an jenem Nachmittag gestorben, und ich hätte etwas anderes beobachtet … ein anderes Gespenst als das, wovon ich ihr erzählt hätte. Sie deutet noch einmal auf den Körper des Studenten vor uns, worauf der Raureif nach und nach bizarre kleine Blüten austreibt. Dieser da, sagt sie, sei schon lange tot gewesen.

37

Das Hotelzimmer war leer gewesen bis auf das Bett darin und eine Kommode an der gegenüberliegenden Wand. Sergeant hatte alle Schubladen durchsucht. Es war nichts darin gewesen als eine Laterna magica mit auffällig starken Linsengläsern in der untersten Lade, ein Hagioskop. Er hatte sich eine Zeit lang damit abgemüht, das Glasbild daraus hervorzuziehen, das immer noch vor der Beleuchtungslinse steckte, doch es musste sich in dem schmalen Schacht verkeilt haben. Es steckte fest oder war von einer rußigen schwarzen Substanz verklebt, deren Ränder er über den Einschiebeschlitz hinauswachsen sehen konnte, Schmutzreste oder verbrannte Staubpartikel aus dem Inneren des Apparats. Er hatte die Hydrooxygengaslampe darin angemacht und gewartet, bis die Projektion an der Wand endlich sichtbar wurde, bis die Hitze und die Lichtintensität stark genug geworden waren, dass an der Wand neben dem Bett und an Teilen der Decke endlich jenes Bild sichtbar wurde, das sich im Inneren des Hagioskopes verbarg. Es war ein sonderbares Spektakel gewesen, das da nach und nach über der blassgrauen Tapete Gestalt angenommen hatte: Phantasmagorien, Nebelbilder, die immer wieder an den Rändern der Projektion aus dem Nichts herauszusteigen und an Schärfe, an Kontur zu gewinnen schienen und die dennoch jedes Mal, wenn er geglaubt hatte, er könne das Bild auf dem Dioramenglas endlich erkennen, wieder ineinander verlaufen waren. Die ineinander verschwammen, kaum dass er meinte, er könnte aus den tanzenden Schatten an der Wand, aus dem gleich einem Traumgeschehen an den Himmel über Lauras Bett projizierten Lichtspiel auch das ersehen, was das Bild erinnerte. Das Spiel der Formen, ihre Unbeständigkeit, ihre

Bewegungen wie von kleinen Tierchen unter dem Stoff der Tapete, hatte ihnen ihren Inhalt geraubt. Der Augenblick selbst, auf das Glas gebannt und für alle Zukunft unverrückbar vor die Linse geschweißt, war unleserlich geblieben. Ihn mit Gewalt aus der Apparatur hervorzuzerren, hätte das Glas wohl nur endgültig zerstört. Er hatte den Schatten überkopf noch eine Zeit lang zugesehen, die so viel und zugleich doch so wenig von Laura enthüllen wollten, dann hatte er das Spielzeug wieder abgestellt. Er hatte es zurückgelassen, wo es war, hatte es nicht mehr in die Schublade zurückgetan, weil das Gehäuse bereits zu heiß war, um es noch anzugreifen, und war aus dem Zimmer gegangen, das wieder im Grau der Tapete und des Tages von draußen zurückblieb, das durch die Vorhänge nach drinnen fiel. Ohne Licht und ohne Schatten, ohne das Leben, das in ihnen brütete und das doch nicht mehr war als das Flattern einer grellen Lampe irgendwo im Raum hinter ihnen.

36

Die Bibliotheksräume, ihre im schwarzen und weißen Karo verfliesten Korridore, gleichen dem Schachspiel in meiner Wohnung. Ich suche den Platz im großen Lesesaal, wo der namenlose Student gesessen hat, rücke seinen Stuhl in dieselbe Position wie damals, platziere mich darauf und nehme dieselbe Haltung ein, wie ich sie in Erinnerung habe, mein Schreibzeug und das Blatt Papier vor mir ausgebreitet, das ich vom Tatort gestohlen habe ... lediglich an seinem Rand ist es verändert, ist es mit Lucys Anmerkungen versehen und mit der Übersetzung der von ihr bereits entschlüsselten Passagen.
Der Mörder kehrt immer an den Ort des Verbrechens zurück, und ich schaue mich um. Der Lesesaal ist leer, nichts verbirgt sich hinter den Regalwänden. Niemand, der sich unter dem drohenden Gewitter noch nach draußen wagt, und auch keiner, den die Furcht vor dem Regenguss ins Innere der Bibliothek gescheucht hat. Was laufen kann, läuft nach den eigenen vier Wänden und dennoch, meine ich, müsse es sich bald hier einfinden. Es sei das Gesetz aller Geschichten, dass die Täter ihren ersten Ort, den Locus delicti wieder und immer wieder heimsuchen müssen, und mit den Tätern die Helden, selbst wenn ihnen ihre Flucht bereits gelungen sei. Ausnahmslos ziehe es sie an jenen Ort zurück, wo ihre Initiation erfolgen müsse ... aus fadenscheinigen Gründen zumeist, da sei noch die Liebe einer Frau oder ein vergessener Gegenstand oder gleich die Erkenntnis, dass der nächste Schritt der Fabel

nur an ihrem Ursprungsort geschehen könne. Wie zufällig wirke alles das während des Lesens und es sei doch von vornherein durch das Medium und seine Systematik so bestimmt.

Der schwarz und weiß gefliese Fußboden, verlassen wie das Schachbrett nach der Schlacht, ruft mir meine Wohnung wieder in Erinnerung, Lucy und ihr Wunderland und ihre unermüdliche Entzifferungsarbeit an dem Kryptoskript: unser Spiel und Lucys Überlebenstraining. Ich habe noch Pavels Worte im Ohr ... das Gambit, ein trügerisches Bauernopfer ... ein geschickt ausgelegter Köder allein und ungedeckt über dem Karomuster des Feldes, und wer das Danaergeschenk annehme, bereue diese Entscheidung in der Folge für den Rest der Partie. Dame, Läufer, Turm und Springer könnten nun, von ihren trägen Vordermännern nicht länger blockiert, frei agieren und breite Schneisen durch die gegnerischen Reihen schlagen.

Der Investitionswert der geopferten Bauernschaft amortisiere sich auf diese Weise schon nach wenigen Zügen, und selbst ein schlechter Schachspieler, klingen Pavels Worte nach, könne diesen Vorsprung in Punkten meist bis ans Ende des Spiels halten.

Nur wenige Züge nach meinem Gambit hat Lucy mich bereits wieder an den Rand gedrückt und mit ihren Bauernheeren eingekreist. Sie setzt mich matt, ohne dazu einen einzigen ihrer Generäle zu bewegen. Dafür wächst das Stückwerk auf dem Papier, fügen sich die Hieroglyphen darauf nach und nach zu einem Ganzen. Formieren sich in Lucys Übersetzung allmählich zu einer Formel, einer Gleichung, die Valenzen gedeutet, die Potenzen gezählt, das scheinbar Artfremde als Teil desselben Wesens überführt, und nur noch die zwei Terme links und rechts des Istgleichzeichens sind davon übrig geblieben, und die eine Seite bemisst die andere nach ihrem eigenen Gewicht.

Dem janusköpfigen Wesen der Literatur entsprechend, einmal lächelnd, einmal mordend, sind da nur noch diese zwei Kategorien von Namen und von Nummern, Pessoa, steht da, und Eco und Julius Caesar.

Daneben Petrarca, Tolstoi, Bacon, Mariveaux. Ich versuche, die Entscheidung des Istgleichzeichens zu verstehen, Rilke und Racine links unter die Unsterblichen, Engels und Adorno zu den Toten, aber ihre Systematik bleibt mir unergründlich, lediglich die beiden Spalten kann ich fortsetzen, ohne Zusammenhang.

Ich bemühe mich eine Zeit lang, entrückt hinter Wänden von Papier und Leinen und von Leder, das Trennende und das Gemeinsame der beiden Seiten zu erkunden … suche gemeinsame Themen, oder Schauplätze, oder Parallelen in den Biografien, aber da ist nichts, auch nicht in der Chronologie ihrer Geschichten: Ich stelle dem Tod nach und der Liebe und den Frauen und dem Exotismus in der Literatur, da sind die Erzählungen aus Tausendundeiner Nacht und die Persischen Briefe und die Atlanten, die Reiseberichte und Landkarten aus der historischen Abteilung, die Logbücher und Schiffslisten längst gesunkener Linien, längst kielgeholter Handelsrouten und darin keine

Parallelen zwischen Tacitus und Thomas Morus und zwischen Hakluyt und Defoe.

Ich lese die fabelhaften Einträge des Christoph Columbus gegen den staatsmännischen Stil Machiavellis und gegen den pikaresken Schelmenton des Nuñez de Balboa und seine Entdeckung, sein Panama, wo er 1517 „… wegen Empörung" enthauptet wurde, und der Pazifik dahinter führt Charles Darwin zum Ursprung aller Arten …

Alexander von Humboldt, farbenfroh, schillernd wie die Papageien und Paradiesvögel der von ihm bereisten Gegenden, webt einen undurchdringlichen Dschungel auch in Worten und lediglich die Erstbesteigung des Chimborazo bis an seinen Gipfel in 5400 Metern Höhe ragt aus seiner sechsunddreißigbändigen Chronik *Voyage aux régions équinoxiales du nouveau continent* hervor …

Dann verschlägt mich ein Lexikon der Fauna und Flora der Insel Madagaskar unter die wunderbare Architektur botanischer Grafiken, immer in einer sonderbar paradoxen Situation von Naturbelassenheit und laborbedingter Isolation ihrer Pflanzen befangen: Als wachse es genau so im Garten hinterm Haus, oder im Unterholz des Regenwaldes, und dennoch ist da lediglich ein weißer, blanker Hintergrund, weil nichts ablenken soll von der Darstellung der Stände, Samen und Blätter, und auch die sind jenem Unding einer genau berechneten Zufälligkeit unterworfen, die ihnen die Blättchen verdreht, als gehe der Wind darunter hindurch und hebe sie für einen Moment an, und doch macht das nur ihre Äderchen und ihre Zeichnung sichtbar, ohne dass sie sich selbst entblößten ... eine sonderbare Keuschheit sei das, wie laszive Frauen, wie vorlaute Mädchen gestalte der Maler Lilien und Rosen und dann starrt mir mit einem Mal die Fossa ins Gesicht, noch aus der Deckung hinter Baobabs und Pachypodien heraus.

Die „Fossa" oder „Frettkatze" steht unter dem Bild, daneben die lateinische Beschreibung *cryptoprocta ferox*, ein rätselhaftes, reißendes Geschöpf, das größte Landraubtier der madagassischen Fauna. Ein endemisches Relikt, und unwillkürlich gehe ich vor dem Räuber in Deckung, weil ich – selbst halb Affe, halb Raubtier – den Blick nicht ertragen kann, mit dem mich die Fossa ansieht ... ihre unverhohlene Lust darauf, mir an den Hals zu gehen, nicht länger Schatten an der Wand, nicht länger Windstoß in den Gassen von Manhattan, sondern in Form und Farbe voll ausgebildet und lebensecht und nur noch durch die hauchdünne Membran des Papiers von mir getrennt.

Du bekommst mich nicht, möchte ich sagen, aber ich komme nicht dazu, als sich das Bild plötzlich zu mir herumdreht, und ich weiß nicht, ob es mich nur hämisch angrinst oder, in Katzenart, bereits den Biss in meinen Nacken simuliert. Keiner entkommt mir, sagt die Fossa, auch du nicht. Dann zieht sie sich wieder ins dornige Gestrüpp der Inselvegetation zurück, zwischen Kaktusblüten und vom Wasser aufgeblähte Äste und Stämme, die in ihrer von Schuppen und von Stacheln und von Zähnen geprägten organischen Figurensprache eine andere Geschichte erzählen als die abgeschliffenen und gerundeten Formen des pankontinentalen Festlands.

35

Ich sehe Beatrices Gesicht an allen Wänden. Sie verfolgt mich, manchmal als ein penetrantes Lächeln, dann ist sie wieder die hoch aufgerichtete Gestalt in theatralisch aufgeblähter Pose, die Hetaera Esmeralda, mit einem schwarzen Gazetuch über dem Kopf, um die Vorzeichen der Krankheit zu verbergen, oder in lustvoller Rückenlage, sich auf den Stufen einer noch nicht ausstaffierten Probebühne räkelnd, die Knie angewinkelt, das Becken zentral zur Schau gestellt, der Oberkörper dahinter frech aufgerichtet, der Mund tiefrot geschminkt und die Zungenspitze gerade noch im Mundwinkel sichtbar.
Wie findest du die Plakate, fragt Beatrice. Dann läutet ihr Handy und nimmt mir die Pflicht, zu antworten. Nein, höre ich sie sagen, der Andrang sei groß. Zumindest für die Premiere gebe es keine Karten mehr, die Kontingente seien ihnen rasch durch die Hände gegangen, sie verspreche ihr aber … sie seien ja gute Freundinnen und sie freue sich schon …
Dann stößt mir einer in die Seite und ich verliere das Gespräch, verliere für einen Augenblick den Halt auf dem Parkett des Zuschauerraumes, der noch eilig gereinigt wird, gewischt und zusammengekehrt, während ein anderer schon wieder an mir vorbei ist, das quaderförmige und grau angestrichene Dekorationsstück aus Styropor, mit dem er mich gerempelt hat, unbeirrt unter dem linken Arm davontragend. Zwei haben eine Leiter aufgebaut, unter der Beatrice ungeachtet aller bösen Vorzeichen

hindurchsteigt. Während der eine darauf steht und mit Glühbirnen und farbigem Seidenpapier im Hosenlatz die Beleuchtungskörper unter der Decke präpariert, hält der andere die Leiter und dirigiert von unten durch Zuruf die Bewegungen seines Obermannes.

Auf der Bühne selbst nicht minder hektische Arbeiten: Seilzüge werden installiert, Kulissen darin eingehängt oder noch rasch nachbehandelt, übermalt ... hinter einem ausladenden Mischpult rechts neben dem Bühnenaufgang zwei Tontechniker, rauchend, lachend, das übliche Gehabe des technischen Personals, dieselbe Parole das künstlerische Ensemble, nur in anderer Codierung: Bühnenbildner, Intendanten, Choreographen, Dramaturgen, dazwischen Beatrice ... Regisseure und Schauspieler, lauter wichtige Personen, einzig der Autor ist tot und nicht mit von der Partie.

Beatrice deutet einmal begeistert auf das eine Stück Requisite, dann auf das andere, erklärt mir Sinn und Inhalt jedes einzelnen Teils und den interpretatorischen Ansatz dahinter ... die Herangehensweise an das Werk des großen Romanciers, an den Doktor Faustus und das Verfahren der Transformation des Prosatextes in das dramatische Wort, das doch viel unmittelbarer und lebensnäher sei als das Buch.

Als wir den Rand der Bühne erreichen, sagt Beatrice, ich müsse hier zurückbleiben. Nur Mitglieder des Ensembles dürften die Bühne betreten. Im Übrigen müsse sie sich auf ihre Rolle vorbereiten, man habe ihr diesmal sogar ein eigenes kleines Zimmer zugestanden, mit Spiegel und

Stuhl und gut ausgeleuchtet, in dem sie noch einmal ihren Text und ihre Sicht auf die Hetaera Esmeralda durchgehen könne. Ihre Arbeit erfordere Konzentration, da wolle sie mich ohnehin nicht um sich haben, sagt sie, das sei diesmal mehr als nur eine billige Off-Produktion vor vier, fünf Freunden.

Dann küsst sie mich inszeniert lange und leidenschaftlich, womöglich bereits zur Vorbereitung auf ihre Rolle, oder ihre Leidenschaft, die Dramaturgie des Moments gilt überhaupt nicht mir, sondern der Aufmerksamkeit ihrer Künstlerkollegen hinter mir auf der Bühne.

Wenn ich artig sei und in der ersten Reihe Platz nehme, dürfe ich nach der Vorstellung auch zu ihr in die Umkleidekabine kommen, ruft sie mir zu, über die immer noch emsig bearbeitete Bühnenfläche hinweg, ist bereits die Treppe hochgestiegen und verschwindet endlich hinter dem mit einem rotsamtenen Bändchen fixierten Vorhang aus der Szene.

Beim nächsten Mal, wenn ich sie sehe, wird sie dem liebestollen Mädchen von den Wandplakaten gleichen, und dennoch, so scheint mir, trotz aller Kostümierung und Maskerade, kommt Beatrice unverändert in eine Welt, die sich gewandelt hat. Die dunkel geworden ist, nur noch an der rückwärtigen Wand des Raumes schwärt die weißgrüne Notausgangsbeleuchtung … Stille im Zuschauerraum oder ein Raunen, das wie ein nächtlicher Windstoß über die Köpfe des Publikums hinweg läuft, das sie senkt und hebt und knickt, als wären sie die überschweren Ähren eines Weizenfeldes, durch dessen strenge Reihen, der

Architektur der Einrichtung entsprechend, die ersten zerstörerischen Sturmböen fegen …

Auch über die Bühne ist die Nacht gekommen … alle mühsam gefertigten Kulissen und Requisiten sind außer Sicht gerückt, um nicht von dieser einen Szene – der wesentlichsten des gesamten Stücks, des dichtesten Moments darin – durch triviale Gefälligkeit abzulenken.

Aus dem Leuchtboden fällt nur ein einsamer Spot von weißem Licht, keine Farben, keine Schwenks … die Tonanlage sogar abgeschaltet.

Die Stimmen der Darsteller sollen wie ein Flüstern wirken. Das intensiviere den Eindruck von Intimität und treibe zugleich die Authentizitätsfiktion der Theaterinszenierung auf die Spitze.

Im Scheinwerferlicht eine schmächtige Männergestalt … der Komponist Adrian Leverkühn, der Doktor Faustus des Stücks, der sich vor einer ihm unlösbar erscheinenden Kulturkrise in einen Pakt mit dem Teufel flüchtet, dessen Bedingung heißt, er dürfe niemals lieben … anscheinend vor einer Türe wartend, nervös, oder bereits im Inneren des Gebäudes, in einem Vorzimmer, und endlich erscheint die Geliebte: Beatrice. Die Hetaera Esmeralda, die fortgezogen war und die den Musiker vor ihrem infektiösen Leib gewarnt hatte und mit der er dennoch eine Nacht verbringen wird und sich so seine eigene Lebensfrist setzen, sich willentlich an ihr mit Syphilis infizieren wird – das ist seine Unterschrift unter den Teufelspakt, anders als auf die bekannte Weise und doch auch mit Blut im Füller abgezeichnet.

Beatrice, so scheint mir, genießt ihren Part. Sie genießt es, ihre Lippen in üppigem Karmesin zu tragen und Rouge auf ihren sonst so weißen Wangen. Es bereitet ihr sichtliches Vergnügen, auch im Spiel – sie spielt als Einzige nicht – alle Grenzen zu überschreiten, sich dem anderen an den Hals zu werfen, jede Privatheit, jede Intimität ignorierend und eitel über die Bühne zu stolzieren … ihre Beute umkreisend, die ihr, leichtgläubig, bereits aus eigenen Stücken in die Arme gefallen ist, die Mahnung, nicht zu lieben, beim Anblick dieses Körpers und dieses Gesichtes wie trunken ignorierend.

Freiwillig unterwirft sich Adrian der Prostituierten, macht es sich unter ihr bequem, während sie wie ein Raubtier über ihn kommt, ihn entkleidet, um selbst die letzten trennenden Membranen zwischen den beiden Organismen zu durchstoßen.

Beatrice wächst spürbar unter der Zuwendung des Publikums, die ihrem Körper ebenso wie ihrem Akt gilt. Sie sucht den Blickkontakt mit den Zuschauern, sieht auch mir einmal, für einen Wimpernschlag nur, ins Auge, zerrt an Adrians Hose, als müsse sie allen hier Versammelten gleichzeitig damit das Gewand vom Leib lösen, sich in die Genitalien aller stummen Beobachter und Bewunderer ihrer Kleinkunst verbeißen und auch sie mit ihrer Körperlichkeit infizieren.

Ihnen den Virus einsetzen, der sie am Ende verkommen und der ihnen die Haare vom Kopf fallen lassen wird, bis ihre Schädel blank sind, gleich meinen Zwillingspüppchen.

Einen Moment lang, für die Dauer ihres eitlen Augenkontakts mit dem Publikum, während sie den Adrian Leverkühn auf der Bühne zwischen ihren Beinen mit dem Tod ansteckt, glaube ich, dass ich Beatrice hasse. Ihre Aufdringlichkeit und zugleich die Unbekümmertheit, mit der sie sich aufdrängt, alle Zurückhaltung missachtend, Flüssigkeiten verteilend, Viren multiplizierend ohne einen Gedanken an die Konsequenzen. Wie in die sakralen Zonen meines Puppenhauses, in die Sterbezimmer, hat sie sich auch hierhin eingeschlichen, hat sich mit dem gestohlenen Ausdruck meiner Porzellanfiguren den Zugang zur Bühne ergaunert und verschleudert all das nun vor einem hundertfachen Publikum, als wären die Emotionen und die Abgründigkeit auf ihren Zügen ihre eigenen Regungen ... Mimik und Gestik von Dutzenden meiner Mumien in ein, zwei Minuten zum Besten gegeben, während sie im Begattungsakt über Adrian Leverkühn hängt, wie in einer billigen Schauspielübung ... in aller Fülle, ohne Selektion und ohne einen Gedanken daran, was hinter ihren gestohlenen Gesichtern steht.

Stiehlt, noch während sie spielt, auch ihrem Partner, der schmächtigen Männergestalt, die wenigen Züge aus dem Antlitz, die diese beherrscht ... verspottet mich und meine Nachtwache vor den Monitoren in der Klinik, indem sie nur für mich die Szenen ihres Diebstahls noch einmal auf der Bühne nachstellt: die Art und Weise, wie sie sich über meine Patienten beugt, sich über ihnen abstützt kurz vor dem Eintritt des Todes, kurz vor dem Abflachen der Kurven auf den Kardiographen, unsagbar gierig, wie mir vorkommt, und wie sie ihnen ihr ganzes Leben aus den Augen liest, während sie zugleich frech zu mir herübersieht, in die Kamera, über die Köpfe und Schatten der Zuschauer hinweg, und direkt in mein Gesicht.

In der Pause ist sie plötzlich wieder an meiner Seite, ist mir ebenso nahe, ist ebenso rücksichtslos ohne Vorwarnung an mich herangetreten wie zuvor an den todgeweihten Komponisten auf der Bühne.

Ob mir ihr Spiel gefallen habe, fragt sie, während man ihr von hinten und von allen Seiten auf die Schulter klopft. Sie ist immer noch stark geschminkt, obwohl ihr Auftritt bereits eine Viertelstunde her ist ... trägt das karmesinrote Mündchen der Hetaera Esmeralda ... unfähig, ihre Rolle wieder abzustreifen, weil sie sie sich niemals angelegt hatte. In einem ruhigeren Moment nimmt sie mich an der Hand und zieht mich durch die Menge, die sich allmählich, rauchend und mit kleinen Gläsern voll Weißwein in der Hand am Korridor zusammenfindet. Die sich irgendwo in den Pausenräumen verläuft.

Hinter der Bühne öffnet sich ein schmaler Gang, der nach wenigen Schritten im rechten Winkel abbiegt. Beatrice öffnet eine Türe, Hauptdarsteller weiblich steht darauf. Siehst du das, sagt sie und holt mich endgültig zu sich, in ihr Refugium. Küsst mich plötzlich mit ihrem roten Mund, die Lippen noch heiß, wie fiebrig von der Aufregung.

Sie habe etwas für mich, sagt sie und drückt mir plötzlich ein Buch in die Hand, einen voluminösen, mit blauem Karton eingebundenen Autoatlas. Ein Europaatlas, sagt

sie, aber das sei lediglich symbolisch, nur für den Augenblick. Die Vorstellung komme gut an, noch ein paar ausverkaufte Abende mehr, sagt sie, bereits dicht an meinem Ohr mit ihrem heißen Atem, und wir könnten endlich von hier fortgehen.
Dann drückt sie mich in ihren Schminksessel vor dem großen Spiegel. Sie müsse sich umziehen, sagt sie und beginnt damit, das wenige, was sie noch an Kostümierung trägt, abzulegen, Stück für Stück vor meinen Augen und mit einer aufdringlich lasziven Langsamkeit. Als sie nur noch in Unterwäsche vor mir steht, lässt sie sich plötzlich auf meinem Schoß nieder. Ob sie mir gefalle, fragt sie, den Karmesinmund der Hetaera ganz nahe an meinem Gesicht. Ob ich sie anziehend fände in ihrer Rolle als gefallener Engel … als todbringende Sünde, und ob ich sie denn so, wie sie nun sei, von meinen Schenkeln stoßen wolle oder ihr stattdessen nicht doch lieber zwischen selbige fahren und mich ebenfalls mit dem letalen Bazillus infizieren, den sie in sich trage … ihre verbotene Liebschaft.
Dann küsst sie mich mit ihrem aufgesetzten Hurenmund, sie wolle auch meine Hetaera Esmeralda sein, sagt sie, und dass sie mich liebe, obwohl ihr bewusst sei, was für eine lächerliche und ungleiche Paarung wir wären, aber das störe sie nicht … zum ersten Mal in ihrem Leben sei sie richtig verliebt, und sie drückt ihren weichen und infektiösen Körper fest gegen meinen, mein Gesicht gegen ihren Busen, dass ich nur noch durch sie atmen, durch sie hindurch denken kann, und die krankhafte Hitze, die

sie ausstrahlt, kommt auch mir mit einem Mal durch alle Poren, als wäre Beatrice bereits tief in mich eingedrungen ... als pulsiere sie bereits in meinen Adern, schlage in meinem Herzen, schwimme auf meiner Zunge und habe bereits, in meinem Namen, mit meiner eigenen Hand und mit meinem eigenen Blut den unseligen Pakt mit dem Abgrund besiegelt.

Ich stoße sie von meinem Schoß und zugleich mit ausgestreckten Armen so weit fort von mir, wie es die schmale Schauspielergarderobe zulässt.

Ich könne nicht ewig vor ihr davonlaufen, sagt Beatrice, den Blick plötzlich von mir abgewandt und sonderbar starr auf die Decke gerichtet. Dann greift sie nach einem Kosmetiktuch und platziert sich zwischen mir und dem Spiegel, halb stehend, vornübergebeugt und mit dem linken ausgestreckten Arm am Schminktisch abgestützt, während sie sich mit der anderen Hand den fremden Mund von ihrem eigenen wischt. Als ich aufstehe und aus der Garderobe gehe, sind die aufgemalte Lust und Leidenschaft der Hetaera Esmeralda bereits auf die feinen Zellstofffahnen übergegangen, Schicht um Schicht am sonst so blütenweißen Gewebe ... lächeln mich von dort noch einmal verführerisch an, zuhauf, zur amourösen Dutzendware vervielfacht, wo Beatrice die Kosmetiktücher zusammengeknüllt und ohne Ziel auf den Boden oder auf den Schminktisch vor sich fallen gelassen hat. Zwischen ihren Fingern, zwischen ihren nackten Füßen entfalten sie sich, sonderbar zerknittert, langsam wieder zu einer zweiten, sturmzerzausten Blüte.

34

Als ich in meine Wohnung zurückkomme, sitzt Lucy bereits vor dem Schachbrett, das Hieroglyphenpapier aufgefaltet und neben dem Spielfeld ausgebreitet. Sie sieht mich freudig und voller Erwartung an.
Etwas ist verändert: Ein sonderbarer Tremor schüttelt von Zeit zu Zeit den Hinterleib des Tieres, als erfasse ihn jedes Mal eine Art apoplektischer Zuckungen. Ich nehme die Maus vorsichtig auf meine Hand und taste sie um ihre Hinterbeine herum ab. Das Gewebe dort ist verhärtet, fast schon knöchern, doch äußerlich ist nichts zu erkennen: keine Geschwüre, kein Neoplasma, keine Blastome. Ich streichle ihr den dichten, dunklen Pelz. Lucy weiß meine Fortschritte beim Schachspiel zu schätzen, seit ich bei Pavel Unterricht nehme. Ich werde Schierling von der Versteifung ihres Hinterleibs und den Zuckungen erzählen, wenn ich ihn wegen eines anderen medizinischen Problems aufsuche … in den Pausen, in denen er mich sprechen lässt, während er nach dem Jod oder nach seinem chirurgischen Besteck greift … während ich endlich ausspucken kann, was mir während der Untersuchung im Mund zusammengelaufen ist. Eine träge abfließende und geschmacklose Masse ist das, und er wird mir vom Krebs erzählen, dessen erstes Symptom die Verhärtung des Bindegewebes sei, die ich unter Lucys Fell ertastet habe.
Er sei überrascht, wird er sagen, dass der Prozess nicht gleich zu Anfang das Gehirn befallen habe. Dann wird er, ohne seine Rede zu unterbrechen, mit der Diagnose

dessen fortfahren, was in der Zwischenzeit meinen Kiefer befallen hat. Er wird das passende Instrument wieder bei der Hand haben und mir den Mund aufhalten, mich anweisen, auf jeden Fall meinen Speichel zu behalten, obwohl ich nicht schlucken dürfe, und mir, seine Fortschritte im Spiegel betrachtend, mit einem Holzstäbchen am Zahnfleisch entlangfahren. Vor jedem Zahn wird er den Zahnfleischrand nach unten drücken, um zu sehen, ob sich das Gewebe löst und wie weit sich der Zahnhals darunter freilegen lässt und ob dort die Infektion sitzt, ob sich darunter vielleicht das *granum infectionis*, der Keim jener Entzündung verbirgt, die sich nach und nach über meinen gesamten Unterkiefer fortgepflanzt hat.

Der Krebs werde sich nun sukzessive ausbreiten, sagt Schierling, wechselt wieder das Werkzeug und seinen Patienten. Tumorzellen des Nervengewebes würden für gewöhnlich sehr rasch metastasieren.

Ob ich den Krankheitsverlauf noch irgendwie verzögern könne, frage ich.

Kaum, meint Schierling. Im Übrigen sei es vermutlich am besten so für den Versuchsträger, sein Leiden würde nur unnötig verlängert. Er prognostiziere als nächstes in der Anamnese eine Lähmung der Hinterläufe, erst partiell, später vollständig. Kurz darauf würden die ersten Geschwüre an der Oberfläche sichtbar, anfangs klein und wenige, aber sie würden bald schon den gesamten Trägerorganismus überwuchern. Im Übrigen solle ich ihm das Tier zurückbringen, wenn es verendet sei, sagt Schierling. Trotz der Hundertschaften von Labortieren, die sie hier allwöchentlich für die Forschung verbrauchten, würde immer noch jedes einzelne Exemplar registriert und sein Verbleib überprüft. Zudem wolle er das Tier vor der Kremation noch eingehend untersuchen. Seine Forschungen zur Biokompatibilität des Sterbens seien etwas ins Stocken geraten und er verspreche sich von dem manipulierten Objekt, das er mir zum Versuch überlassen habe, neue Impulse, eine neue Stoßrichtung seiner Untersuchung womöglich.

Zuletzt wird mir Schierling mit dem Exgravator tief unter den Hals der Backenzähne in meinem Unterkiefer stoßen, wo ich längst nichts mehr spüre. Er wird sich das tote Gewebe dort besehen und Grad und Tiefe der Verwesung feststellen und wird mir endlich, als die Geste eines Sonnenkönigs, mit der Hand den Mund zuschieben, um mir damit den Abschluss seiner Untersuchung anzuzeigen.

Ich hätte mir etwas eingebissen, wird er mir erklären, während er sein medizinisches Besteck mit Alkohol desinfiziert, doch den Erreger könne er leider nicht mehr entfernen … der sei inzwischen bereits abgebaut, und der Abbauprozess habe nun über das Zahnfleisch und den Zahnhals auch auf meinen Kieferknochen übergegriffen. Er könne mir ein Medikament verschreiben, wenn ich das wolle, doch das sei relativ teuer.

Ich verdiene nur geringfügig, werde ich antworten, und Schierling wird mir einen abschätzigen Blick zuwerfen. Es lasse sich allerdings auch ganz gut mit der Krankheit leben, wird er sagen, ab dem Zeitpunkt, an dem die Nervenstränge zersetzt seien, verlaufe sie weitgehend schmerzfrei, und schleppend. Lediglich mein Verfall werde noch deutlicher zutage treten, doch in meinem Fall spiele das vermutlich auch nur eine geringfügige Rolle.

Ich muss mich um meine Maus kümmern, werde ich sagen. Ich muss weiterarbeiten, und nun wird Schierling endgültig in ein Gelächter ausbrechen, das ihm selbst Kommentar genug bleibt.

Ein weiterer Tremor erfasst den Hinterleib des kleinen Nagers, wirft ihn zur Seite, während das Tierchen sich bemüht, die Vorderpfoten weiter parallel zu halten und mich mit einem neugierigen Schnuppern, mit fordernden Knopfaugen dazu ermuntert, endlich die Partie zu beginnen. Ich habe ihr nur wenig entgegenzusetzen. Das Arsenal meiner Figuren fällt schneller, als ich ziehen kann … die Dame als Erstes, dann die beiden Springer … schließlich mein Turm, und ich notiere die Koordinaten seines Einsturzes, C1 … der Eins entspricht der Buchstabe A, bleibt CA…, dann prescht ihr Läufer auf D6 vor, das ist die Zahl des Bösen … das D in Verbindung mit dem Läufer, dem Bischof, steht als die Initiale für *deus, die*, zu Gott gehörig, das ist die heilige Ziffer Sieben … sechs und sieben wiederum, als die unvereinbaren Gegenpole derselben Legende miteinander addiert ergeben die magische Zahl Dreizehn … die dreizehnte Letter des Alphabets ist das M … CAM… … der König, selbst gottgleich, bleibt unverrückbar auf D3 stehen … dreimal die himmlische Zahl macht einundzwanzig, die Letter U, während ich mit meinem zweiten Turm Lucys Läufer auf D6 schlage, ein absichtlich stehen gelassenes Offiziersopfer … das macht noch einmal die Sechs, zusammen mit der Unglücksnummer Dreizehn … bleibt das S, der neunzehnte Buchstabe im Alphabet …Camus, schreibt meine Maus mit den Spielfeldkoordinaten, dann folgt die eschatologische Auswertung: zweimal die Sechs, die Dunkelziffer, auf der einen Seite, einmal nur die erlösende Sieben auf der anderen Seite, und ich schreibe Camus zu seinem eigenen Ergötzen auf die Seite der Verdammten. Ich streiche auf dem Kryptoskript den verzweifelten Vermerk „Eine Sisyphusarbeit!" – „Le mythe de Sisyphe" –, den der Student dorthin gesetzt hat und spiele mit den wenigen mir verbliebenen Figuren weiter.

Lucy rückt unaufhaltsam weiter vor, beschleunigt das Tempo der Partie, der Übersetzung nur noch, während ich mich immer noch bemühe, mit jedem neuen Namen und jeder neuen Wertung das dahinterliegende System, den Rechenbefehl für die höhere Ordnung der Dinge zu erkennen. Dann fällt meine Maus plötzlich zur Seite, landet hilflos auf dem Rücken, von einem weiteren Tremor geschüttelt, während sie noch in der Luft, ins Leere greifend versucht, zumindest die Vorderpfoten in ihrer Pose zu bewahren … kein Schlagen mit dem Schwanz … kein Quieken … sie versucht nur, sich aufzurichten und sieht mich endlich hilfesuchend an.

Etwas zerbricht in mir, als ich sie vorsichtig anfasse und wieder aufrichte, als sie langsam von meiner Handfläche herunterkriecht, als wäre sie niemals ohnmächtig auf den Rücken gestürzt, und es ist nicht die Nähe des Todes, die an mich rührt … das ist der unbezwingbare Stolz in den

Augen der Geschlagenen und der Wunsch, der daraus spricht, selbst ein in Laboratorien und Forschungsinstituten millionenfach verbrauchtes Rattenleben mit aller Würde an sein Ende zu bringen, die die Einmaligkeit sogar eines solchen Drecksdaseins gebietet. Es ist derselbe sonderbar trotzige Ausdruck in Lucys Gesicht, kommt mir plötzlich, wie in den Zügen meiner Glasfiguren und Zwillingspüppchen.

33

Seit ich sie im Dickicht des madagassischen Tropenwaldes, zwischen den Seiten des botanischen und zoologischen Weltatlas in der großen Bibliothek aufgestöbert habe, erscheint mir die Fossa immer öfter. Sie überfällt mich ohne Warnung: nicht mehr wie in jener Nacht in meiner Wohnung, als sie, noch verhalten, an meinem Bettzeug geschnüffelt und gezerrt hat … sie tritt aus den Schatten hervor und aus den Wänden, überall in der Stadt. Die Zeit scheint abzulaufen. Die Entzifferung des Kryptoskripts steht unmittelbar bevor, und ich habe gelernt, die Zeichen der Zeit zu lesen. Ich weiß, dass Türen und Grenzen der *cryptoprocta ferox* keine Gegenwehr bieten, Mauern keinen Einhalt.

Ich trage Lucy von nun an immer mit mir, unter dem Ärmel oder auf meiner Schulter, oder ich gestatte ihr, sich in die Brusttasche meines Hemdes zurückzuziehen, wenn sie der nächste Tremor so heftig überfällt, dass sie abzustürzen droht … erlaube ihr, die Demütigung der Krankheit, die das Stigma des herannahenden Todes ist, in der Intimität des Hemdstoffes hinzunehmen, gleich über meinem eigenen Pulsschlag.

Ich lasse Lucy nicht mehr aus den Augen.

Jedesmal, wenn ich mich von ihr entferne, greift die Fossa aus dem Nichts heraus nach dem Nager, und wenn ich mich wieder herumdrehe, verharrt sie so, reglos, in ihrer Stellung, noch nicht zur Gänze ihrer Evolution entstiegen, ein Wirbeln in der Luft, ein Kreiseln, doch sie zieht sich auch nicht mehr zurück. Lauert über unseren Köpfen.

Selbst in der Nacht trage ich Lucy mit mir herum, lasse sie in meiner Hemdtasche schlafen, die Fäustchen angezogen und den Kopf eng an ihren weiß gestreiften Bauch gedrückt, der Embryo wieder, in den sich alle Wesen im Schlaf, im Mutterschoß unserer Kinderträume zurückverwandeln … ich höre ihren Atem gehen, spüre ihren Herzschlag wie den Takt der kardiographischen Monitore in den Niederungen meines Himmels, im Blaulicht der Puppenzimmer auf meiner Bildschirmwand.

Tagsüber, wenn das Sterben und Weiterleben in meinem Puppenhaus nicht länger mein Geschäft ist, sondern das der Ärzte und Schwestern, der Besucher und Zuträger und der in den Cafeterien und Imbissstuben des Spitals Gestrandeten, nehme ich sie mit mir in die Bibliothek. Ich meide meine Wohnung, seit Beatrice weiß, dass sie mich dort finden kann, und seit die Wände und Türen des Kellers für die Fossa kein Hindernis mehr darstellen. In der anderen Hemdtasche, über meiner rechten Brust, trage ich das Kryptoskript. Ich ziehe mich in den hintersten Winkel des Lesesaales zurück und baue dort, über dem schwarz und weiß verfliesten Fußboden der Bücherei, meine Schachfiguren auf. Der Boden kühlt Lucys offene Geschwüre, die von Ödemflecken verdunkelte Haut unter dem lichter und lichter werdenden Pelz.

Während Lucy weiter übersetzt und Namen und Titel den zwei Spalten meiner Liste zuordnet, durchforste ich die Bibliothek nach dem Verbindenden, nach dem Gemeinsamen der beiden Terme. Ich gönne mir keine Pause, unterbreche meine Forschungen nur, um Lucy mit den Resten einer Käsesemmel aus der Kantine zu füttern oder um das Schachspiel neu aufzubauen, sobald die eine Partie geschlagen, der König mattgesetzt und das Labyrinth des Wunderlandes auf neuem Weg durchschritten ist, und immer weiter so.

Nur einmal muss ich mich für einen längeren Zeitraum entfernen. Ich warte, bis die Inkarnation der Fossa überkopf tief eingeschlafen scheint, dann stürze ich los, den Lesesaal entlang … ein wildgewordener Springer, zwei Fliesen voran, eine rechts, und ich spüre bereits am Ausgang des Lesesaales, wie das unzähmbare Wesen unter der Decke erwacht. Den Korridor weiter hinunter bis zur Herrentoilette, die Tür versperrt und wieder zurück bis vor die große, intarsierte Türe der Bibliothek, den Blick hinein, wo ich ein winziges schwarzes Fell am Boden liegen sehe, ganz hinten im rückwärtigen Teil des Lesesaales und über Lucy ein weiter und weiter geöffnetes Maul voller asymmetrischer Fänge.

Ich laufe den Korridor in anderer Richtung entlang, die Treppe hinab, auf der ich Beatrice begegnet bin, doch um diese Uhrzeit bleibt der Absatz leer. Einen Stock tiefer dieselbe Tür, das Erdgeschoß ist lediglich die Blaupause der Etagen darüber. Diesmal ist die Toilettentüre unversperrt. Ein Wagen vom Reinigungspersonal steht zentral vor der Pissoirwand, ein rasselndes Atmen ist zu hören und schlurfende Schritte von kurzen, müden Fußbewegungen in einer der abgesperrten WC-Zellen. Hin und wieder die Toilettenspülung und das Geräusch einer Sanitärbürste, während ich immer noch das Keuchen der Fossa im Ohr habe, ein Stockwerk höher über meiner schutzlos auf dem Fliesenboden des Spielfelds ausgestreckten Maus. Ich spüle, da ist ein weiteres Spülgeräusch hinter mir in der WC-Kabine, und haste wieder zurück, zum Waschbecken. Die Hände kurz untergetaucht. Der Blick in den Spiegel zeigt eine Kreatur, die seit Ewigkeiten keinen Schlaf kennt, eine entmenschlichte Grimasse, die niemals müde sein darf, niemals schwach, die immer wach sein muss und immerfort wachen, eine dämonische Reflexion im unscharfen Spiegelglas, die Zähne krumm, das Zahnfleisch darunter dunkel und tief abgerutscht, die Augen nur mehr feine Schlitze, dann wendet sich die Visage hinterglas plötzlich zu mir herum und sagt: Du entkommst mir nicht. Duckt sich mit einem Mal nach unten, wie eine gespannte Feder, dass ich in der Tiefe des Spiegels den Rest ihres gedrungenen Körpers, ihre zum Sprung bereiten Hinterläufe erkennen kann, und ich laufe weiter, noch bevor die Fossa durch die Spiegeloberfläche bricht und zurück, die Treppe hinauf, den Korridor entlang zur Bibliothek.

Immer noch ist alles menschenleer, nur der Atem der Fossa fällt mir wie ein Lachen in den Rücken, nur wenige Stufen hinter mir. Ich stürze durch die Pforte und sehe Lucy noch im Krampf zusammengerollt als schwarzen Fleck auf einer weißen Fliese vor dem weißen Schachkönig liegen, dann stößt mir plötzlich etwas hart in die Schulter und reißt mich herum. Wieder das Spiegelgesicht: blass,

mit dunklen Ringen um die Augen, die Augäpfel gerötet, blutunterlaufen ... bellt mich an, schreit mir ins Gesicht, und erst als ich auf einem der schwarzen Felder des Fußbodens zu stehen komme, lässt auch der Druck an meiner Schulter wieder nach, lockert J. seinen Griff, ohne mich jedoch vollständig loszulassen.
Wir müssen sprechen, sagt J.
Der Zeitpunkt sei schlecht, sage ich, blicke wieder den Lesesaal hinab, doch ich kann Lucy und den Schachkönig nirgends mehr sehen.
Er habe seit Tagen nicht mehr geschlafen, sagt J. Weshalb ich ihn nicht vor dem Literaturbetrieb gewarnt habe, und davor, dass dieser mit Literatur überhaupt nichts zu tun habe?
Das habe ich doch, sage ich und versuche, an J. vorbeizukommen, doch er hält mich immer noch am Arm zurück.
Seine Texte seien gut angekommen, sagt er, das sei wahr, aber mehr als das, mehr als ein wenig Anerkennung hätten sie ihm nicht lukriert. Anfangs habe er noch gedacht, es müsse an der Qualität der Texte selbst liegen, aber das sei es nicht ... man habe sie ja noch nicht einmal zu Ende gelesen.
Ich wisse überhaupt nicht, wovon er spreche, sage ich.
Die Szene sei klein, sagt J., die Dominanz der amerikanischen Literatur auf allen Ebenen halte ihre Netzwerke begrenzt und überschaubar, und umso enger seien diese dafür geknüpft. Man müsse aufgrund des Platzmangels innerhalb der Szene selektiv sein, die Maßstäbe von

Quantität oder Qualität des Werkes könnten aber nicht zur Bewertung herangezogen werden, erstens, weil sie gegen einen selbst angewandt werden könnten, und zweitens, weil man dann ja dazu verdammt sei, sich immerzu aufs Neue unter Beweis zu stellen, zu schreiben und sich weiter zu entwickeln. Und wie und wann, bitteschön, solle man das als Künstler auch noch machen? Darum bleibe allein die persönliche Sympathie ausschlaggebend für das Vorankommen eines Autors. Es sei wichtiger, mit einem Herausgeber Kaffee zu trinken und ihm nach dem Mund zu reden oder mit einem Kritiker Essen zu gehen und ihm unterwürfigst den eitlen Bauch zu pinseln, auf jeden Fall aber unter Leuten zu sein und immer wieder den eigenen Ruf zu verbreiten und unentwegt einen festen Platz im hermetisch dichten Gefüge, im steinstarren Gemäuer der Szene für sich zu postulieren, als allein am Schreibtisch zu sitzen und zu schreiben.

Tag und Nacht, sagt J., verbringe er darum nun in den Kaffeehäusern und Bars, in denen sich die Vertreter der Szene träfen. Er lade sie ein und verwickle sie in Diskussionen, oder er biete ihnen großmütig seine Zigaretten an ... er habe deswegen sogar zu rauchen angefangen, fast alle Künstler und Kunstmacher rauchten, das mache sie unangepasster und rebellischer ... er verabrede sich mit ihnen zum Essen und nicke zu allem, und jeden Abend ... oder jeden Morgen, wer wisse das noch genau zu sagen? ... komme er seither betrunken nach Hause, oder er huste sich vom vielen Rauchen die Lunge aus dem Leib, stehe am Balkon, schaue auf eine hell erleuchtete und niemals müde Stadt hinab und werfe von oben herab alles das wieder auf sie aus, was er aus ihren Straßen und Plätzen, was er aus ihren luftlosen Kellern und Clubs und Kaffeehäusern mitgenommen habe. Er sei zu müde, um überhaupt noch aufrecht sitzen zu können, und sei dennoch bereits für den nächsten Tag mit den nächsten Lektoren und Journalisten und Agenten verabredet.

Seit Monaten habe er nichts mehr geschrieben, sagt J. und fasst mich plötzlich wieder fester am Arm, ungeduldig, wie vom Irrsinn der Suchtkranken gepackt, der tief in seinen Augen liegt.

Ich muss weiter, sage ich, bemühe mich vergebens, mich aus J.s Umklammerung frei zu winden. Es gelingt mir lediglich, mich etwas tiefer in den Lesesaal hinein zu schleppen. Lucy kommt als ein zusammengekauertes Stückchen Pelz wieder in Sicht, dann reißt mich J. erneut an der Schulter zurück. Ob ich Stoff für ihn habe, schreit er mich an, oder irgendeine bereits ausgearbeitete Geschichte? Etwas, das er aus der Hand geben könne, sodass sein Name in den Köpfen der Netzwerkmenschen und Knotenpunkthocker etwas länger gespeichert bleibe als nur für die Dauer eines Longdrinks oder einer Tasse Vanillecappuccino.

Ich habe jetzt keine Zeit, sage ich und blicke zum Himmel hinauf, das ist die Decke der Bibliothek, das ist das Maul der Fossa und ihr linker Vorderlauf. J. scheint das Untier nicht zu bemerken.

Er habe auch keine Zeit, sagt er, er müsse schon längst wieder weiter. Er könne nicht warten. Könne nicht warten lassen. Die Szene, ihr Netzwerk im Asyl vor dem Anbranden der amerikanischen Bücherflut, sei so eng, dass man sich sehr rasch wieder draußen finde, vor die Tür gesetzt und dem Wellenschlag der Strömungen und Strudel schutzlos ausgesetzt, dem freien Spiel des Marktes und seiner Wogen ...Ich dürfe das nicht falsch verstehen: Er spreche zwar stets von einem Netz, doch niemals diene dieses der Sicherung vor dem Sturz in den Abgrund.

Ich nütze eine Unaufmerksamkeit meines Gegners, während er mit Händen und Füßen auf mich eindringt, und reiße mich los, den Lesesaal hinab gestürmt, und da ist Lucy, kalt wie der Fußboden, und ich hebe sie vorsichtig hoch und schiebe sie in meine Hemdtasche. Ich spüre lange nichts als die Kälte ihres Körpers. Erst allmählich greift die Wärme meiner Brust auf das winzige Gewächs an meinem Herzen über, löst die Krämpfe, setzt dem Tremor ein Ende.

Inzwischen hat sich J. von seiner Überraschung frei gemacht und hat mich eingeholt. Ich stehe inmitten von Lucys Wunderland, in ihrem Labyrinth von zweiunddreißig Schachfiguren auf vierundsechzig Feldern, vierundsechzig Fliesen, und daneben liegen Berge von Büchern, Atlanten und Karten, Romane, Bildbände, historische Tafeln, Register, Geburtenbücher und so weiter.

Ich sei ein sonderbarer Geist, sagt J.

Ich werde ihm etwas schicken, sage ich. Wie immer. Aber nicht jetzt.

Was ist das, fragt J. plötzlich mit weit aufgerissenen Augen. Die Fossa, denke ich, dann erst bemerke ich, dass der Zeigefinger seiner rechten Hand auf meine Brust weist und auf Lucy, die dort eben, die Nase wie immer neugierig vorangestreckt, ihr Köpfchen über den Saum der Hemdtasche hinaushebt. Links und rechts der Augen, wie ein ungewollter Fortsatz der Brauen, verlaufen zwei dicke Wülste, am Ansatz noch symmetrisch, die sich vom Hals des Tieres abwärts in ein unstrukturiertes Geflecht von Karzinomen verzweigen.

Aus deinem Hemd ... sagt J. und weicht wie der König vor dem Matt um eine Linie zurück ... aus meinem Hemd krieche ein widerwärtiges, halb behaartes, halb nacktes Insekt mit beängstigend langen, gelben Fangzähnen. Ich solle mich nicht bewegen, meint er, und: Wenn ich wolle, könne er es für mich mit einem einzigen harten Schlag vor mein Herz erledigen.

32

Lucy schläft zusammengerollt in meiner Hemdtasche, während Pavel mit seiner Dame bis in meine hintersten Reihen durchmarschiert und einen meiner Offiziere nach dem anderen aus dem Spiel schlägt.
Deshalb also das Schachspiel meint er, auf die ovale dunkle Silhouette deutend, die sich durch den Stoff meines Hemdes hindurch abzeichnet ... beinahe rühre ihn die Geste dahinter.
Ich denke, ich verliere, sage ich.
Die Strategie sei nie aufgegangen, sagt Pavel. Läufer, Springer und Turm meiner linken Flanke fallen reglos seiner Königin zum Opfer, eingepfercht hinter ihren Vorderleuten, während mein König – schon seit dem dritten Zug ist er verwitwet – in unendlicher Langsamkeit, alles Gewicht seines Amtes als nutzlosen Ballast am Haupt schleppend, heraneilt, und dennoch, das sehe ich, wird er zu spät kommen. Die Dame, der Tod, wird sich einfach von hinten den Weg zurück frei fressen, meine Bauernheere werden sie stumm und über die Wendigkeit ihres Körpers erstaunt passieren lassen und ihr am Ende sehenden Auges ebenfalls in die Arme laufen.
Ich werde nicht mehr weiter mit dir spielen, sagt Pavel.
Ich habe noch nicht eine einzige Partie gewonnen, sage ich ... ich habe noch nicht einmal im Ansatz eine gute Partie geliefert. Gleich, welche Seite ich wählte, kaum dass ich das Spiel aufnehme, würden die Figuren meiner Farbe wie von selbst vom Spielbrett fallen.

Gib auf, sagt Pavel. Du musst auch lernen, zu verlieren, wo du nicht gewinnen kannst.

Ich werde weiter üben, sage ich. Ich verspreche es ihm: Sobald Lucy wieder wach sei, würde ich mit ihr weiterspielen. Ich würde besser werden, oder mich anstrengen, wenigstens einen Schritt nach vorne zu machen.

Das sei es nicht, sagt Pavel.

Er zögert einen Moment, sieht mir ins Gesicht, abwägend, dann lässt er sich müde in die Lehne seines Plastikstuhls zurücksinken. Es sei unmöglich, dass ich jemals eine Schachpartie gewinne, sagt er dann, den Blick an die Decke geheftet und die Finger vor der Brust zum Zelt gefaltet. Es erstaune ihn, dass ich das nicht ohnehin wisse: Ich sei schließlich Schriftsteller. Alles aber, was dem Schriftsteller widerfahre, sei Zufall. Alle Literatur sei Zufall, das müsse mir doch vertraut sein: Erst ihre unglaublichen Zufälligkeiten, eine plötzliche Krankheit der Hauptperson, ein ausgebrochener Krieg, der Deus ex Machina, oder irgendeine zufällige Liebschaft in einer Jazzbar in den Sümpfen von New Orleans bringe Leben in die Literatur, und ihr ganzes Bestreben, von diesem Moment an, laufe nur darauf hinaus, über die Täuschung, die in der ästhetischen Illusion liege, ebendiese abstruse und an den Haaren herbeigezogene Verkettung von Zufällen und Unwahrscheinlichkeiten, die sich da innerhalb so kurzer Zeit, auf so knappem Raum entwickle, zu legitimieren, indem sie sie kaschiere. Niemals jedoch agiere die Literatur strategisch … im sukzessiven Vorrücken, und der eine Schritt bedingt den nächsten und den nächsten in vorausschauender Berechnung ... dazu sei sie zu launisch, zu weibisch und zu impulsiv.

Alle guten Schriftsteller seien miserable Schachspieler gewesen, und alle guten Schriftsteller hätten das gewusst ... hätten diese Metapher gerade darum gerne mit bitterer Ironie gegen sich selbst gewandt: Lewis Carroll etwa, Thomas Mann, Stefan Zweig oder Vladimir Nabokov ... wenigstens das, sagt Pavel, müsse mir doch schon einmal aufgefallen sein: Was für ein Unsinn im Grunde in den Büchern stehe. Wie zusammenhanglos alles darin geschehe: Figuren, die aus dem Nichts auftauchten und deren einzige Funktion darin liege, ein, zwei Kapitel später etwas Bedeutsames zu sagen, was die Helden der Geschichte ohnehin ignorierten. Ob ich mich denn nie darüber gewundert hätte?

Nein, sage ich, und mit einem Mal überkommt mich die Wut auf den kleinen, kahlen Mann vor mir, wie er mit spinnenlangen Fingern, über der Brust zum Zelt gefaltet, vor mir sitzt und sich triumphierend in seinen Plastikstuhl zurücklehnt, links und rechts das Blattwerk der Ufervegetation: Philodendron und Hibiskus, lange Blütenknospen an den Spitzen, doch jemand hat den Topf gedreht, hat ihn zum Fenster ausgerichtet, damit die aufgehenden Blüten mehr Licht bekommen. Sie werden abfallen.

Wieso er mir das nicht schon am Anfang gesagt habe, frage ich ihn und spüre, wie sich das Gefühl der Wut, das Gefühl der Bitterkeit in mir verdichtet mit jedem rasselnden und kurzatmigen Luftholen der Maus in meiner Hemdtasche. Wieso er mir überhaupt Unterrichtsstunden gegeben habe, wo doch immer schon festgestanden sei, dass ich niemals würde spielen lernen ... niemals gut genug, um Lucy zu fordern und ihr Leben so vielleicht um ein, zwei Wochen zu verlängern.

Er habe es anfangs ja ohnehin abgelehnt, mich zu unterrichten, meint Pavel. Ich sei es gewesen, der ihn bedrängt habe: Ich habe ihm zugesagt, mit ihm zu spielen. Ich habe ihm in meinen Erzählungen eine Aussicht versprochen, die weiter gehe als nur bis zum gegenüberliegenden Krankenhaustrakt.

Er habe nicht ehrlich gespielt, sage ich.

Niemand spielt ehrlich, sagt Pavel, das sei zugleich auch meine letzte Lektion. In seinem Fall, meint er und verschränkt die Arme hinter dem Kopf, fährt mit den Ellenbogen tief in das tropische Blätterdach seiner Bucht hinein, lächelt mir zu ... in seinem Fall könne er mir nun durchaus gestehen, dass er mich von allem Anfang an nur dazu benutzt habe, ihm die Wartezeit zu verkürzen.

Wieso dann jetzt das Geständnis, frage ich, während mir Lucys unruhiger Schlaf unmittelbar aufs Herz drückt und mit einem Mal ist mir, als müsse mich jemand geradewegs daran anfassen, durch meinen Brustkorb, durch Rippen und Blutbahnen und Bindegewebe hindurch, und ich will Pavels Antwort plötzlich nicht mehr abwarten. Stürze auf ihn los, mit unstillbarer Wut, schiebe meine Figuren vom Schachbrett, lasse sie in einem losen Haufen daneben am Kaffeetisch stehen und beginne zu erzählen, das ist mein Bunker, das ist mein ureigenstes Revier, und von dort aus, aus meiner Schanze, führe ich den letzten Angriff gegen ihn ... noch bevor er aus der Bucht entkommen kann, ins offene Wasser jenseits der Hydrokulturtröge, bevor er sich die Ohren zuhalten kann, ist bereits alle Farbe aus der Welt genommen, und ich führe ihn fort aus dem Spitalskorridor ... reiße ihn mit mir unter Tag und gebe ihm wieder das Gesicht des kleinen Jungen, der sich mit Kopf und Körper unter der Erde vergraben hat, vorsorglich bereits, um der am Horizont eines letzten Morgens aufmarschierenden Götterdämmerung keine unnötige Räumearbeit mehr zu machen.

Eine Front hängt schwer und sonderbar reglos über dem rechten Flussufer. Man sagt, sie sei dort zum Stillstand gekommen, und nur ein vereinzeltes Donnern in der Atmosphäre über ihnen kündet noch von ihrer Anwesenheit. Die Hitze unter der Erde ist unerträglich, die Schwüle nimmt, was im Kanal noch an Luft zum Atmen ist unmittelbar vor den offenen Mündern fort, dann bricht überkopf plötzlich das Gewitter los, und dennoch will die Front nicht und nicht über den Fluss ziehen. Werden wir sterben, fragt der Junge den, der neben ihm sitzt.

Ja, sagt der. Ganz gewiss.

Man kennt die Strategien beider Seiten: die Vorgehensweise der einen ... Zug um Zug, Straße um Straße ... Sperrfeuer auf Kanaldeckel und Schächte ... dann, wenn keine Gegenwehr mehr aus dem Untergrund zu erwarten ist, die Sprengung des überfüllten Rohrsystems mit einer Handvoll Granaten ...

Die Taktik des Zuwartens auf der anderen Seite: Dort hält man seine Armeen und Figürchen noch aus den Kämpfen heraus, solange die nicht direkt den eigenen Reihen gelten. Man hat das Spiel bereits für sich entschieden, da kann man sich mit dem endgültigen Triumph ruhig ein wenig gedulden, solange der andere noch dabei ist, die letzten Stolpersteine aus dem Spiel zu räumen, das Feld zum späteren Einmarsch zu ebnen.

In dem Moment, sage ich, unter einem drohenden und dennoch umso bedrohlicher stillstehenden Gewitter in der Ferne ... unter dem Schrecken einer unstillbar einen Bezirk nach dem anderen einäschernden Wut, sieht sich der Junge um, und da sind keine Farben mehr außer dem Schwarz der Kanalisation und dem Weiß der immer häufiger und immer näher vor ihm aufflammenden Lichtblitze, der Sprengzündungen wie im Sperrfeuer eines Stroboskops. Keine anderen Formen mehr vorstellbar als die rechtwinkelige Musterung des Mauerwerks vor dem Gesicht, die Wand des Kanals.

Dann, erzähle ich Pavel, fällt ihm der Vater wieder ein, der in einem anderen Schacht in einem anderen Teil der Stadt verbrennt, und ein Sonntagmorgen wahrscheinlich und seine erste Schachpartie ... das Staunen über die wundersamen und so detailverliebt gefertigten Figuren, über ihre archaische Stilisierung: Läufer und Rösser und Türme, und er wird sich eine davon aus der Erinnerung nehmen, womöglich, und sie über die Schwarz in Schwarz gehaltene Zeichnung der Kanalwand wandern lassen. Wird dort spielen, wird Figur um Figur in den langen Stunden des Wartens über das nackte Mauerwerk verschieben, während der Donner links und rechts immer näher rückt, und er wird sich wünschen, unbezwingbar zu sein ... mächtig wie die Dame oder unbeeindruckt wie die beiden Türme, kein Hin und Her und nicht länger nur ein vorgeschobener Bauer zwischen den Fronten, und dann ... plötzlich ... während eines Schlagmanövers auf der Decke des Kanalschachtes unmittelbar überkopf, wird in ihm die entsetzliche Vorstellung heranwachsen, das Duell auf dem Schachbrett sei gar nicht die eigentliche Schlacht, die sei bereits geschlagen, sondern das sei nur noch das Stellungsspiel der Kriegsgewinnler über der verbrannten Ebene: Die leer geräumten Karrees sind die Grundmauern der Häuserblöcke und der Straßenzüge der ausgelöschten Stadt, über die ihre Reiterei, ein gepanzertes Kavalleriebataillon, nun schwer hinwegrollt, das sind die Erschütterungen seiner Hufe und Räder bis tief ins Erdreich.

Darum, so wird sich der Junge sagen, die sonderbare Stilisierung des Spieles in Archetypen und Figuren ... deshalb keine naiv-naturalistischen Häuschen mehr und keine Vorgärten, keine Bäume und keine anderen Tiere als die Schlachtrösser und keine Zivilgebäude, lediglich zwei Flaktürme: Das ist alles abgebrannt.

Und der eigentliche Schrecken des Kriegsspiels liegt in seiner Schwarzweißmalerei, das sind die letzten Farben der Kohle und der kalten Asche, und ein Feld liegt eng ans andere geschmiegt, dass keiner zwischen der Pflasterung hindurchsehen kann, den Fugensand beiseite kehren und die sechzehn oder hundert oder hundertsechzigtausend Toten darunter erkennen, über die nun endlich die

Front hinwegmarschieren kann, die am rechten Weichselufer angehalten hat … die Armia Krajowa ist ebenso ausgelöscht wie der Rest von Pavels Heimatstadt, selbst ihre Reste sind noch vom spiegelglatten Schlusstableau entfernt, und dann wieder das Gesicht des kleinen Jungen. Die Augen weit offen, der Schädel kahlrasiert wegen der Brandgefahr, wegen des Feuers und der Heißluft, die mit jeder Explosion in dem Kanalsystem in Sekundenschnelle durch alle Rohre fährt. Da ist wieder dieselbe Angst wie damals, und plötzlich weiß ich die Antwort auf meine eigene Frage …
Ich breche meine Erzählung mitten im Satz ab. Pavel sitzt sonderbar matt und in sich zusammengesunken vor mir. Er schwitzt, das kann ich sehen. Die Schwüle herinnen sei unerträglich geworden, sagt er, und er dürfe noch nicht einmal nach draußen gehen. Dürfe kein Fenster öffnen und nicht den Kopf nach draußen stecken.
Niemand sterbe heute Nacht, sage ich. Nicht hier, nicht in meiner Station, solange ich über meine Mumien und Zwillingspüppchen wache.
Was ich denn denke, lacht Pavel plötzlich, doch es liegt keine Erleichterung darin. Ob ich denn niemals die Gewalt, die unstillbare Wut gespürt hätte, die nach uns greife … während all der Jahre, die ich hier in der onkologischen Abteilung zwischen den Sterbenden und Noch-nicht-Sterbenden zugebracht hätte?
Die Dinge haben sich geändert, sage ich.
Die Dinge ändern sich nicht deinetwegen, sagt Pavel. Für jeden komme der Moment, da er sich seiner Angst stellen

müsse … da er nicht länger vor ihr davonlaufen könne, und man müsse es allein tun … und keiner wache über uns. Keiner stehe uns darin bei, und nur der, der noch eine größere Hoffnung in sich trage, könne auf ein Ende seiner Angst vertrauen. Er steht auf und umrundet langsam den Tisch, schiebt sich an mir und am Uferbewuchs der Bucht vorbei ins Freie.
Allen anderen aber werde die eigene Furcht zur Hölle und zur Ewigkeit. Vielleicht, sagt Pavel, dann taucht er ein ins schnellere Wasser des Durchlaufkorridors der Station, sei das die wichtigste Lektion, die ihn das Schachspiel gelehrt habe: dass man seinem Gegner entgegentreten müsse … mit stolz aufragenden Türmen und wehenden Fahnen, selbst wenn man wisse, dass man unterliegen werde … mit kampfbereiten Rössern, als eine Donquijoterie, um darin doch noch einmal für eine knapp bemessene Weile die Illusion aufrecht zu erhalten, man sei wenigstens ein würdiger Gegner, bevor man von den Windmühlenflügeln, den unerbittlichen Windmühlenflügeln, unsanft vom Rücken der eigenhändig aufgezäumten Schimäre gerissen werde.

31

Wie die Musik aus der nahe gelegenen Kapelle, für die es keine Türen und keine Schwellen gab, einem wunderbaren Äther vergleichbar, oder dem Geruch aus den Höfen und von den Feldern draußen, jenseits der Mauern, fand die Pest endlich auch Eingang in den Palast.

Die Seuche ... die Strafe Gottes persönlich, die sich nun, im Sakrileg, auch gegen jene selbstgekrönte Gottheit richtete, die sie verkündet, die sie ausgesprochen hatte, wie eine Schwingung, die auf alle Glieder des Körpers übergriff, der sie erzeugt hatte, als eine Ansteckung ohne Abwehr. Unsichtbar fiel sie in die langen Korridore ein und kletterte die Türme, die Treppenschächte empor, ohne auf Gegenwehr zu stoßen: Die Hallen, die Säle waren nicht mehr als ein aufgegebenes Schlachtfeld, die Schlacht selbst schon längst vorüber und noch länger schon verloren, und nur alle hundert Meter stand noch einer der Weihrauchkessel glosend und qualmend über den Marmorböden, um mit Feuer zu bekämpfen, was selbst kein Feuer war.

Die meisten der Kessel waren bereits ausgegangen, die Glut vorsätzlich gelöscht oder nicht länger mit weiterer Nahrung versorgt von einem Hofstaat, der wie immer das Ende seiner Herrschaft kommen gesehen hatte, lange bevor es diese – geschult und belesen – selbst aus den Zeichen der Zeit heraus zu deuten vermocht hatte. Unaufhaltsam fraß sich die Pest durch die Zimmer und Kemenaten, legte sich giftig um Marmorbüsten und Bilder und Votive und Reliquienschreine, als wollte sie sie spotten, ihre Wirkungslosigkeit trotz ihrer geflohenen Zuschauerschaft unerbittlich vorführen, und ohne eine Hoffnung auf Heilung.

30

Pavels Atem geht ruhig, ich kann das sanfte Sinken und Steigen des Deckensaums auf meinem Bildschirm sehen. Die Jalousien vor dem Fenster sind herabgezogen, es fällt kein Licht durch sie herein.

Alle Zimmer im gegenüberliegenden Spitalsflügel sind dunkel mit Ausnahme der Station für die Nachtschwestern. Die Fenstergriffe sind abmontiert, dass man sie nicht öffnen kann.

Die Klimaanlage läuft ... ich sehe das regelmäßige Aufflackern des Betriebslichtes, ein hellgrüner Blitz, der mit dem Wetterleuchten draußen konkurriert, mit dem Gewitter, das sich schwül und schwer bis hierher, bis in die Zimmer vorgewagt hat. Keiner außer mir weiß, dass Pavel heute sterben wird.

In meinem Himmel ist die Hitze am größten. Wenn man die Pforte öffnet, trägt eine geradezu materiale Thermik alle Hitze und alle feuchte Luft aus den darunterliegenden Geschoßen nach oben ... alle Hitze des Bodens in einer schlaflosen Stadt.

Als ich vor der Bildschirmwand Platz nehme, wacht Lucy kurz auf, steigt mit steifen Gelenken aus meiner Hemdtasche und auf meine Schulter, wo sie sich im Winkel zwischen meinem Schlüsselbein und meinem Hals so gut als möglich zusammenrollt und weiterschläft. Ich spüre die Tumore, die anstelle des Pelzes überall auf ihrer Haut liegen, eine sonderbar ledrige Berührung am Ohrläppchen ... unerwartet fest, von Spitzen und Talbrüchen zerklüftet wie ein wachsendes und immer noch weiter wachsendes Gebirge.

Für diese Nacht schalte ich alle Bildschirme ein, alle Kameras, selbst die, die für gewöhnlich nicht laufen ... die lediglich die Notausgänge überwachen oder die Feuerwehrschläuche, die Kantinenräume oder die Müllcontainer in den Zufahrten des Krankenhauses. Als ein blau flackernder Smaragd, in jeder geschliffenen Facette ein Zimmer, ein einzelnes Leben gespiegelt, steht die Wand der Überwachungsmonitore vor mir ... meine Mumien und Zwillingspüppchen und Porzellanfiguren fein säuberlich darin eingeschlichtet, jedes in seiner Wabe ... auch Pavel: eine schmächtige Gestalt mit einem ungewöhnlich kantigen Kahlkopf, und nichts, kein Schatten an der Wand, der nach ihm greift.

Nicht heute Nacht, sage ich zu mir, und Lucy atmet laut im Schlaf. Ich mache meinen Rundgang, in Gedanken ... Zimmer 142 rührt das Essen nicht an. Verschwindet stattdessen kurz im Bad, für fünf Minuten nur, vier Minuten, drei, zwei, eins, das vergeht in einem Atemzug ... das ängstigt mitunter ... scheint die Zeit noch zu beschleunigen, wenn man sie herabzählt, als fliehe sie selbst vor dem Nichts, vor der Null an ihrem Ende.

Deshalb womöglich, von Zeit zu Zeit, das Flackern auf dem Schirm, wie ein Schnitt.

Eine Gestalt huscht katzengleich über den Gang vor 130 und 131 und verschwindet dann in Richtung der Raucherräume, oder in eines der angrenzenden Zimmer. Wenn sie kurz anhält, ist mir, als könnte ich von der Seite ihr Ge-

sicht erkennen. Jetzt erscheint es mir wie Beatrices Gesicht, doch so erscheint mir im Moment alles und jeder.
Die Frau auf 111 richtet sich zum Gehen und mit ihr zusammen geht das letzte Licht des Tages aus dem Zimmer, fällt nicht länger durch die Glasfronten nach drinnen, nicht länger unmittelbar, sondern nur noch im Regress, in der fahlroten Reflexion von den Backsteinmauern der angrenzenden Gebäude.
Auf dem Gang hinter der Druckschleuse strömen die letzten Besucher zusammen. Die Nachtschwester, die eben erst ihre Schicht antritt, streift noch ihren Kittel zurecht, dann weist sie den Angehörigen stumm den Weg nach draußen. Die Treppen hinab, ohne Blick zurück und ohne Zorn, und nur mehr meine Puppenmenschen und ich bleiben in der Station zurück: ich vor dem bläulichen Ablicht der Schirme und sie in ihren Zimmern … sonderbar beschnitten in ihren Gliedern, langsam in ihren Bewegungen oder überhaupt nur noch auf Zuruf der Visitenärzte dazu fähig, sich nach den Seilzügen der Schwestern oder der Desinfektionstrupps zu rühren, die allgegenwärtig über den Linoleumfußböden der Abteilung sind.
Ich bleibe bei dem Zwillingspüppchen aus 111 hängen. In seinen Zügen, das sind Atemzüge. Ich denke, ich kann sie durch den Bildschirm hindurch erkennen, oder eine sanfte und dennoch wie der Herzschlag kontinuierliche Bewegung der Bettdecke, des Bettsaumes mit dem aufgestickten Kürzel der Abteilung darauf über der Porzellanbrust, aber da ist nichts.

Wieder der Blick zurück zu Pavel. Er schläft ebenso ruhig wie die Maus auf meiner Schulter. Um Mitternacht springen von einer Sekunde auf die anderen, sämtliche Digitaluhren auf meinen Monitoren um, aus 23:59 wird 00:00 … einen Neustart vorgebend wie ein falsches Kostüm … 01:00 …

Um 02:00 verlasse ich kurz den Platz vor meinen Monitoren … ich kann mir das erlauben, weil ich den Weg kenne. Ich kann ihn rasch gehen, gerade so, als wäre ich niemals von meinem Platz verschwunden … ein, zwei lichtlose Treppenschächte hinauf oder hinunter im fahlen Mondlicht der Notausgangsbeleuchtung, das ist der Zentralkorridor der onkologischen Station, das tagsüber so wilde Fahrwasser, das nun ruhig und als eine träge glänzende, unberührte Fläche von chirurgiegrünem Linoleum vor mir liegt. Pavels Bucht zur Rechten, nun Niemandsland, darin, als der Stumpf eines gekappten Urwaldriesen, der Kaffeeautomat.

Ich werfe ein paar Münzen hinein, dann springt im Inneren des Automaten das Mahlwerk an und der Kaffee beginnt zu rinnen. Ich nehme den heißen Pappbecher in die Hand und eile zurück in mein Himmelreich. Lasse mich wieder vor den Bildschirmen nieder, betrachte für einen Moment meine eigene Reflexion im konvexen Glas und den Umriss der schlafenden Maus auf meiner Schulter. Sie ist während des gesamten Weges nicht einmal aufgewacht.

Das Leben und Sterben in meinen Puppenzimmern läuft unverändert weiter. Nichts ist geschehen, während ich

Kaffee geholt habe und nichts wird geschehen, nicht diese Nacht, so lange ich über meine Mumien und Porzellanfigürchen wache. Dann kommt auf 111 plötzlich etwas in Bewegung … ein Windstoß vom Fenster, das steht plötzlich offen, und davor steht Beatrice, schiebt einen der beiden Stühle vom Tisch beiseite und neben das Krankenbett. Sie setzt sich zu meinem Zwillingspüppchen, das immer noch schläft, und beugt sich darüber, studiert seine Gesichtszüge.

Vertieft sich darin.

Stiehlt der Schlafenden, so kommt mir mit einem Mal, ihren letzten Ausdruck, während durch die aufgerissenen Fenster die drückend heiße Luft nach drinnen fällt … vollgesogen von der Feuchtigkeit einer über der Küste hängen gebliebenen Gewitterfront und vom toxischen Ausstoß der Metropole, den der Tiefdruckwirbel fest am Boden hält, den er in die Gassen und Straßen zurücktreibt und durch die geöffneten Zimmer, infektiös … septisch …

Ich stürze los, werfe nur noch einen raschen Blick auf meine Monitore, doch alles schläft, alles andere ist ruhig hinterglas, dann bin ich bereits auf der Treppe und auf dem Weg in die Station … im Sturz, im freien Fall durch das stockfinstere Stiegenhaus, die metallene Verbindungstüre zum Hauptkorridor aufgeschlagen, der liegt längst nicht mehr so ruhig wie vorhin, der ist mit einem Mal aufgewühlt, als habe sich der Wind, der träge Luftstrom, den Beatrice hereingelassen hat, darin verfangen. Die ehemals glatte, chirurgiegrüne Linoleumfläche sonderbar verworfen, eine unruhig stampfende See, zwischen deren Wogenkämmen sich kleine graue Wirbel bilden, das sind Säulen der unter die Wasserlinie gedrückten Luft, ein Glasperlenspiel, wie der erwachende Atem eines nach und nach vom Grund der Welt emporkommenden Wesens.

Ich zähle die Zimmernummern: 141, 139 ... vorbei an Pavels Zimmer durch eine wilder und wilder sich gebärdende See, vorbei an seiner Bucht, in der die Schatten der Philodendren und Hibiskusbüsche toben, als müsse der Zyklon über der Stadt nun hier herinnen losbrechen ... seine ersten Wirbel schlagen zwischen den Blähtontöpfen und im Geäst einer befremdlich entwurzelten tropischen und sukkulenten Vegetation. Das sind die Schatten der Schlingpflanzen und Sträucher, die immer gieriger in die Tiefe des Raumes hineingreifen, ihre Ranken pendelnden Fangleinen gleich in die Strömung des zentralen Korridors hinausgelegt, unsichtbar grün über dem grünen Linoleumbelag, und im gierigen Haptotropismus alles augenblicklich verschlingend, was mit ihren Tentakeln in Berührung kommt ...

Bevor ich 111 erreiche, sehe ich die Tür einen Spalt weit aufgehen.

Eine schlanke Gestalt huscht daraus hervor und verschwindet vor mir im Gewitter. Beatrice, und ich bin endlich am Ziel und stürze ins Innere des Puppenzimmers. Das Bett ist leer, das Fenster hat Beatrice wieder geschlossen, und ich taumle zurück auf den Korridor, weiter, im undurchschaubaren Labyrinth von Treppenschächten und Etagen auf meiner Bildschirmwand hinter ihr her.

Dann verschwindet Beatrice plötzlich um die nächste Ecke und ist wie vom Erdboden verschluckt. Da ist nur noch eine hoch aufragende Pforte aus dunklem Holz, ein übermenschengroßes Portal, das sich links von mir in die Wand hinein öffnet, und ich werfe mich im vollen Schwung des Laufens gegen die beiden Türflügel, drücke zugleich die Klinke und spüre, wie die Wucht meines Anpralls langsam Bewegung in das massive Material bringt … wie sich die starren Angeln lösen und dann endlich erfasst der Impuls das Tor vollständig, der Flügel schwingt auf, schlägt wuchtig gegen die rückwärtige Vertäfelung der Wand und ich falle über die Schwelle nach drinnen.

Was ich hier suche, fragt Schierling erstaunt und schiebt das Buch zur Seite, in dem er eben noch gelesen hat. Er steht von seinem Tisch auf und kommt mir entgegen.

29

Ich sehe aus, als laufe ich vor dem Tod davon, sagt er. Das allein sei allerdings noch kein Grund, mich so wild zu gebärden wie gerade eben. Ich hätte mich wohl verletzt, meint er dann, ich hätte eine ganz widerliche schwarze Beule an der Schulter, von dem Aufprall vermutlich.
Das ist Lucy, sage ich.
Der Krebs sei bereits weit fortgeschritten, meint Schierling und nähert sich mir und der immer noch schlafenden Lucy an meinem Hals. Die Erschöpfung der kleinen Maus ist unermesslich. Selbst während des Laufens ist sie nur vorübergehend aufgewacht.
Es sei erstaunlich, sagt er. Er hält Lucy die flache linke Hand hin und schiebt sie mit Zeige- und Mittelfinger der anderen ganz sacht darauf, um sie näher vor sein Gesicht führen, um sie besser begutachten zu können.
Lucy richtet sich einen Moment lang neugierig auf, als Schierling ihr mit dem Nagel seines Zeigefingers über das kanzeröse Gewebe streicht, beschnuppert ihn, sieht zu ihm hoch, und trotz der Trübnis ihrer Hornhaut steht da immer noch ein vergnügtes Staunen in ihren Kaleidoskopaugen.
Man könne gerade noch ihre Zeichnung zwischen all den Geschwüren und Geschwülsten erkennen, meint Schierling, das weiße Kreuz auf ihrem Bauch und auf den Vorderpfoten ... das ehemals satte Dunkelbraun des Pelzes sei nun hingegen das Schwarz der Melanome und ihrer epidermischen Metastasen. Das meiste von dem, was er

auf seiner Hand halte, sei nur noch die parasitäre Struktur des Krebses.

Es sei geradezu erstaunlich, ja, es ringe ihm entgegen seiner Gewohnheit sogar einen gewissen Respekt vor dem Individuum, vor meiner Maus ab, wie ich sie nenne, dass sie überhaupt noch lebe. Und immer noch würden die Zellen ihrer zerebralen Systeme weiterwachsen und sich weiter teilen, bis nichts anderes mehr übrig sei, um sich davon zu ernähren als das Tumorgewebe selbst.

Mit der Rührung des Künstlers, der sich sein Werk nach einer langen Abstinenz zum ersten Mal wieder vor Augen führt, hebt Schierling Lucy noch ein wenig höher, stützt sie, dass sie ihm nicht über die Handfläche nach hinten in die Tiefe purzeln kann … geradezu sympathisch müsse ihm das Tier im Grunde sein, nach und nach an seinem außergewöhnlichen kognitiven Potenzial verendend, kenne er doch denselben Prozess der sukzessiven intellektuellen Verelendung, habe er doch am eigenen Leib erfahren, was es bedeute, in einer Gesellschaft, die den Durchschnittsmenschen zelebriere, den kleinen Mann, ebendiesem überlegen zu sein … die Einsamkeit, die Marginalisierung durch die proletarische Meute, das unabwendbare Schicksal, lebenslang missverstanden zu werden …

Selbst innerhalb der Forschergemeinde, auch hier im Haus, sei zu seinem Bedauern dasselbe deprivierende Verhalten der weniger Habenden – er deutet gegen seine Stirn, ich müsse verstehen – gegenüber den Habenden zu bemerken. Am Ende landeten die Besten nicht an der

Spitze der Pyramide, sondern in abgeschiedenen Laboratorien, unterirdisch, und in irgendwelchen ausgegliederten Abteilungen.

Dann schließt er sanft die Finger um Lucys Körper – sie hat sich wieder auf seiner Handfläche zusammengerollt – und schmettert sie mit einer raschen, harten Bewegung auf den Boden.

Das sei wohl das Beste für sie, meint er, lange würde sie es ohnehin nicht mehr machen.

Er tritt mit der Ferse seines linken Fußes auf sie und macht damit ein, zwei Drehbewegungen, als wolle er eine Zigarette ausdämpfen.

Es sei immer noch ganz erstaunlich, meint er, das bestärke ihn nur in seinen Studien: Trotz der Wucht des Aufpralls auf den Fliesen, trotz seines Gewichts, mit dem er auf den halbtoten Körper trete, wolle das Tier dennoch nicht und nicht sterben.

Ich kann Lucy unter seiner Stiefelsohle hervor entsetzt quieken hören.

Das bestätige seine Theorie von einer Biokompatibilität des Sterbens: Wo die Katze nur einmal hinzuschlagen brauche, wo sie die Maus allerhöchstens mit der Pfote streifen müsse, reiche die ganze Kraft eines ausgewachsenen Menschen kaum dazu aus, einen vergleichbar raschen Tod herbeizuführen.

Siehst du, sagt er und hebt seinen Fuß, unter dem nun Lucys flach getretener Körper sichtbar wird, die Gliedmaßen gebrochen, aber immer noch atmend, und ihr Blick sucht meine Augen wie ein Weglicht durch das letzte Labyrinth in ihrem Wunderland … siehst du, sie lebt immer noch.

Dann fährt Schierlings Stiefel noch einmal mit aller Kraft nach unten und ich stürze auf ihn los, reiße ihn von ihr weg und löse vorsichtig vom Boden, was dort noch am Leben ist.

Ich hebe Lucy zu mir hoch, drücke sie an meine Brust, vorsichtig, um sie nicht weiter zu verletzen. Ihre Atmung macht Geräusche, als sie an meinem Handballen schnuppert, doch der Geruch scheint ihr vertraut, sie schmiegt sich gegen meinen Daumenballen, gegen meinen Puls. Hat alle Eleganz verloren, unfähig, die zerschlagenen Glieder noch länger parallel zu halten. Ist sonderbar kalt, obwohl ich sie an meinem Körper zu wärmen versuche, aber die Wärme geht nicht länger auf sie über.

Ihre Augen sind bereits halb geschlossen und alle paar Minuten überfällt ein Tremor den ausgezehrten Leib, lässt ihn sich zusammenkrampfen und schütteln und stoßen, als laufe in seinem Inneren plötzlich eine Maschine auf Stahl … als blockierten Räder und Riemen und Kolben und der Druck bahne sich anderwärtig seinen Weg ins Freie. Dann erschlafft der Körper wieder und Lucy sinkt aufs Neue schwer atmend gegen mein Handgelenk zurück.

Siehst du, sagt Schierling, sie könne nicht so recht sterben, weil ihr Mörder nicht biologisch kompatibel mit ihr sei. Das könne noch Stunden so weiter gehen … das sei der Grundgedanke seiner Theorie von einer natürlichen Kompatibilität des Sterbens, und was sich momentan noch im langsamen Todeskampf des Probanden äußere, bedeute irgendwann am Ende seiner Forschungen, als Erkenntnis, womöglich die vollständige Beherrschung des Todes selbst: die Unsterblichkeit.

Lucy stirbt nicht in einem Augenblick. Erst allmählich setzt jene Sequenz der Ereignisse und der Prozesse ein, die sich während der letzten Minuten überschlägt: Die Stoffwechselsysteme verlangsamen ihren Fluss. Der Körper kühlt ab, in der Folge, und Lucys Bewegungen erfolgen nur noch wie gehemmt, die Muskeln gleichsam wie Wachs so starr, das ist die Paralyse vor dem Tod, der Gedanke an ein Entkommen endlich undenkbar geworden. Die Haut wird an den äußeren Extremitäten des Körpers, den herzferneren physiologischen Regionen, allmählich spröde. Dann hart.

Lucys Augen erblinden, mein Kaleidoskop. Die Ohren taub und nicht länger ansprechbar, längst anspruchslos geworden, und alles Sensorische, alles Motorische, alles Außenweltliche und auf die Außenwelt Gerichtete hat sich schon auf den Weg des Regresses in sein Innerstes gemacht, und ohne Wiederkehr.

Die Kälte drückt aufs Herz und endlich bleibt es stehen. Dann setzt die Atmung aus und das Gehirn verödet, nur Minuten nach dem Stocken des Blutflusses. Irreparabel zerreißen nun die Knoten und Synapsen, die Nervenbahnen ... die Nervenzellen ausgehungert über einem Magen, der noch eine Weile weiter das verdaut, was ihm vom Leben als letzter Rest geblieben ist. Die Lunge fällt langsam in sich zusammen, dann versagen der Reihe nach alle anderen inneren Organe. Die Kohlensäure in den Muskelfasern kann nicht länger abtransportiert werden und lagert sich darin ab, endgültig: karbonisiert ... fossiliert zur Leichenstarre.

Die inneren Prozesse aber laufen weiter: Das Blut, das nicht mehr fortbewegt wird, steigt in breiten Ödemflecken an die Oberfläche der Haut oder es sickert nach unten an den Rücken, wo der kleine Körper mit dem Kopf nach oben auf meiner Hand liegt, die Augen unnahbar weitsichtig in den Himmel gerichtet, das ist nicht mehr als ein blinder Fleck.

Die Pelz legt sich nun enger um die starren Glieder und dick und dunkel vom stillgelegten Blut treten die Venen darunter hervor. Dann, nach drei, vier Stunden versagen auch die Nieren ihren Dienst. Die Magensäure und die übrigen Verdauungssäfte fressen sich, in ihrem Zersetzungswerk von keinen anderen Prozessen mehr behindert, durch Darm- und Magenwände und eröffnen damit endlich aus dem Innersten des toten Tierchens, wohin es sich zurückgezogen hat, seinen letzten Prozess: die Verwesung.

Während ich vorsichtig den Wurzelballen des Hibiskusstrauches in den Hydrokulturkästen von Pavels Lagune lockere, während ich die Pflanze daraus hervorziehe und neben mir auf dem Linoleumboden ablege, mit der zweiten Hand die nachrutschenden Tonkügelchen auffangend und zur Seite schiebend, links und rechts des Wurzelloches zwei handhohe Dämme aufschüttend, rollen sie Pavels Leiche an mir vorbei, den Korridor hinunter und bis zum Lastenaufzug der Station, wo man für gewöhnlich das desinfizierte medizinische Gerät oder das Essen aus der Küche hochfährt.

Pavels Körper ist nicht verdeckt. Die Maßnahme ist nicht notwendig, weil um diese Uhrzeit noch kein Besucher auf der Station ist, noch keiner der Patienten auf den Gängen, die zwischen den Therapien gelegentlich die Zimmer – aber nur ihre Zimmer – verlassen dürfen. Stramm ausgestreckt wie der gefällte weiße König liegt er auf seiner Bahre.

Das Gesicht ist sonderbar ausdruckslos, ich kann das Pflegepersonal rätseln hören: Jedes Pathos, alle Züge seien wie über Nacht daraus verschwunden, doch ich beachte ihr Geschwätz nicht weiter, ebenso wenig wie Pavels Leichnam.

Ich grabe tiefer hinein in das Pflanzenkistchen, bis ich endlich den Boden erreiche. Dann nehme ich Lucys leblosen Körper und platziere ihn vorsichtig am Grund des Loches, das ich ausgehoben habe. Ich breche die halb geöffneten Blütenknospen des Hibiskusstrauches ab, die durch eine unbedachte Drehung des Topfes zum Fenster hin bereits im Abfallen begriffen sind, und breite sie über meine Maus, setze den Hibiskus wieder darüber und bedecke den Wurzelballen mit den Blähtonkugeln. Pavels Niemandsbucht, die Vegetation der Lagune rahmt nun aufs Neue und so unverändert wie eh und je den Kaffeetisch und die wenigen Stühle rundum, als hätte ich Lucys zerfressenen und zerschlagenen Leib niemals an ihrem Strand begraben.

Ein schönerer Horizont als meine Wohnung, denke ich. Ich nehme am Kaffeetisch daneben Platz, kehre nicht mehr in mein Zimmer zurück und nicht mehr in meinen Himmel, hinter die blau flackernde Bildschirmwand. Ich laufe nicht mehr durch die Stadt. Ich mache mich nicht mehr auf den Weg zur Bibliothek, sondern ich bleibe an Ort und Stelle sitzen, das Kryptoskript und die unvollendet gebliebenen Listen, die Lucy daraus dechiffriert hat, vor mir ausgebreitet und gleich daneben noch ein weiteres Blatt Papier, bereits mit einigen unsauber hingeworfenen Zeilen darauf.

Sofort nach Lucys Tod, noch auf dem Weg hierher und noch während ich sie bestattet habe, immer wieder mit Stift und Papier in meinen schmutzigen und vom vollgesogenen Blähton feuchten Händen, habe ich zu schreiben begonnen. Auch wenn mir verborgen bleibt, auf welche Weise die Literatur unsterblich macht, so weiß ich doch, dass sie unsterblich macht und dass sie – das ist nur eine Frage des Zufalls, das ist nur eine Frage der Häufigkeit – ebenso rasch zu töten vermag ... das ist plötzlich ein taubeneigroßer Tumor hinter Schierlings Stirn, der rascher wächst als jedes bislang bekannte Gewebe ... der in seinen Wucherungen nicht länger den Einschränkungen der Medizin und der Naturwissenschaften Folge leisten muss, sondern der allein den Parametern der dichterischen Freiheit und ihrer poetischen Gerechtigkeit entspricht. Das ist die gottgleiche Selbstgerechtigkeit des Autors, die streut und wuchert und septisch in das umliegende organische Material hineinstrahlt, die über die Blutbahnen und Lymphsysteme und die nervösen Netzwerke innerhalb kurzer Zeit alles befällt, was einen Namen hat und was sich niederschreiben lässt … Schierlings Haut augenblicklich gealtert, dass sie ihm in dicken und schlaffen Falten über die Knochen fällt wie gereffter Vorhangstoff … die Gelenke starr, eine mehr und mehr in ihrem Stechschritt gefrierende Gestalt, eine weitere Figur in meinem Puppenhaus, für die die Geschichte kein gutes Ende will … die Haare ausgefallen und als ein abgestreifter Pelz unter den Füßen am schwarzweißen Marmor abgelegt.

Dann sind da plötzlich die ersten Geschwülste auf der Haut, schieben sich aus allen Gliedern zugleich an die Oberfläche, nässend, übelriechend und sukkulent, immerfort Flüssigkeit aus dem Körperinneren nach außen transportierend … dort verdunstet es und entzieht ihm alles Wasser, bis nichts mehr da ist, die Adern versandet, das Herz in sich zusammengefallen und lediglich in seiner linker Kammer steht noch ein Sickerrest von Nässe.

Dann stoße ich Schierling zu Boden, schleudere ihn mit derselben Wucht gegen die Fliesen, wie er es mit Lucy getan hat und er geht augenblicklich in unzählige Splitter auf: Das sind die Scherben einer tönernen Figur, deren Götterhimmel des Spiels mit ihr, des Ärgers über seine Schöpfung nach viel zu langer Zeit endlich überdrüssig geworden ist.

28

In den Propyläen, zwischen den totenhäuptigen Stelen vor dem Eingang der Pathologie, kommt mir der Nachtportier entgegen. Er wirft mir einen befremdlichen Blick zu, während ich mich im Gelächter der Fratzen ringsum an ihm vorbeizwänge, dann versinkt er im Korridor hinter mir.

Beatrice wirkt kein bisschen erstaunt, als ich sie vor den Seziertischen zur Rede stelle. Der Körper des namenlosen Studenten liegt erneut – oder noch immer – zur Untersuchung aufgebahrt auf einem der Tische, verschmilzt dort mit seinem Spiegelbild auf der blanken Nirostafläche zu einem siamesischen Wesen.

Wieso tust du das, fahre ich sie an. So viel könne ihr ihr billiges Schauspiel in einem mickrigen Theaterstück irgendwo in einem dürftig restaurierten Saal doch nicht wert sein.

Das verstehst du nicht, sagt Beatrice.

Ich habe das Videoband gefunden, sage ich dann und Beatrice wirft mir plötzlich einen überraschten Blick zu. Ich weiß nicht, wie sie es geschafft habe, in mein Himmelreich einzudringen, sage ich, ohne von den Kameras erfasst worden zu sein, die selbst dort angebracht wären, aber sie habe Spuren hinterlassen, geradezu plump: Sie habe das Band aus dem Rekorder genommen und ihn auf die Tatzeit programmiert. Anschließend habe sie ein zweites, ein anderes Band eingelegt, das sie selbst präpariert habe ... das mir aus Pavels Zimmer die jahrzehntealte Aufzeichnung einer ruhigen Nacht vorgespielt habe, unter deren Tarnung sie ihm seine letzten Züge aus dem Gesicht gestohlen habe ... ihr Eindringen auf 111 ein Ablenkungsmanöver, auch das habe sie auf das Band geschnitten, ebenso wie das geöffnete Fenster ...

Du verstehst gar nichts, sagt Beatrice und wendet sich wieder von mir ab, macht sich an der Leiche des Studenten zu schaffen, an den Tüchern, die ihn zur Hälfte verdecken, und an dem Fähnchen, das man ihm an die Zehen gehängt hat.

Ich könne es beweisen, sage ich. Ich habe das Band hier bei mir.

Gib es mir, sagt Beatrice.

Was sie damit tun wolle, frage ich.

Es zerstören, sagt sie ungerührt.

Ich würde das Band zur Krankenhausverwaltung bringen, sage ich, dann würde sie die Praktikantenstelle hier in der Pathologie verlieren, die sie sich erschlichen habe. Danach würde ich zur Polizei gehen, wegen des Mordes an Pavel – wie auch immer sie ihn begangen habe – und wegen der versuchten Sterbehilfe auf 111. Jemand müsse diesem Wahnsinn ein Ende bereiten.

Die Polizei sei bereits hier gewesen, sagt Beatrice leise, dann kommt mir wieder der Nachtportier in Erinnerung, der mir vorhin im Säulenwald der Propyläen begegnet ist, als eine Maske unter Masken. Beatrice macht sich daran, den Körper des Studenten in sein Kühlfach zurückzuverfrachten. Sie rückt einen der Rollwagen näher an den Tisch, auf dem sie auch Pavel abgeholt haben, und bemüht sich, den nicht mehr ganz starren, aber immer noch eisglatten Körper darauf zu hieven.

Die Polizei sei meinetwegen hier gewesen, sagt Beatrice. Sie hätten nach mir gefragt, nicht nach ihr. Sie grinst. Dann fällt mir Schierling wieder ein, der irgendwo in den Stockwerken über uns in Scherben zerschlagen am Boden liegt, und die Ozymandiastrümmer der poetischen Gerechtigkeit sind die untrügerische Handschrift des Autors.

Als hätte sie meine Gedanken gelesen, steht Beatrices Grinsen nur noch breiter in ihrem Gesicht und noch etwas anderes ... etwas wie eine angewiderte Bewunderung für eine Tat, die sie mir niemals zugetraut hätte ... ein sadistischer Voyeurismus und die Gier, mehr zu hören, an mir hängend, an mir saugend, um nur an jedem Moment meiner Erzählung in der engsten Umschlungenheit teilhaben zu können. Teil davon zu sein.

Wieso ist er noch hier, frage ich sie und deute auf den Körper des Studenten, um Beatrices hungrigen Blick abzustreifen.

Sie schicken ihn auf die Reise, sagt Beatrice, um mehr über ihn herauszufinden. Es gebe Vermisstenmeldungen von anderen Instituten, die an sie herangetragen worden seien, und man versuche nun, den Ausgangspunkt seiner Odyssee zu ermitteln.

Der da, meint sie und legt der Leiche die Finger auf die Brust, bevor sie sie wieder in ihr Kühlfach zurückschiebt und die Luke verriegelt ... sei tatsächlich nicht erst in jenem Augenblick gestorben, als wir einander begegnet seien, sondern bereits Jahre früher, das habe die Obduktion ergeben. Sie habe sich schlau gemacht. Bislang sei erst ein vergleichbarer Fall von Unsterblichkeit – wenigstens der Physis – bekannt.

Diesen dokumentiere allerdings eine äußerst zweifelhafte Quelle, eine Chronik aus der Zeit der Gründung von Veracruz, die auf den Eroberer Hernando Cortez persönlich zurückgehe ... demnach habe sich ein Bauer aus der Stadt, ein gewisser Pablo Diaz im Jahr 1519 auf geheimnisvolle Weise mit dem Untod infiziert. Er sei eines heißen Sonntags einfach auf staubiger Landstraße zusammengebrochen, sei dort leblos liegen geblieben, doch als man mit den Stadtwachen wieder zu der Stelle zurückgekehrt sei, um seinen Leichnam abzutransportieren, sei er ganz plötzlich wieder aufgestanden und weitergegangen wie vordem, als wäre nichts geschehen.

In der Folge habe er ein biblisches Alter erreicht: Er habe alle seine Freunde überlebt und seine Frau, danach seine zweite, jüngere Frau und anschließend auch noch seine dritte, noch jüngere Gemahlin ... er habe damit nach spanischem Recht alles das wieder geerbt, was er selbst und seine drei Frauen und seine Kinder und Enkelkinder während ihrer kurzen Lebensspannen erwirtschaftet hätten, und sei so bald einer der reichsten Einwohner der Kolonie geworden. Er habe den anderen beim Altwerden und Sterben zugesehen, während er selbst – am eigenen Leib mit ewiger Jugend gesegnet – es in den Hinterhöfen und auf den Bohnenfeldern mit ihren Töchtern getrieben habe.

Zuletzt – berichtet wird von etwas über dreihundert Lebensjahren des Pablo Diaz auf Erden – sei vom Stadtsenat der Beschluss ergangen, den zeitlosen Spötter in ihren Reihen ungeachtet der Tatsache, dass er noch atme und unter ihnen weile, zu bestatten, zumal man einen gültig ausgestellten, epochenalten Totenschein von ihm besitze, und es habe eben das zu gelten, was das Gesetz sei, und nicht, was die Natur ihnen vormache. Im Gesetz aber stehe, dass jeder bescheinigte Tote unverzüglich in Sarg und Erde beizusetzen sei.

Man habe an einer unbezeichneten Stelle jenseits der damaligen Stadtgrenzen ein besonders tiefes Loch ausgehoben, habe Pablo Diaz in seine Holzkiste hineingedrückt und ihn, sein Toben und Zetern missachtend, endlich dort im Erdboden versenkt, wo er heute vermutlich immer noch liege und mit offenen Augen auf das Ende der Welt warte.

Noch während Beatrices Erzählung kommt mir wieder das Gesetz der Bücher in den Sinn, wonach der Täter immer und immer wieder an den Tatort zurückkehren müsse, an den Ort des ersten Verbrechens, und was, wenn dieser überhaupt nicht in der großen Bibliothek gelegen wäre? Wenn die todbringende Erkenntnis, die den namenlosen Studenten dort erst eingeholt habe, schon lange zuvor entschlüsselt worden sei, und außerhalb des großen Lesesaales, seiner verstaubten Korridore? Und wenn der Schlüssel zur Unsterblichkeit, womöglich, immer noch dort zu finden sei und einer müsste ihn lediglich mit meinem Kryptoskript zusammenführen … wohin man den Leichnam schicke, frage ich, und Beatrice bricht ihre Erzählung ab und sieht mich misstrauisch an.

Die suchen dich da draußen, sagt sie dann. Ich solle ihr das Band geben und endlich nach oben gehen und mich stellen. Ich könne nicht mein ganzes Leben auf der Flucht verbringen.

Als sie sieht, dass ich gehen will, hält sie mich an der Schulter zurück. Ihre Hände sind kalt wie der Tod, den sie eben wieder ins Schattenreich der Kühlfächer zurückgeschoben hat. Die Geschichte könne jetzt schon vorbei sein, sagt sie, wenn ich es nur wolle.

Niemals ... sage ich und schüttle ihre Berührung ab. Ich habe noch etwas zu tun. Ich drehe mich langsam herum und beginne zu laufen.

Vergiss nicht, sagt Beatrice, sie suchen dich da draußen.

27

Die Stadt hält unterm Schnee den Atem an. Der zugefrorene Fluss macht seine Brücken überflüssig – man gelangt zu Fuß, über das Eis, rascher ans andere Ufer als im Chaos der rutschenden und festsitzenden Autos, der durchdrehenden Reifen. Die Docks und Piers am Hafen bleiben unerreichbar. Lediglich an der Mündung, wo sich das Süßwasser mit dem Ozean zu einer brackigen Lauge vermengt, führt eine schmale Fahrtrinne hinaus aufs offene Meer, doch sie versickert zu weit vor der Küste, Seemeilen vor der Stadt, unter dem Eis. An den Stränden stapeln sich die angespülten Schollen. Die Palmen entlang der Promenaden tragen Weiß, ihre Wedel hängen geknickt und welk vom Frost am Stamm herab.
Ein über dem Meer vertriebenes Schneegestöber, ein unerwartet über die südlichen Breiten hereingebrochener Winteranfang ist mein einziger Gegenspieler am Schachbrett der Baixa. Ihr Karomuster liegt verlassen, liegt menschenleer vor mir, keine Pferde und keine Figuren und keine Türme außer den Laternen der Palais rund um den Praça de Comércio: in vor mir abfallenden Stufen die Rua de Santa Justa, die Rua da Assunção, die Rua da Vitória … die Rua de São Nicolao … die Rua da Conceição endlich und die Rua de São Julião … dahinter der Tejo als ein stahlgraues Band. Menschenleer auch die ansonsten so geschäftige Alfama im Osten und der Steilbruch von Bairro Alto, das ist nur eine Pause in dem Spiel, das weiß ich, ein Nachmanövrieren seiner Einheiten in meinem Rü-

cken, die Küste von Estremadura und der Atlantik dahinter, darauf läuft gerade ein Schiff aus, und der mächtige Zyklon als seine Kielspur. Ich habe das Getöse der Metropole noch im Ohr, das in jeder Sprosse und in jedem Rohr, in jeder Niete des Frachters weiter fortschwingt, einmal wie etwas Lebendiges auf das Metall übergegangen: Das Treiben, die Hektik und die Hast in den Straßen von Manhattan und der Flug über den Wolken vermögen sie nur für Kurzes unter sich zu lassen, mit dem Reiseführer, den Beatrice mir geschenkt hat, auf den Knien und dem Frachtverzeichnis der *Pennsylvania Food & Livestock Shipping Corporation*.

Dann das Eis über der Stadt am Tejo. Der Schnee, der wohltuend allen Lärm und alles laute Leben vom Pflaster stiehlt, von den ausgetretenen Straßen. Der Weg zurück hinunter vom Festungshügel, das Castelo de São Jorge hinterrücks und in der Höhe, der Rossio und zurück in die Untiefen der Baixa, dann tritt die Stille ins Bewusstsein, die mit dem Winter wenigstens über diesen Teil der Welt hereinschneit, wo auf der anderen Seite des Ozeans kein Wetter und keine Jahreszeit mehr die geschäftige Betriebsamkeit einzudämmen vermag ... der Jahreslauf, das sind die Metamorphosen der Schaufensterdekoration und darüber hinaus, für die Welt hinterglas, bedeutungslos.

Von der Alfama aus zieht der Geruch nach Rauch und nach gebratenem Fisch über die Dächer, als einzig Bewegliches unter dem Frost, das Panorama des Raureifs ist eine Stadt in ihrer Totenstarre. Über Belém die Glockenspiele des Hieronimusklosters. Die Sé, die große Kathedrale, nimmt ihre Stimmen auf, als ich daran vorbeikomme, doch die Stille frisst sie rasch über dem Fluss, über dem Hafen ... die Docks und Landestege gesperrt und ohne Leben. Nur einmal alle hundert Jahre, heißt es, friert der Hafen zu: zu selten um das Budget mit dem Kauf von Eisbrechern zu belasten, die bis zum nächsten Winter, aufgebockt im warmen Sand, unter der Gischt und den salzigen Winden, die landeinwärts drängen, zu Rost zerfallen.

Ich stelle mir vor, wie die Nachricht vom zugefrorenen Hafen, von der auf Eis gelegten Stadt auf offener See die Demeter erreicht, den Frachter der *Pennsylvania Food & Livestock Shipping Corporation*. Wie man dem Kapitän über Funk mitteilt, dass seine Route umgelenkt werden müsse, dass er in nördlichere Gewässer ausweichen müsse, zum Ursprungsort des Schnees zurück. Dort kämpft man mit dem Zyklon über dem Achterdeck und mit einer rätselhaften Krankheit an Bord, die seit dem Auslaufen jedes Besatzungsmitglied wie ein Ungeheuer befällt, das sich in den Kühlraum unter Deck begibt. Das Eis dort konserviert die Bakterien und Keime der Transporte von Monaten, die, wenn die Stalaktiten vom Raureif am Unterdeck vorübergehend abtauen, in regelrechten Seuchen über die Crew herfallen ... Staupe, Geflügelpest und Tuberkulose. Der Aberglaube nährt die Angst der Mannschaft, da ist der Tote unter Deck und der unbedingte Auftrag der Reederei, die Ladung anzubringen. Sogar dem tiefgekühlten Rindfleisch in den Lagerräumen beginnt man zu misstrauen, während Funkspruch um Funkspruch von

der Brücke aus nach draußen geht und über den Ozean
... zerrissen von den elektromagnetischen Wirbeln des
Zyklons, auf der Suche nach einem eisfreien Hafen ...
Porto unerreichbar, ebenso Vigo und La Coruña, Figueira de Foz und Pontevedra zu klein, das Hafenbecken
zu flach, wo die Strömung schmale Fahrtrinnen ins Eis
gespült hat.
Ich zeichne die Bewegungen im Großen auf der Landkarte im Kleinen nach ... verfolge die Demeter auf ihrem
Weg zur Biscaya. Ich ändere meine Richtung mit jeder ihrer Bewegungen ... wo der Zyklon sie weit nach Nordwesten verschleppt, schreibe ich mich ihrem Kurs ein, folge
ihr über die Hügel, über die Ausläufer der Stadt hinaus
und weiter, jenseits der Festungsmauern von São Jorge.
Jede Wende, jedes Manöver ist nur eine Finte in unserem
Spiel, das weiß ich ... jede Wand und jeder Winkel tragen
untrüglich seine Losung: das Schachbrettmuster der
Baixa, das *trompe le monde* von 1755 nur ein fadenscheinig
inszenierter Vorwand zu seiner Konstruktion ... die blau
und weiß glasierten Azulejos an den Fronten der Innenstadtpalais und Portugal selbst, zuletzt: ein riesenhaftes
Rechteck, ein perfektes Orthogon inmitten der unregelmäßigen Grenzlandschaft des Kontinents.
Nur ein Narr könnte die Ahnung des Karomusters darunter, des größeren Spielfeldes, noch weiter in Abrede
stellen.

26

Dann Sintra, die verlassene Königsstadt. Eine Stadt auf Schächten und Kavernen, die sich durch das Marmor- und Alabastergestein des Untergrunds in die Sierra hineinfressen, am Fuße des Cruz Alta ... das man auf der anderen Seite der Hügelkette in tiefen Steinbrüchen aus dem Boden sprengt und in der nahe gelegenen Hauptstadt verschifft ... die Spur der Verwitterung, die selbst vor dem königlichen Fundament, auf dem die Stadt mit ihren Villen und Palästen steht, nicht Halt macht.
Mit der Wärme, mit dem Tauwetter graben Frostbrüche und Sprünge ihre Höhlen weiter ins Gestein. Eine enge Wendeltreppe in seine Eingeweide. Das Licht, das nur ein paar Stufen überkopf den Eingang zur Unterwelt erhellt, ist auf einen kleinen Rest zusammengeschrumpft, auf das Glimmern und Funkeln des Wasserlaufes an der Wand, der den Weg hinab in das Innere der Erde begleitet.
Sintra, die Königsstadt überkopf, ist nichts anderes als der Stein selbst, auf dem sie ruht ... ist der Diebstahl an ihrem eigenen kostbaren Fundament, an dem die Sonne und die Küstenwinde zehren.
Die Paläste aus acht Jahrhunderten, die manifesten Zeugnisse einer unumstößlichen absolutistischen Hierarchie, einer göttlichen Ordnung: das Castelo dos Mauros und der Palácio Nacional, der Palácio de Pena, das ist der Verfall, dessen Vormarsch mit Moos und Flechten und schlank gefiederten Farnen zwischen den Fugen und dem Fachwerk sich kein Einhalt mehr gebieten lässt. Das

große Wesen, das man von der Erdoberfläche gelöscht hat, hat sich in die Lustgrotten und künstlichen Höhlen unter der Stadt zurückgezogen, das sind romantisch choreographierte Rinnsale und Tropfsteine aus Spritzbeton ... das sind die Feuchtigkeit und die Kälte und das Lehmaroma des Erdbodens, wie im Blick vom Grund der großen Blähtonkästen aus nach oben, in meiner Niemandsbucht, und auf die Ranken und das bleiche Wurzelwerk darüber.

Die Welt der Oberfläche folgt nach und nach der Inszenierung ihrer Fundamente ... dem Gemälde eines melancholischen Verfalls, als das man die Stadt errichtet hat, zur Belustigung, zum sentimentalen Amusement. Jetzt wuchert es aus allen Winkeln und Ritzen der Stadt wie Schimmelpilz, die Villen an den Hängen der Sierra ebenso verlassen wie die Straßen unter dem Schnee ... die Tore offen, die einstmals wehrhaften Schmiedeeisenzäune rund um die Parks und Grundstücke ausgefressen, vom Rost zersetzt, ihre Wartung zu teuer, die Renovierung der Paläste nicht mehr lohnenswert.

Die Verwitterung kommt über die romantischen Gartenanlagen, die wilden Hecken und Grotten, die Kletterrosen und die Alpinarien und die verschlungenen Pfade der längst spurlos gewordenen Buchsbaumlabyrinthe, und je wilder Gras und Efeu und die Lupinen zwischen den Gartenbeeten wuchern, je höher das Moos in der Rinde der Bäume, im Mauerwerk der ersten Nebengebäude und Pergolen steigt, umso näher an ihrer Vervollkommnung erscheinen die Parks und Grünanlagen nur, das ist die Tilgung des Menschen aus seiner eigenen Schöpfung ... aus seinem Simulakrum von Wildnis und Natürlichkeit.

Am Boden der Lustgrotte angelangt, folge ich dem Verlauf des Wassers von den Wänden, an seinem künstlichen Bachbett entlang nach draußen. Unter einem starren Wasserfall von Eis verschwindet das Rinnsal aus dem Höhleninneren unter dem Spiegelbild eines zugefrorenen Weihers ... der ist nichts als ein kreisrunder Platz, ein entsetzlicher Ort, kommt mir mit einem Mal ... all die Schimären an den umgebenden Dächern, die Wasserspeier, die mit jedem Sturm, mit jedem Regenguss, unter dem das korrodierte Blech ein wenig weiter nachgibt und sich dem Boden nähert, dem Ende ihrer Verbannung auf Giebel und auf Gaupen näher kommen, sehnsüchtig darauf wartend, endlich von den Dachschindeln und Traufenhaken herabzusteigen und an Land zu gehen, um dort die Ankunft des großen Untiers vorzubereiten.

Ich sehe ihnen nicht ins Gesicht: den Basilisken und Schlangen, den Ziegengesichtern und Hundefratzen und den weit aufgerissenen Drachenmäulern, in deren Kiefern die Eiszapfen als eine zusätzliche Zahnreihe heranwachsen ... sehe mich nicht um, bis ich die Stadt im Südosten hinter mir zurückgelassen habe. In allen Gassen hängt der Geruch der Fossa, liegt die Ahnung von ihrer Rückkehr. Es ist nur eine Frage der Zeit, bis sie den Sprung über den Ozean geschafft hat und hinter mir her in die Hügel von Sintra.

25

Trotz des Sturmes weigern sich die Seeleute der Demeter, unter Deck zu gehen. Dort vermehrten sich die Toten, heißt es ... dort fasse das viele tote Fleisch gierig nach dem lebenden und ziehe es zu sich herab. Ein entsetzlicher Spuk treibe in der Tiefe, in den Kühlräumen sein Unwesen, und nicht erst das leer geräumte und porzellanweiße Gesicht des zweiten Funkers, den man tot vor der Tür zu den Maschinenräumen aufgefunden habe, gegen das zollstarke Blech der Schiffswand gelehnt, die Arme und Beine schlenkernd im Wellengang, wie eine Anemone ... wie ertrunken, als wäre das Meer durch die Trennwände hindurchgekommen ... nicht erst das ungerührte Gesicht des Kapitäns, der den zweiten Toten am Schiff ohne eine Regung zur Kenntnis genommen hat, hat aus der Furcht der Mannschaft furchtbare Gewissheit gemacht: Man habe eine unheilvolle Fracht an Bord.
Nur wer blind sei für die Sprache des Meeres wisse die Zeichen um sie herum nicht richtig zu deuten: den Zyklon in ihrem Rücken ... die Eisküste, die ihnen einen Hafen nach dem anderen verweigere und ebenso ihre Heimkehr: Wenn sie nicht kenterten, wenn der aufgebrachte Ozean sie nicht geradewegs in seinen Schlund hinabziehe, seien sie dazu verdammt, ohne Ende die Erde zu umrunden. Unaufhörlich, Meer um Meer, Passage um Passage als eines jener zahlreichen Totenschiffe, von denen ebenso zahlreiche Geschichten in ihrer Bugwelle kursierten. Auf der Brücke aber stehe reglos ihr Kapitän, ein gefühlloser

Steuermann ... ein Wahnsinniger, dem das Schiff und seine Crew gleich seien ... der nur den Auftrag der *Pennsylvania Food & Livestock Shipping Corporation* vor Augen habe: das Fleisch auf jeden Fall in einen europäischen Hafen zu bringen, egal auf welche Weise.

An den Pollern und Signalmasten festgezurrt, an Kabel und Ketten geklammert wie an die eigene Nabelschnur, erträgt man eher die Schläge der See ... richtet man sich lieber auf dem nassen und rutschigen Deck ein, als sich in das Deckhaus zu begeben, wo sie dieses Monstrum sehenden Auges in den Untergang steuere, oder gar unter Deck, wo auf sie, blind, ein namenloses Ungeheuer lauere.

Das Wasser links und rechts von ihnen wie eine Wand, hoch aufgebaut, bis zum Himmel ragend, und dann beginnt einer plötzlich zu singen und der Rest der Mannschaft stimmt in den Kanon mit ein, der Lärm der Böen, der Donner, das ist der Rhythmus des Meeres in den Kadenzen der Wellenberge ... Meerstern, ich dich grüße ... und der Wellentäler ... Oh Maria hilf! ... dann steigt die Stimme im silbernen Springquell wieder nach oben, spielt, schmeichelt ... Gottesmutter, süße ... und stürzt ins nächste Wellental ... wende, oh himmlische Retterin du ... doch das Tosen des Unwetters verträgt die nächsten Kaskaden des Kanons ... deine barmherzigen Augen uns zu ... und ich weiche zur Seite, als mir eine Prozession polnischer Wallfahrer über die volle Breite des Weges entgegenkommt, überlasse die Demeter in meiner Vorstellung wieder sich selbst und warte, bis die singende und wimpelschwingende und fahnentragende Feldschlange an mir vorübergezogen ist.

Wer den Jakobsweg in entgegengesetzter Richtung entlanggeht, wandert einsam und mit jedem Kilometer etwas einsamer auf eine menschen- und gottverlassene Wildnis zu … auf die dunklen und wie ein schroffer Drachenschwanz in der Ferne drohenden Gipfel und Grate der Pyrenäen. Mit jedem Schritt, so kommt es mir vor, widerrufe ich eines der Gebete der Pilger auf dem Weg hierher, ein Mörder ohne Reue.

Ich passiere Kastilien und León auf der französischen Route, vorbei an Burgos und an den Ausläufern der großen altkastilischen Hochebene, der *tierra de campos*, bevor ich bei Logroña den Ebro überschreite. Von dort aus weiter ins Gebirge, über Estella und Puente la Reina in Richtung Pamplona, in Richtung des Passes von Roncesvalles. Auch hier liegt noch der Schnee des südlichen Winters über den Hängen und macht den Aufstieg beschwerlich. Jeder Schritt auf den schmalen Steigen ins Gebirge wird zum Wagnis, und je weiter ich wandere, umso weniger Pilgergruppen kommen mir entgegen. Die meisten warten den Wetterwechsel in ihren Quartieren ab oder man nimmt die Eisenbahn über Jaca und den Tunnel unter dem Pic du Midi de Bigorre und in Richtung Pau und Lourdes. Wo sie hinströmen, bin ich bereits gewesen, davon habe ich mich bereits abgewandt, und erst wer den Jakobsweg in seiner entgegengesetzten Richtung entlanggeht, dem eröffnet sich seine wahre Bedeutung: Eine Spur der Vernichtung, des Krieges und des Verfalls ist er und sonst nichts, das sind die Festungen und vermauerten Städte, die Kastelle und Wehrtürme und ihre Ruinen aus den Jahrtausenden.

Auf einem Hang nur wenige Kilometer unterhalb des Passes komme ich durch ein ausgestorbenes Dorf. Ein Steinrutsch ist durch das Dorfzentrum hindurchgegangen, nur einige Schornsteine und die Giebel der aufgegebenen Gehöfte schauen noch aus dem Schutt hervor … zwei Windmühlen mit zerrissenen und schwerfällig im Fallwind flatternden Flügeln. Moos und Gras über den Halden, kniehohe Schösslinge von Kiefern und Erlen. Unter dem Skelett einer der Windmühlen, immer wieder von den Flügeln der Windmühle aus dem Blick genommen … das sind die rotierenden Arme eines Riesen … sitzt eine Gestalt und wartet auf mich, über den Gräbern der Verschütteten, über einem mit all seinem atmenden und materialen Inventar bestatteten Dorf.

Beatrice, stelle ich mir vor.

Was sie hier mache, frage ich sie.

Sie wolle mit mir gehen. Sie wolle mich begleiten, während ich am Festland der Odyssee der Demeter nachgehe.

Woher sie das wisse, frage ich sie, und sie lacht. Hält sich den Finger vor den Mund. Sie sei nur Beatrices Gespenst, in meiner Phantasie, sagt sie. Sie sei nicht wirklich Beatrice. Sie sei das einzige Gesicht, das mit vertraut sei, und das ich darum auf die rohen Wände einer abgebrochenen Windmühle projizierte … ob mich das störe?

Nein, sage ich, mit Blick nach vorne auf die Gipfel, das sind die Baumkronen und die Blendung des Schnees …

der Pass von Roncesvalles. Der Weg zur Spitze ist einsam. Bereits vor Stunden, zwischen Aoiz und Nagore ist mir die letzte Pilgergruppe begegnet. Kleingeister und Kurzsichtige, meine ich, die die Marter körperlicher Strapazen, die die darauf folgende Erschlaffung ihrer quergestreiften Muskulatur mit einer Erleichterung ihrer Schuld verwechselten, mit einer transzendenten Erlösungserfahrung. Dabei liege gerade in ihrer Kleingeistigkeit und Kurzsichtigkeit ihre schwerste Unterlassung … sie gäben die eigene Verantwortung aus der Hand, bedauerten sich selbst in ihrer Ohnmacht, die daraus resultiere … aus ihrer selbstverschuldeten Unmündigkeit, und sie würden es doch zugleich genießen, nicht selbst entscheiden zu müssen … nicht selbst verantwortlich zu sein, keine andere Schuld auf den Schultern zu haben als eben jene Geringfügigkeit der Unterlassung, und wie die Kinder getragen zu werden.

Dabei sei das der schlimmste Zustand von allen: die Ohnmacht, das ist keine selig machende Verheißung.

Beatrice wirft mir einen sonderbaren Blick zu. Ob nicht gerade angesichts der Ohnmacht die Erkenntnis tröstlich sei, dass etwas anderes uns tragen könne, fragt sie. Einen Moment lang habe ich wieder vor Augen, wie Schierling meine Maus auf seiner Hand hält … wie Lucy mich aus ihren Kaleidoskopaugen ein letztes Mal neugierig anblickt, bevor er sie auf den Boden schleudert und sie mit dem Absatz seines Schuhs zerdrückt und ich kann nichts tun als daneben zu stehen. Und da ist nichts, und da ist nur die Literatur und ihre entsetzliche, ihre unberechenbare Macht, mit der ich Schierling den Krebs ins Gewebe schreibe als eine späte Vergeltung.

Niemals, sage ich. Da ist sonst nichts, was uns trägt.

Immerhin hätten jene ein Ziel, sagt Beatrice, während ich mich weiter und immer weiter davon entfernte. Und dann, nach einer Weile: Die Geschichte könne längst vorbei sein, wenn ich es nur wolle. Ich müsste nur endlich umkehren und zurückgehen, zurück zu den anderen.

Ich schüttle den Kopf und schaue zur Seite, auf die zwei eingestürzten Windmühlen und den Schnee über den Schotterhalden … es ist etwas wie eine Hufspur darin, ein Reh oder noch etwas Größeres, und Beatrice wird von nun an schweigend neben mir einhergehen, bis wir den Pass von Roncesvalles erreicht haben.

24

Ich lasse Beatrices Gesicht und die Kälte zwischen den Felsen von Roncesvalles zurück ... zwischen den spitz aufragenden Nadeln vom Kalkgestein, und zwischen den Tannen ... lasse den Frost hinter dem Kamm des Gebirges und Beatrices lauerndes Lächeln. An der Grenze zur Béarn reißt die Schneedecke auf, versickert haltlos im weichen Boden oder sammelt sich in Rinnen und Gräben, sucht sich ihren Weg talwärts über die Halden und Kare. Ich folge dem Wasser, das als ein leises Gemurmel, als ein anheimelndes Plätschern durch alle Unwegsamkeit des Terrains und durch die Dämmerung unter Bäumen hindurchgeht und zu den sonnendurchfluteten Terrassen der Gascogne hinab. Die Hitze empfängt mich wieder als mein eigentliches Element.

Etwas weiter im Tal stoße ich auf eine Gruppe von Schäfern, ohne Herden, nur mit Stöcken und mit ihren Hunden ausgerüstet. Was ich hier mache, fragen sie mich, und ich bin selbst erstaunt darüber, dass ich sie verstehe.

Ich verfolge ein Schiff, sage ich, das über dem Horizont im Westen an der Küste entlang fahre.

Dann sei ich einer von ihnen, sagen sie. Auch sie verfolgten ein ominöses Schiff, seit man berichtet habe, dass es in französische Gewässer eingedrungen sei. Während die Küstenwache nicht eingreifen könne – oder wolle – sei nun das ganze Land in Aufruhr. Überall sammle man sich und marschiere zur Küste ... Schäfer wie sie, aber auch andere Teile der Bevölkerung: wohlsituierte Bürger, Weinbauern, Geschäftsleute, die Bergarbeiter und die Köche, und beständig sei man in Kontakt miteinander, jeder Pier und jeder Landungssteg und jede Bucht bis La Rochelle sei bereits blockiert. Sie müssten verhindern, dass die Demeter ihre unselige Ladung auf französischem Boden lösche, und wenn ich dabei mit von der Partie sei, solle ihnen das nur recht sein. Der globalisierte Kapitalismus sei auch nicht zimperlich in der Wahl seiner Mittel und seiner Verbündeten .... wer selbst mit Mördern und Diktatoren koaliere, müsse in Kauf nehmen, irgendwann einem ähnlichen Gesindel zu begegnen.

Was sie über die Demeter wüssten, frage ich sie.

Die Demeter fahre im Auftrag der *Pennsylvania Food & Livestock Shipping Corporation*, antworten mir die Schäfer, doch eigentlich stehe hinter der Lieferung das amerikanische Handelsministerium, mit dem man sich schon seit Jahrzehnten in einem regelrechten Krieg um Zölle, Importquoten und Marktzugänge befinde. An Bord der Demeter lagere tonnenweise Fleisch, mit dem die Gegenseite beabsichtige, das lästige europäische Moratorium zur Einfuhr genetisch manipulierter Organismen zu brechen ...

Die Amerikaner hätten tatsächlich einen Händler gefunden, der ihnen die Ware abnehme ... der skrupellos genug sei, die gesamte Landwirtschaft des Kontinents von Grund auf umzustürzen für eine einzige Fuhre, für eine Schiffsladung kostenlosen Rindfleischs aus irgendeinem Versuchsstall bei Pittsburgh, und nun fehle nur noch der Ort, an dem der faustische Handel über die Bühne gehen könne … ein Hafen, an dem man die tiefgekühlten Rinderhälften endlich in Umlauf bringen könne. Ebendas aber wolle man verhindern. Darum strömten sie aus allen Arrondissements zusammen: Wie dereinst die Amerikaner selbst wollten sie entweder die Häfen blockieren oder aber die Demeter stürmen und das Fleisch noch vor dem Abladen über Bord werfen, als eine Art Bordeaux Meat Party, oder man zwinge den Kapitän des Schiffs und das Handelsministerium, das hinter ihm stehe, zur Einsicht. Momentan konzentriere sich der Schwerpunkt ihres Abwehrkampfes auf die Gironde. Ich könne mit ihnen marschieren, wenn ich wolle, sagen sie, dann kämen wir alle unserer gemeinsamen Sache ein Stück näher.

Immer mehr Menschen strömen zusammen, je näher wir auf dem flachen aquitanischen Feld nach Bordeaux und zur Mündung der Garonne gelangen … eine Meute, ein aufgebrachter Mob, der stöckeschwingend und ausspuckend unter den Parolen der Marseillaise als eine Menschenkette die Häfen und Docks einer schrankenlosen Weltwirtschaft, der globalen Diktatur des freien Marktes abriegelt wie einst die Sperren und Zollschranken der Wegelagerer und Raubritter. Dazwischen machen sie alle zwei, drei Stunden Halt, packen aus, was sie zur Stärkung für den Kampf von David gegen Goliath vorbereitet haben: Fleisch und Würste … Kitze, Lämmer, wehrlos Dahingeschlachtetes, vorzeitig Geschlagenes, aus den Ställen Gezerrtes … die misshandelte und geschundene und bereits zu Lebzeiten gequälte Kreatur, in die sie ihre Zähne hauen, das stärkt in Hinsicht auf die Konfrontation und mehr noch als jeder andere Aufstand, scheint mir, fressen bald jene Revolutionen ihre Kinder, deren Revolutionäre und Fürstreiter schon vor dem Kampf einen so unstillbaren Appetit aufs Fleisch entwickeln.

Dann tauchen die ersten Vororte von Bordeaux am Horizont auf und ich kann spüren, wie sich die Demeter draußen auf dem Meer der Küste nähert, das ist das erste eisfreie Land seit Tagen, das ist die Hoffnung der Besatzung, die den Sturm und die Kälte eines verirrten Winters an Deck hat über sich ergehen lassen, überspült von den Brechern und auf dem gefährlich glatt gefrorenen Metallboden hockend, endlich das unselige Schiff verlassen zu können. Die Demeter an den Rand der Meuterei verschlagen … da ist die Müdigkeit und die Angst, ein verrückter Kapitän würde sie bis ans Ende der Zeit übers Meer treiben … da ist der Aufruhr und die unstillbare Wut der Menschenkette, die ihnen entgegenschlägt, wo man der Hafenblockade auf Rufweite nahe kommt.

Ich kann die Spannung spüren, mit der man den Parolen vom Ufer lauscht und den Wortfetzen aus dem Funkgerät von der Brücke, das sind die direkten Befehle der fernen *Pennsylvania Food & Livestock Shipping Corporation* und das Geschrei der Demonstranten, das dagegen hält … ein laut ausgetragener Machtkampf ums Fleisch, der doch still über ihre Häupter hinweg tobt, der über sie entscheidet, aber der Kapitän will nicht klein beigeben. Keiner der Matrosen kann sich mehr an sein Gesicht erinnern, so lange weigert man sich schon, das Oberdeck der Demeter zu verlassen, und so verzerrt erscheinen seine Züge nur mehr durch das Glas der Steuerkabine ... dann bricht plötzlich einer nach dem anderen aus der Crew in die Sprechchöre vom Festland aus, übernimmt die Parolen von der Verweigerung und vom Widerstand, die in einer fremden Sprache von dort kommen ... eine Meuterei im flüchtigen Medium der Wörter, das ist wie eine Musik, und ohne die Hand zu heben, ohne Feuer und ohne Glasbruch und dann dreht die Demeter bei und das sichere Festland gerät Seemeile um Seemeile wieder außer Sicht. Der Jubel über die Abwehr des Unglücksfrachters läuft als ein Schwarm aufstiebender Möwen die Menschenkette vom einen Ende der aquitanischen Küste bis zum anderen entlang, und darüber hinaus bis zu den Felsen der Île d'Yeu und von Noirmoutier. An allen Orten zugleich, so scheint es, geht nun das Feiern los: fällt man sich in die Arme ohne jede Rücksicht auf Grenzen, ohne Halt, teilt man miteinander, was man als Wegproviant mitgebracht hat und was davon noch übrig ist ... Brot und Wein und wieder die Würste und ein erneutes Schlachten und Schlagen hebt in den umliegenden Dörfern ab, ein lautes Quietschen von Ferkeln und Enten und Kälbern und Hühnern und Gänsen und Ziegen und Schafen. Das ist das Triumphgeheul der Sieger.

23

Im Traum, im Schlaf erscheint mir wieder Beatrices Gesicht. Ihr Atem kristallisiert beim Sprechen und sie hat noch den Schnee vom Pass von Roncesvalles im Haar, so stelle ich sie mir vor. Sie sagt, ich solle aufstehen. Ich solle nicht noch mehr Zeit verlieren und mich endlich auf den Weg machen. Ich vertue mein ganzes Leben in trunkenen Phantasien, wenn ich nicht augenblicklich aufbreche und die Hirten und Schäfer und ihr sonderbares Sittengemälde einer bacchantischen Pastourelle, Arm in Arm in allem und mit allen partizipierend, hinter mir zurücklasse.
Nein, sage ich. Es lohne sich nicht, sich weiter anzustrengen. Wozu sich weiter schinden, wenn am Ende doch alles zu Ende gehe? Durch den Granat des Bordeauxweines betrachtet, würde dieser Umstand wenigstens erträglich.
Weil manches eben nicht von selbst zu Ende gehe, sagt Beatrice. Dann durchzuckt mich vom rechten Unterkiefer ausgehend mit einem Mal ein stechender Schmerz. Etwas liegt schwer in meinem Mund und ich taste vorsichtig mit der Zunge danach. Ich kann nicht erkennen, was es ist, doch es beginnt zu bröckeln und zu zerspringen, wenn ich darauf beiße, wie Kreide. Ich kaue darauf herum – das ist ein sonderbar krachendes Geräusch unmittelbar an meinen Ohren –, bis nur noch ein feiner, schlammiger Sand übrig bleibt. Dann schmecke ich Blut, und da ist plötzlich die Vorstellung, dass ich im Schlaf meine eigenen Zähne esse.

Das naive Paradies der Hirten um mich herum ist ein Schlachtfeld der Gefräßigkeit und der Maßlosigkeit. Wohin ich schaue, liegt Mensch über Mensch, Mann über Frau … dazwischen zerschlagene Flaschen und schimmernde Pfützen vom ausgelaufenen Wein … ihre Stöcke und Transparente und Gabeln, mit denen sie die Demeter zurück aufs offene Meer getrieben haben, stecken wie die fossilen Überreste eines Walfriedhofs im Boden … dazwischen das echte Knochengeäst, Rippen und Lenden, halb verkohlt über der Asche der Grillfeuer und es ist sonderbar, denke ich, wie unschuldig der Schlaf uns macht. Wie man sich aneinanderdrängt … wie das Mädchen neben dem Mörder liegt, ohne zu wissen, wer er ist … und ohne Schuld, und dann, am Rand des Gelages, überkommt mich plötzlich die Erkenntnis, dass ich während der Siegesfeier die Demeter verloren habe … der Kontakt zu ihr abgerissen, und während ich mich noch trinkend dem Wein und der ungekannten Gemeinsamkeit hingegeben habe, muss ihr Kurs … Seemeile um Seemeile … mit auf voller Kraft laufenden Motoren … irgendwo im Ozean versunken sein.

22

In Nantes verlieren sich die Spuren der Demeter endgültig und damit meine letzte Hoffnung, die Entschlüsselung der literarischen Formel zur Unsterblichkeit jemals abzuschließen. In keiner Zeitung wird die Demeter erwähnt, keine Landungslisten, die einen Frachter der *Pennsylvania Food & Livestock Shipping Corporation* führen, nicht der Binnenhafen und nicht der Tiefseehafen von St. Nazaire. An den Kais stehend versuche ich, erneut Verbindung mit dem Schiff und seiner Fracht aufzunehmen, sie in der Gischt des Brackwassers aufzuspüren, aber da ist nichts. Ich habe die Demeter verloren.
Schwer und farblos hängt die Gewitterfront über dem Nordosten der Biscaya ... dieselbe Hitze, dieselbe drückende Schwüle, die bereits in New York nach mir gefasst hat und die nun, als eine nahe Drohung, zum Rückzug in Keller und Gebäude, in Cafés und Bistros und in die verbliebenen Altbauten der Stadt drängt, das sind die versprengten Reste der historischen Substanz der Stadt hinter dem Gürtel von Industrieanlagen jenseits der Alée Duquesne im Westen und dem Boulevard de Stalingrad.
Ich gehe mit den Strömen der Touristen und der Einheimischen neben mir ... das Gewirr der Gassen von der Rue des Trois Croissants bis zur Rue de la Marne und die Rue de Château entlang zur Rue des Etats ... die Alée des Généraux Patton et Wood, und irgendwo dazwischen erfasst mich die Menschenmenge, die rascher und immer rascher in den Kirchen und Kaufhäusern und anderen

Unterständen des öffentlichen Lebens versickert, je bedrohlicher der Donner von der Küste kommt. Die Strömung spült mich wahllos zwischen die Klippen und Bänke der Innenstadt, eine willenlos ertragene Odyssee, und speit mich endlich in eine schwarz und weiß verfliese Eingangshalle, das Innere eines Fin-de-Siècle-Baus und ich zögere einen Moment am Eingang ... das nur ist die Eröffnung eines neuen Spiels, die nächste Episode und der Verdacht plötzlich, ich könnte so bewusst der Stagnation in meiner Geschichte entgegentreten. Könnte wieder zur Demeter aufschließen, womöglich, wenn ich nur die Schwelle zum nächsten narrativen Ereignis übertrete, wie in den Büchern, und ich mache einen Schritt nach vor auf eines der Felder aus schwarzem Granit.

Dann erst sehe ich die große Maschine. Das Projektil, drei Stockwerke hoch und mit Bullaugen auf allen Seiten, wie es im Winkel von fünfundvierzig Grad an Stahlseilen von der Decke baumelt und bis an die Balkonbrüstung der oberen Galerie heranreicht ... eben erst abgeschossen, auf rasanter Fahrt zum Mond. Die Brechung im Glas der Bullaugen stiehlt den Blick auf die Passagiere dahinter, auf die Reisenden des Projektils auf seiner direkten *Route De la Terre à la Lune en 97 Heures 20 Minutes* ... verstellt damit zugleich die Einsicht in die Physiognomie eines Menschenschlags und eines Zeitalters, das die Triebkräfte für seinen Fortschritt in gewaltigen Kanonen und Explosionen zu finden vermochte. Das die Steigerung seiner Produktivität in der Verbesserung seiner destruktiven Techniken suchte und die Vollendung des Menschen nicht länger in dessen humanen Energien, sondern vielmehr in den Elementen von Elektrizität und Dampfkraft.

Der Deus ex Machina, der Maschinengott, so scheint mir mit jedem weiteren Schritt, den ich durch die Gänge und Ausstellungsräume des Jules-Verne-Museums mache, ist hier bereits mehr als nur die letzte Rettung für einen in seinen selbst gebauten Labyrinthen bedrängten, in seiner eigenen Fiktion verirrten Autor: Immer wieder ist es das technische Gerät, das die Helden der *Cinq Semaines en Ballon* ... der *Tour du Monde en Quatre-vingts Jours* ... aus dem Nichts auftauchend, aus den Händen ihrer Häscher befreit und wo vielleicht die Glaubwürdigkeit des Autors, die Macht einer poetischen Sprache an den Distanzen zwischen Erde und Mond zu scheitern drohen, tritt die Sprache des neuen technischen Zeitalters an ihre Stelle, als letzte und ultimative Abstraktion der Welt: als Zahlen und Daten, als Reihen und Formeln von Verzögerung und Beschleunigung, von Verbrennung und Vergasung.

Im oberen Stockwerk, in den Räumen, die auf die Galerie hinausblicken und auf das Projektil der drei Mondreisenden auf ihrem Flug zum Erdtrabanten, steht in einer Glasvitrine das maßstabsgetreue Modell der Nautilus aus Patons Verfilmung der *Vingt Mille Lieues sous les Mers* von 1916. Als ein bedrohlicher Schatten prangt die grafische Projektion des Modells in vielfacher Vergrößerung auch an den Wänden des Raumes, davor stehen Taucherglocken und Froschanzüge, nautisches Gerät und immer wieder, in einer Vitrine neben der anderen zu einem unterseeischen Riff in der Mitte des Raumes zusammengestellt, die vielfarbigen und vielsprachigen Ausgaben des Romans aus fast einhundertfünfzig Jahren.

Was für eine sonderbare Utopie, denke ich: sich aus der hässlichen und fehlerhaften Welt der Menschen unter die Wasseroberfläche zurückzuziehen, in den Bauch eines stählernen Ungetüms, in ein Aquarium, das lediglich von den Gesetzen der Technik, die es stützen und erhalten, bestimmt wird … eine durch und durch technisierte Gesellschaft, und die Stahlaufbauten und Motoren und Kessel und Aquarienkuppeln ringsum sind zugleich die immanenten und materialen Manifestationen der neuen technischen Gottheiten … eine fassbarere Göttlichkeit als die flüchtigen Unwesen der Vergangenheit es waren, überall zu sehen und dem Menschen dienstbar: in den Vibrationen der Bolzen und Stangen, im Stampfen von Kolben und Antriebswellen, und womöglich ist es auch hier die Sehnsucht danach, getragen zu werden … schneller, als man selbst es könnte, und unermüdlich, die als transzendente Verheißung hinter allem technischen Equipment steht. Der Weg aus der Ohnmacht: Das ist der Maschinengott, und ich trete zur Seite, da ist ein Fenster und der Blick über die Dächer der Altstadt von Nantes. Ich warte, dass nach dem Muster der hier ausgestellten Romane etwas Ähnliches geschieht, das mich wieder auf den Weg bringt … das Abfahrtssignal eines Zuges womöglich, vom Bahnhof, oder das Nebelhorn der Demeter unten an den Kais, wo der Kühlfrachter doch noch zu mir zurückgekehrt ist, ungeachtet aller Wetter- und Blockadefronten, aber da ist sonst nichts.

Auch kein Autor, der extradiegetisch über uns wacht, kein schöpferisches Prinzip überkopf. Ich gehe weiter, mache mich auf den Weg zurück ins Foyer, begebe mich artig wieder auf das Schachbrettmuster der Eingangshalle in Schwarz und Weiß, und dennoch, kommt es mir, während ich auf dem Weg zur Treppe die Galerie umrunde, vorbei an den Vitrinen mit den unzähligen Büchern und technischen Modellen darin, lässt sich gerade von diesem Ort aus, lässt sich gerade anhand der enzyklopädischen Wissenschaftlichkeitsfiktion der julesverne'schen Romane einerseits und ihrer erstaunlichen Naivität gegenüber der wissenschaftlichen Realität ihrer Zeit andererseits etwas weiteres erkennen ... an der Art und Weise, wie der Autor bisweilen als sein eigener Deus ex Machina hinter den Zügen und aus den Ballonkörben seiner Abenteuergeschichten hervorspringt, die er zur Rettung ihrer Protagonisten auffahren lässt, als sein eigenes schöpferisches Prinzip: kraft seiner Imagination und mittels der Macht der Phantasie auch jene letzten Räume durchkreuzend und die Düsternisse ausleuchtend, an die sein eigenes Verständnis von der Technik und noch nicht einmal die Ingenieurskunst des Fin-de-Siècle selbst heranreichen.

Wo in einer entzauberten Welt nichts Transzendentes, nichts Magisches mehr übrig bleibt, vermögen wenigstens die Phantasie des Autors, die ästhetische Illusion, Zauberei und transzendentes Wirken noch einmal glaubhaft vor Augen zu führen ... die Flucht aus einer hoffnungslosen Wirklichkeit zurück in eine wieder hoffnungsfrohere Imagination, der Weg des Regresses, das denke ich, das bleibt als die logische Conclusio, die sich von jedem Buchdeckel und jedem Modell mit seinem Firlefanz von Rädern und Gestängen und Ketten unbekannter Funktion und undurchschaubaren Wirkens ablesen lasse.

Man müsse nur seine Phantasie spielen lassen, um sich aus eigener Kraft wieder von den Klippen zu lösen und Wasser unter den Kiel zu kriegen ... jeder als sein eigener Autor, und der Menschenverstand vermag sich mehr Dinge zu erträumen, als Himmel und Erde fassen können.

21

Ein Ruck geht durch den Zug, als wir bei Cark übers Meer fahren, über den schmalen und lang gestreckten Arm der bleigrauen Irischen See, wo sie nach Norden bis Greenodd an Land kommt und sich im Süden als die Morecambe Bay, als unser Horizont erstreckt. Vier Kilometer lang fährt der Zug auf Stelzen über die trägen Wellen, als steige er mitten durch das Wasser. Die Flut kommt gerade herein, und während im Westen vor uns bereits die Dächer und Antennen von Ulverston sichtbar werden, versinkt dahinter allmählich die Sonne.

Ich bin frei, seit der Grund unter meinen Füßen endlich wieder in Bewegung ist. Kann durchatmen, zum ersten Mal vielleicht, seit ich die Enge der Häuserzeilen und Kais von Nantes hinter mir gelassen habe … der Zug geht westwärts, von Warton aus und die Küste entlang, der Blick am Wasser hinter dem Abteilfenster, darin liegt jetzt der Bleiglanz des Meeres. Zwischen den Wogen steht eine silberne Perlenkette, jenes sonderbare Trudeln und Kreiseln im Wasser unter den Schiffsschrauben, das mich und Beatrice über die New York Bay verfolgt hat. Nun folge ich ihm hinterher … habe seine Spur aufgenommen, das ist die Kielspur der Demeter, das kann ich spüren, danach kann ich greifen, je näher ich dem Schiff und seiner verderblichen Fracht komme.

Die See ist ruhig und schwer. Sie hängt als flüssiges Metall am Rumpf und fasst in die Bewegungen der Schrauben. Sie macht das Vorwärtskommen schwierig, während der

Zug entlang der Küstenlinie, entlang des Sonnenuntergangs auf den rot glänzenden Schienen gute Fahrt macht. Das Land, die Schatten, die Hügel im Osten ziehen vor den Fenstern vorbei, während ich mich auf meinen Weg durch den Zug mache, die Waggons entlang, im schmalen Korridor rechts der Abteile und durch die Sitzreihen der zweiten Klasse hindurch, durch die erste Klasse bis direkt hinter die Lokomotive.

Die Abteile sind nur spärlich besetzt. Über den Bergen hängt bereits die Finsternis, ein rasch über das Land gefallener Schlaf, dem nach und nach alles zum Opfer fällt, was noch darunter kriecht und wacht und sich bewegt … ein Ungeheuer, das aus dem Herzen des Lake District, aus den stillen Wassern und Hügeln rundum herangekrochen kommt und zum Meer … aus den Ruinen von Tintern Abbey und aus den Abgründen des Lake Windermere, aus dem blauschwarzen Wast Water und aus den Gräbern und Grüften auf den Friedhöfen von Grasmere und Furness.

Das ist die sublime Schönheit der Landschaft hinterglas … Dörfer unter dem großen Schatten der Nacht und dunkle Wälder, mit verschlungenen Pfaden darin und Lichtungen, und immer wieder der Ufersand, ein flacheres Gestade zum See hin, darin blühen Narzissen und Blausterne.

Dann schießt mit einem Mal ein zweiter Zug vor den Fenstern vorbei, das ist nur der Lärm der vorüberrauschenden Wagen vor dem Fenster und kein Licht und ebenso rasch, wie er am Gleis daneben aufgetaucht ist, verschwindet er wieder hinter uns ins Nichts, in die untergehende Sonne.

Am Ende des Wagenstands angekommen, kehre ich um und mache mich auf den Weg zurück in mein Abteil. Der Korridor ist verlassen, bloß zwischen dem dritten und dem vierten Wagen sitzt ein Pärchen am Boden des Zwischenraums über der Kupplung und raucht, flüstert sich zärtliche Unverständlichkeiten ins Ohr, als ich an ihnen vorbeikomme. Vereinzelt sind bereits die Vorhänge vor die Abteiltüren gezogen, wo man es sich der Länge nach über die Sitzbänke ausgestreckt für die Nacht bequem macht, das ist billiger als der Liegewagen.

Der Sonnenuntergang ist die dunkle Silhouette von Braystones vor der Küste ... Schornsteine und Antennen, dazwischen der burgfriedähnliche Turm einer Kirche im nordenglischen Stil.

Ich lehne mich zurück, schaue nach draußen, von wo aus der Blick die Geleise entlang direkt in die See hineinzulaufen scheint. Weit vorne über dem Meer, wo das Licht der Sonne noch einmal als eine Spiegelung im hell ausgestrahlten Trapez auf das Wasser fällt, glaube ich die Kielspur der Demeter als eine Turbulenz über der ruhigen See zu erkennen ... ich spüre jedes Schlingern des Schiffes, seine Schwenks und seine Wenden, als wären es die Schwingungen und Vibrationen des Zuges, und sein Kurs führt am Mull of Galloway vorbei in den North Channel und von dort aus weiter an der schottischen Küste entlang, der Mull of Kintyre, Arran, der Firth of Clyde, Glasgow und der Kanal und weiter übers Land nach Edinburgh ... dort kommt die Demeter nach ihrer Irrfahrt über den Ozean endlich zur Ruhe.

Dann rauscht der nächste Zug an uns vorbei und ich höre Stimmen am Gang vor dem Abteil. Ich gehe nach draußen. Es sei derselbe Zug, sagt einer, er habe sich die Zugnummer gemerkt, und nun überhole er uns, ohne dass wir inzwischen an ihm vorbeigekommen wären.

Das sei unmöglich, meint ein älterer Passagier aus dem vordersten Waggonabteil ... er kenne die Strecke, er fahre schon seit Jahrzehnten nach Carlisle zu seiner Schwiegertochter und während des gesamten Weges bis Sellafield zurück verliefen die Schienen eingleisig.

Der andere Zug rollt noch eine Zeit lang neben uns her, als spiele er nur mit uns, ein lichtscheues Phantom, dann donnert er an uns vorbei in die Nacht voraus, das ist die Finsternis über den Uplands, über den Gipfeln der Cheviot Hills und der Pennines im Norden, während die Nadeln von Skafell Pike und Great Gable zu unserer Rechten wie die Turmruinen gottverlassener Kathedralen in einen leeren Himmel weisen.

20

Am Fuß von Calton Hill, wenige Schritte von Waverley Station aus in nordöstlicher Richtung, zweigt der Leith Walk aus der Regent Road ab und verläuft als die Inverleith Row in nordnordwestlicher Richtung zum Fluss und zum botanischen Garten. Vorbei am Bellevue Place und Eyre Place macht der Straßenverlauf hinter Warriston einen scharfen Knick nach Osten und führt als die Ferry Road bis zum Hafen, bis zur Leithmündung und zum Firth of Forth. Zwischen Bellevue Place und Waverley Station aber spannt sich im Trapez zwischen der Princess Street im Süden und der Heriot Row im Norden ein Gitternetz der engen Gassen und steil abfallenden Straßen, darüber der Schatten des mächtigen Festungshügels von nachtschwarzem Basalt, der sich zwischen den Dächern von Edinburgh gegen einen blassgrauen Himmel erhebt, als Mahnung und Drohung in einem, und dennoch bleibt er weniger bedrohlich als das Gitternetz inmitten der Altstadt und das Spielfeld der Quadrate, das es zeichnet.
Nur wer hinzuschauen gelernt hat, durchschaut auch die zahlreichen Manöver über den Feldern ... der vermag den nächsten Zug des Gegners bereits voraus zu berechnen, während die Spielfiguren selbst noch planlos aufmarschieren ... Hundertschaften, ein Bauernheer, das sich mir vor Waverley Station in den Weg stellt und mir so die Straße nach Nordosten, zum Hafen versperrt. Die schweißige Schwüle der aufgeheizten Menge in allen Straßen der Stadt, während die Dudelsackkapellen aus

allen Glens und Grafschaften des Landes in Formation an mir vorbei marschieren, zur Royal Mile hinüber und zur Festung von Edinburgh ... der Lärm, die Musik, das schrille Pfeifen und der Marschrhythmus der schweren Stiefel auf dem Weg zum Burgberg ... das ist der Abgesang des Edinburgh Festivals, das laut und lachend, unter Wimpelketten und Konfettiregen und den aufgeregten Blicken der Einheimischen, der Künstler und Touristen mit der Parade zum Kastell sein Ende nimmt ... das ist eine unruhige Strömung, die zwischen den Klippen im Herzen der Stadt hindurchgeht und die mich blockiert, mich am Rand des Spielfelds festsetzt, während die Demeter inzwischen an den Docks von Granton oder Leith, überdeckt von all dem Trubel, begonnen hat, ihre Ladung zu löschen.

Ich spüre einen harten Schlag in meinem Rücken, dann fällt mir etwas vor die Knie, stolpert, ein halb gefallener Frauenkörper, der auf mir zu liegen kommt und mit einem Mal stehe ich dem Mädchen Auge in Auge gegenüber, so nahe, als starrte ich mir in mein eigenes Gesicht im Spiegel. Die Züge des Mädchens wirken sonderbar vertraut ... da ist eine gewisse Ähnlichkeit mit Beatrice, ihr Bauch, ihr Busen, ihre Beine, aber es ist nicht Beatrice. Ob ich sie noch kenne, fragt sie mich.

Ich versuche, mich an die letzten Frauen in meiner Geschichte zu erinnern ... Beatrice während des Aufstiegs zum Pass von Roncesvalles, Beatrice, die Hetaera Esmeralda auf der Bühne, und wieder Beatrice in New York und am Leuchtturm von Sandy Hook und weiter zurück als zu dem Moment, da ich Beatrice getroffen habe, reicht die Erinnerung nicht. Nein, sage ich. Ich wüsste nicht, woher ich sie kennen sollte.

Womöglich erinnerte ich mich noch an J., meint sie.

Ich nicke vorsichtig und sofort ist da etwas Lauerndes in den Augen des Mädchens, und wieder ist das nur die Erinnerung an Beatrice.

Wie es J. denn gehe, frage ich sie.

Er ist tot, sagt sie. Er existiere nicht mehr.

Das tue mir Leid, sage ich.

Das brauche es nicht, sagt sie. Sie habe J. eigenhändig aus dem Weg geschafft und das sei gut so. Sie habe sich die Lippen machen lassen, ein wenig Gewebsfett unterspritzen, und dieselbe Prozedur an Kinn und Wangen ... auch ihr Busen sei neu. Sie weicht ein wenig zurück, dass ich sie besser begutachten kann.

Sie heiße nun Jana. Während sie noch spricht, gibt uns die Masse der Schaulustigen endlich frei, strömt links und rechts an uns vorbei als wären wir ein Liebespaar, und wir geraten plötzlich hinter die Phalanx der Bauern, hinter den Aufmarsch der Dudelsackpfeifer und Marschkapellen, doch wo mir zuvor die Menschenmauer den Weg zum Hafen versperrt hat, hält mich nun Jana an der Hand zurück.

Ich solle mit ihr kommen, sagt sie.

Ich müsse zum Hafen, sage ich.

Das könne warten, sagt sie. Dann hat sie sich schon bei mir eingehängt und steuert mich hinter der Feldschlange her zurück zur New Town und an der nördlichen Flanke des Festungsfelsens entlang, am Scott Monument vorbei und über die Princess Street und weiter in das Gitternetz der Gassen und der Straßen unter der Stadt.

Der Weg, den Jana mich führt, ist ein Weg über abgerissene Wimpel und Plakate, ist ein beständiges Hinwegsteigen über weggeworfene Plastikbecher und Aludosen und über zerschlagenes Glas in der Kielspur der großen Festivalparade. Verschüttetes Bier und ähnlich achtlos zu Boden gelassene Flüssigkeiten bilden breite Pfützen in den Senken des Asphalts, verlaufen sich als vielfach verzweigte Rinnsale zwischen dem Pflaster und zwischen den Bordsteinen der Gehwege … eine Flusslandschaft, ein mäandrierendes und Seitenarme streuendes Delta für sich selbst. Jana fasst meinen Arm fester, wo wir darüber hinwegsteigen, um in ihren hohen Schuhen nicht zu stolpern. Ich rieche ihr Haar und ihr Parfum, ein sonderbar warmer und angenehm berührender Duft unter der Dunstglocke des Schweißes, die über der Stadt liegt.

Sie sei mit einigen Herausgebern und Journalisten und Leuten aus der Szene zum Essen verabredet, sagt sie, auf die sie hier zufällig getroffen sei. Es sei sonderbar, auf wen man hier mitunter stoße, inmitten der anonymen Masse, aber offenbar komme jeder irgendwann einmal hierher.

Das Festival, sage ich, und Jana wirft mir einen langen Blick zu.

Für sie habe sich inzwischen vieles geändert, sagt sie. Es sei ein sonderbares Biotop, in das sie da vorgestoßen sei, doch darin würden am Ende dieselben Regeln gelten

wie überall sonst: Wer es verstehe, ein gutes Angebot zu machen, wer viel versprechend und fruchtbar genug erscheine, brauche sich … sofern er sich auf das Spiel einlasse … um seinen Erfolg keine Sorgen zu machen.
Gleich mit ihrem ersten Text habe sie einen vollen Erfolg gelandet … man habe ihr die Füße geküsst, an ihren Lippen seien sie gehangen, und sie habe ihnen allen mit bebendem Kiefer, mit behauchter Stimme, die langen Haare schüchtern ins Gesicht gekämmt schonungslos ihre Seele dargelegt. Zudem lasse sich ihr Brustbild nun ganz vorzüglich auf die Plakate und aufs Buchcover drucken. Darum gelte es nun, sie breiter aufzustellen, sagt Jana und zieht mich weiter hinter sich her, nach Nordwesten zur Howe Street und zum Royal Circus, zum Fluss. Man plane, sie nun auch in der Theaterszene zu positionieren … ihr ein breiteres Publikum zu eröffnen, weil sich die Leute nun doch lieber vorlesen ließen, oder vorspielen, als selbst zu lesen. Zugleich finde sich in den Logen und Rängen der Theater ein einflussreicheres Publikum als in den Buchhandlungen, aus allen Bereichen der Wirtschaft und der Politik. Man plane die dramatisierte Fassung einer ihrer Erzählungen und wolle dazu heute die künftige Zusammenarbeit besprechen.
Es seien nur ganz wenige Leute, sagt Jana, die in der Literaturszene über Erfolg und Misserfolg entschieden, vielleicht ein Dutzend Personen, wenn es hochkomme, und fast alle würden heute mit ihr zu Tisch sitzen. Das sei zugleich ihre Art von Dankbarkeit für meine Bemühungen in der Vergangenheit, und meine große Chance: Wenn

ich mich richtig verhalte, wenn ich bei dieser Herrschaft einen guten Eindruck hinterlasse, dann würden sich womöglich auch für mich einmal Möglichkeiten ergeben ... das könne mein Weg ganz nach oben sein, wenn ich es wolle.

Ich müsse zum Hafen, sage ich noch einmal. Es gehe im Augenblick um Wesentlicheres als um das Wohlwollen einiger weniger in der Literaturszene.

Nichts, sagt Jana und fasst mich nur noch fester am Arm, absolut nichts sei Wesentlicher als ebendieses Wohlwollen und darum würde ich sie nun begleiten und mit ihr hochkommen. Ohne eine Antwort abzuwarten, ohne überhaupt eine Antwort zu wollen, zieht mich Jana zur Seite und durch eine schmale Türe in ein Altbaustiegenhaus hinein. Ich höre Stimmen aus den Stockwerken überkopf, die hier herunten am Treppenabsatz gegen ihr eigenes Echo schlagen, und gegen den Widerhall all der anderen Gespräche aus allen anderen Etagen des Hauses. Dann steigen wir nach oben.

19

In einer Nische in der Wand weist ein Fenster nach Norden. Wenn ich meinen Kopf in die Ecke zwischen dem Mauerwerk der Nische und den Fensterrahmen zwänge, gegen das Glas, kann ich, so scheint mir, den Verlauf des Leith erkennen auf seiner Passage vorbei an den Herrenhäusern der New Town zur See, zum Hafen. Zum Pier, an dem die Demeter vor Anker liegt.

Immer noch lauert die Hitze des Festes monströs über den Dächern, verkleidet alles Wasser und alle Feuchtigkeit darunter in dichte, nebelige Vorhänge über dem Pflaster, blassweiße Schleier wie Rauch, der aus dem Fluss aufsteigt, und mit jedem weiteren Blick durch das Fenster rückt es ein wenig näher. Nimmt mir wieder die Aussicht den Fluss hinab und auf die Docks und Landungsstege von Granton und Leith, auf ihr Treiben.

Da erkenne man gleich den verträumten Blick des Dichters, sagt einer neben mir und holt mich zurück an den Tisch, zurück in die Gespräche um die Tafel und an Janas Seite, festgehalten zwischen ihr und einem Dramaturgen, dessen Namen ich vergessen habe … der mich gleich gar nicht nach meinem Namen gefragt hat … dem es für sich genügt hatte, mich als Autor und als einen von viel zu vielen in seiner Welt zu katalogisieren.

Mir ist immer noch, als halte mich Jana unter dem Tisch am Arm zurück. Sie werde sich großartig machen, am Theater, wendet sich ein Herausgeber an sie, ein zwiespältiges Zischeln auf der Zunge zusammengerollt … so

eine großartige Sprache, wenn er auch nicht verstehe, was das alles bedeute, was sie da schreibe ... aber großartig!
Großartige Literatur, und moderne Literatur, fügt der Dramaturg hinzu, in ihrer Reduktion auf einen so uneigentlichen Jargon als auf das Eigentliche. Man solle ihn nur ja mit Dingen wie Bedeutungen und Inhalten in Ruhe lassen ... diese Autoren habe er gleich gefressen, die glaubten, sie könnten ihm etwas erzählen ... sie könnten ihm noch etwas erzählen ... wenn einer so tue, als wisse er etwas, oder auch – diese Art von Autoren verabscheue er am meisten – wenn er das Gefühl bekomme, da sei einer, dem es ein Anliegen sei, etwas zu bewegen. Für diese Leute habe er einen eigenen Umgang entwickelt: Er zeige sich ihnen gegenüber freundlich, dass sie sich ihm öffneten, dass sie ihm vertrauten, und spreche hinter ihrem Rücken doch bei jeder Gelegenheit gegen sie ... halte, soweit das in seiner Macht liege – und seine Macht reiche weit – ihre Publikationen hintan, kürze ihnen die Gelder, verzögere ihre Projekte, setze die Rezensionen ihrer Werke ab oder verreiße sie im Notfall selbst. Das treibe diese regelmäßig zur Verzweiflung, oder sie gäben auf und verließen das Land. Aufgrund seiner diffizilen Diplomatie bezeichne er diesen Umgang insgeheim auch als die österreichische Methode. Gelächter.
Gott sei Dank entledige sich das moderne Drama allmählich jeder belastenden Bindung an Sinn und Bedeutung, und in der übrigen Literatur gelte es wohl bald auch so. Die Pantomime, der fremdsprachige Film hätten bereits großartig aufgezeigt, dass man die Sprache, die sinnfällige,

im Grunde überhaupt nicht brauche. Weil sie aber irgendwie zum Theater dazugehöre, lasse sie sich ganz nützlich dazu gebrauchen, parallel zur Inszenierung – er spreche bewusst nicht von Stück und Handlung – als eine Ebene des poetisch-emotionalen Publikumsappells zu fungieren, zur permanenten Stimulation der Seele und zur Aufrechterhaltung des Publikumkontakts. Man müsse seine Figuren lediglich irgendwelche unzusammenhängende Versatzstücke vor sich hin stottern lassen – Stottern, das sei überhaupt die moderne, das sei die zeitgeistige Form des Diskurses –, möglichst unpräzise, möglichst an keiner klaren Bedeutung festgemacht, möglichst gemeingründig, um nur ja als Identifikationsmuster für die größtmögliche Masse herhalten zu können als der kleinste gemeinsame Nenner eines komplex verfassten und nach der Naivität sich sehnenden Gesellschaftswesens: All you need is love.

Dann würden die Sprache und ihre höhere Ordnung, die Literatur, endlich zu einem Material von vielen degradiert, woraus man nach Beliebigkeit die eigenen Denkmäler formen und auftürmen könne, und kein besonderer Stoff mehr, und nicht länger, wie manche unangenehmen Dichter immer noch meinten, eine eigene Welt, ein eigenes Wesen.

Man werde noch sehen, wie gut es der Literatur bald bekommen werde, dass sie sich von einer solchen Transzendenz verabschiede und ihre Sprache mit Entschlossenheit straffe, simplifiziere, auflöse und wegkürze bis zum Verstummen …

Er sehe das ganz ähnlich, stimmt einer der Kulturredakteure am Tisch mit heftigem Kopfnicken zu. Er für seinen Teil habe es sich überhaupt angewöhnt, die Kunst zu verabscheuen. Er verabscheue inzwischen sogar das Gespräch darüber, wo es doch so viele andere und weitaus sinnlichere Erfahrungen zu machen gebe als die Literatur oder das Theater ... ein gutes Essen zum Beispiel ... und wichtigere, weil aktuellere Dinge, um darüber zu sprechen ... Fußball und Fernsehen.

Da sei schon etwas dran, meint der Herausgeber, während vom anderen Ende des Tisches her plötzlich Unruhe in die Runde kommt.

Das Essen wird aufgetragen, ein seltsam stilisiertes Ritual, bei dem der Servierende beständig darum bemüht ist, nicht weiter aufzufallen, während der Bediente dennoch augenblicklich im Gespräch innehält, sich in seinen Gesten zurücknimmt, um den Bedienenden in seiner Tätigkeit und insbesondere in seiner angestrengten Unauffälligkeit nicht unnotwendig zu behindern. Von einem der Tafelgäste zum nächsten pflanzt sich die peinliche Stille fort, erfasst immer auch das Gegenüber, bis die Peinlichkeit endlich wieder an den Punkt zurückgekehrt ist, von dem sie ausgegangen ist.

So etwas müsse man heutzutage regelrecht suchen, meint der Redakteur uns gegenüber und drückt mit der Breitseite seines Messers auf das Kotelett vor ihm auf dem Teller. Die Fleischfasern lassen sich fast widerstandslos nach unten schieben. In der Mulde, die unter der Messerspitze entsteht, sammelt sich augenblicklich eine Pfütze von

fettem Fleischsaft mit ein wenig Blut darin an, das vom Grund der Mulde, aus dem Gewebe heraus, aufsteigt.
So etwas müsse man zuzubereiten verstehen, sagt er, und schneidet aus der Mitte des Koteletts – das Saftigste zuerst – ein Stück heraus. Der Fleischsaft versickert im Rhythmus der Sägebewegungen zwischen den Einschnitten.
Was essen Sie denn, fragt er mit einem Blick auf den immer noch leeren Teller und das unberührte Gedeck vor mir.
Ich esse gar nichts, antworte ich. Ich denke an die Entzündung in meinem Kiefer und an den Traum, aus dem ich mit dem Sand meiner Zähne auf der Zunge erwacht bin, und daran, dass es nun wohl schon Ewigkeiten her sein muss, seit ich das letzte Mal feste Nahrung zu mir genommen habe.
Der Redakteur wirft mir einen misstrauischen Blick zu.
Ob ich denn keinen Hunger hätte, fragt er.
Doch, sage ich. Ich sei sogar sehr hungrig. Ich könne aber dennoch nichts essen.
Es sei doch nicht etwa wegen des Fleisches, stößt er entsetzt nach und drückt dabei zur Demonstration erneut mit der Messerspitze gegen das Kotelett auf seinem Teller, dass Flüsse und Pfützen wieder aus dessen Tiefe an die Oberfläche quellen.
Nein, sage ich, es habe andere Gründe.
Gut so, meint der Redakteur, beinahe beruhigt. Er hasse es nämlich, wenn ihm jemand beim Essen moralisch komme. Er sei ein sehr sinnlicher Typ, und zwar in jeder Hinsicht, wenn ich verstehe … er pflege mit allen

seinen Sinnen zu leben, und eine geringfügige Existenz sei für ihn in dieser Hinsicht gleichbedeutend mit einer unwerten Existenz.
Ja, sage ich.
Was für eine Art von Autor ich denn sei, fragt er.
Eigentlich sei ich Literaturstudent, sage ich. Ich schreibe nur, um irgendwie zu überleben. Um Gottes willen, entfährt es dem Herausgeber links von mir. Wissenschaft und Kunst in eins zusammengebracht, daraus könne für gewöhnlich nichts werden. Er kenne auch die Autoren dieses Schlages aus Erfahrung ... ihnen sitze für gewöhnlich die Bildung wie ein dickes Tier im Nacken, und die Bildung ruiniere die Literatur. Ihm seien im Grund die ungelernten und unwissenden Autoren am liebsten, simple Geister, die selbst für das noch um Worte ringen müssten, was allen anderen bereits offenkundig sei. Das resultiere immer auch in dem sympathisch wärmenden Gefühl, seinen Autoren überlegen zu sein, erwählter als sie und darum berechtigter, und immerhin, Literatur werde gemacht und nicht geschrieben ... in diesem Sinne sei es nur recht, wenn auch ihre Macher und nicht ihre Schreiberlinge die letzten Worte über sie sprächen.
Ich kann meinen eigenen Herzschlag hören. Ich fühle das Stoßen meines Pulses, wo ich überhaupt nichts mehr fühlen dürfte: inmitten des dicken Wulstes von entzündetem Zahnfleisch und palatalem Gewebe, an das meine Zunge bei jeder Bewegung stößt, das ist wie der Schmerz und das Gewebe eines anderen in meinem eigenen Mund ... das ist ein Pulsieren in meinem Kiefer, das von außer-

halb dagegen schlägt, als der Widerhall, als das Echo des Stampfens der Demeter über dem Ozean und über dem Kanal und über dem Firth of Forth und wenige Kilometer den Fluss hinauf, wo sie vor Anker liegt und unter Deck ein Fremdkörper, der Leichnam des namenlosen Studenten. Die Kontraktionen in meinem geschwollenen Kiefergewebe sind lediglich die Resonanzen zwischen den beiden Körpern, als gehörten sie zusammen. Als seien sie derselben Geschichte entsprungen, ein unüberhörbares Pochen, selbst unter dem Gesprächslärm und Klirren des Geschirrs im Speisesaal, und das hier, seine Verstärkung über dem Schachbrettmuster des Stadtplans, sei der Ort des ersten Verbrechens.

Ich werfe noch einen Blick nach draußen, versuche, durch das Fenster hindurch und durch den Nebel, durch die Kondensschleier des verdunstenden Wassers über dem Leith die Hafenaufbauten, die Containerkräne und Leuchtfeuer an den Piers zu erkennen ... die Demeter darunter, im Nebel verborgen, und nur der vorüberhuschende Lichtkegel des Leuchtturmes lässt sie für Sekunden daraus auftauchen, als wäre sie nicht mehr als ein in die Zwischenwelt von Gischt und Dunst abgetauchtes Geisterschiff.

Sie müssten mich kurz entschuldigen, sage ich zu meinem Sitznachbarn und stehe vom Tisch auf.

Es sei aber nicht etwa wegen des Fleisches, fragt der noch einmal besorgt.

Nein, sage ich. Eine Doppelschwingtür mit Glaseinlagen eröffnet im Osten der Gaststube einen schwarz und weiß

gefliesten Gang, der bereits nach wenigen Schritten über eine breite Treppe einen Stock tiefer springt, in die Halle hinab. An ihrem Ende liegt das Gitternetz der dunklen Straßen und Gassen der Stadt, zum Zupacken bereit, ausgestreckt.
Auf der Schwelle holt Jana mich ein. Fasst mich plötzlich an der Schulter ... sie könne verstehen, weshalb ich aufgestanden sei.
Die Gespräche hielten mich nur davon ab, sage ich, endlich das zu tun, was ich schon lange hätte wagen sollen.
Sie empfinde genauso wie ich, sagt Jana, darum sei sie mir auch gefolgt. Im Übrigen schlage ich mich ganz hervorragend da oben. Ich solle einfach so weitermachen wie bisher, vielleicht noch weniger sprechen, um mich nicht noch mehr zu exponieren ... etwas mehr lächeln, artig nicken, wenn mir einer seine Meinung offenbare, dann werde auch für mich bald alles großartig laufen und ich könnte endgültig hier weg.
Sie verstehe mich nicht, sage ich, ich müsse existenziellere Triebe stillen als den zeitgeistigen Dos and Donts einer trendigen Schreibschule zu gehorchen. Sie doch auch, sagt Jana und dann küsst sie mich. Sie zieht mich zu sich heran und ist auf einmal wie an mir festgemacht. Hält mich in ihrer Umarmung fest, ihre Hände um meinen Rücken geschlungen und ihr weiches, ausladendes Becken gegen meines gedrückt und lässt nicht und nicht locker. Ich versuche, mich durch den Türspalt nach draußen zu schieben und augenblicklich umfasst uns der Nebel, das sind noch die beiden Türflügel, die sich in Janas Rücken

ineins schließen, dann habe ich nur noch Janas Gesicht vor mir und ihre üppig aufgespritzten, karmesinrot geschminkten Lippen. Ich kann das Parfum des Lippenstifts riechen, ihre Zähne so seltsam weiß hinter dem weichen roten Halbbogen ihres Mundes, der sich mehr und mehr darauf einstellt, mich in Empfang zu nehmen … ihr warmer Atem und sein organischer Geruch, sonderbar fremd und zugleich begehrenswert und warm und feucht und infektiös wie die Hetaera Esmeralda …
Ich könne sie nicht küssen, stoße ich heraus und drehe mich zur Seite.
Wieso nicht, fragt Jana. Ob sie mir denn nicht gefalle. Ich schüttle den Kopf. Dann erzähle ich ihr von Beatrice und dass ich unsere Trennung noch nicht überwunden habe. Dass mich die Geschichte immer noch verfolge.
Wer ist Beatrice, fragt Jana.
Ein Mädchen, sage ich. Ich sei bis vor wenigen Wochen noch mit ihr gegangen, und Jana lässt mich plötzlich los und macht einen Schritt zurück, während ich draußen in der Straße, im dichter und dichter wachsenden Nebel zurückbleibe. Unsere Beziehung sei sehr intensiv gewesen, sage ich. Wir seien gemeinsam aufs Land gefahren, an den Wochenenden … an die Küste … sie sei sogar zu mir in meine Wohnung gekommen.
Das könne sie einfach nicht glauben, sagt Jana und schüttelt den Kopf. Etwas steht in ihren Augen, doch der Nebel stellt sich immer breiter zwischen uns. Die Luftfeuchtigkeit ist unter der Hitzeglocke über der Stadt ins Unerträgliche gestiegen. Selbst Stunden nach dem Ende der

Paraden, das ist das Versickern des Blechklangs und des Orgelns der Dudelsackorchester in alle Richtungen der Stadt, wollen die Temperaturen noch nicht wieder fallen. Der Nebel kondensiert augenblicklich, wo er mit festem Material in Kontakt kommt, rinnt als Kondenswasser in breiten Strömen von den Backsteinwänden neben dem Eingangsportal, tritt breit und opaken aus dem Stein hervor, als platzten darunter, in seinem Gewebe, Adern und Gefäße.
Wo ich dieser Beatrice denn begegnet sei, fragt Jana.
Noch in New York, sage ich. Die Eingangstüren in Janas Rücken fahren wieder zur Seite, verschwinden links und rechts im Mauerwerk, das ist nur mehr ein unruhiger und backsteinroter Wasserfall, während sich überall an meinen Armen und Händen das Wasser sammelt.
Ich müsse jetzt fort, sage ich. Ich müsse zum Hafen.
Ich müsse mit ihr kommen, antwortet Jana, das sei das Einzige, was wirklich zähle. Zurück nach oben, zurück in die Gesellschaft. Sie hält mir ihre Hand hin, durch die Nebelschwaden hindurch. Ich nehme die Arme auseinander, um nach ihr zu greifen, doch das Wasser steht immer noch warm und masseträchtig in meinen Handflächen. Ich wische mir mit den Fingern der Linken kurz über die Rechte, um sie von der Feuchtigkeit und dem Dunst freizumachen, und fasse über dem Handballen plötzlich an etwas Festes, Stoffliches, ebenso warm und feucht wie der Nebel, lang und konisch geformt und sonderbar fleischig … bewegt sich … zittert … züngelt, als wäre es ein lebendiges Wesen. Als wären die Hitze und die Luft-

feuchtigkeit mit einem Mal materialen und beseelt, wären *anima* geworden, oder schlimmer noch, *animal*, und seelenlos. Dann starre ich der Fossa direkt in ihre leuchtend gelben Augen. Meine Finger halten noch ihre Zunge umklammert, mein Arm ist bis zum Ellenbogen in ihrem Rachen verschwunden, während im Dunst hinter ihr eine schlüpfrige Fährte zum Fluss hinuntergeht, Schlamm und sonderbar brühebraunes Wasser.

18

Mit dem Tod auf den Fersen, mit der Fossa im Genick, wird jede Flucht zugleich zur Reise durch das Reich der Toten. Die Küste vor Calais, die Strände zwischen dem Cap Blanc-Nez und Dünkirchen verwandeln sich in die Beton- und Stahllandschaft ihrer Vergangenheit zurück … die Hitze diktiert ihre Farblosigkeit, die ist selbst in der Nähe des Kanals noch immer unerträglich … die ist nichts anderes, so scheint mir, als die Hitze des Gefechts … das ist das Donnern der Dreadnoughts von Seeseite, die Artillerie vom Land … ein längst ausgefochtener Krieg, der hier noch einmal aus dem Feld aufersteht, um mir mit den Kohorten seiner Gefallenen entgegenzutreten.

Es sind Heerscharen, überall in Europa, im Sand vergraben, im Steppengras verstreut, im flandrischen Lehmboden verscharrt, an allen Flüssen und Pässen und in allen Meeren, die dort liegen und auf den letzten Tag warten … auf den Triumph der Toten, das ist eine entsetzliche Schimäre im Zentrum der letzten Szenerie, im Mittelpunkt jenes Finaltableaus im Welttheater, unvermittelt, ohne Grenze zwischen die Reihen der Lebenden hineingesprungen und vor ihren Hufen laufen nun als dem perspektivischen Fluchtpunkt alle Linien … alle Lebenslinien zusammen.

Das sind unbezähmbare Massen von Knochengestalten, ihre Zahl Legion, die aus Schächten und Löchern hervorquillt und mitten hinein ins Treiben der Menschheit und

dieses kontaminierend: Brot und Schädel als eines durcheinander über den Fußboden geschossen, Spielkarten zu Boden geschmissen und den Liebenden in ihre Lieder, in die Becken ihrer Instrumente hineingefahren, und der Liebhaber selbst liegt bereits starr und bleich daneben auf der Erde ausgestreckt. Man legt, was lebt, schon vorsorglich in seine Särge. Dort schläft es nicht lange … steht bald auf und reiht sich auf der anderen Seite in die Schlachtreihen ein, in die lange und immer länger werdende Schlange, die aus dem Bildhintergrund, das ist das Meer, herankriecht … gehörnte Gestalten, Stock- und Axtschwinger und anderes dämonisches Gesindel.
Europa, sein Festland, das ist das Reich der Toten, das ist ein Kontinent der toten Reiche, und die Fossa treibt mich dorthin zurück, auf ihre Spielwiese.
Keine Möglichkeit mehr, jetzt noch umzukehren. Keine Zeit mehr, anzuhalten. Die Erinnerung an die Überfahrt bleibt als böses Omen für das, was mich auf dieser Seite des Kanals bereits erwartet hat … die Brecher, die Böen, der hohe Seegang und die Hitze des Zyklons, der verfolgt mich wie ein atmendes und denkendes Wesen … eine unruhige Fahrt wie in einem Ponton und bisweilen glaube ich, im schwarzen Wasser über der Reling die Reflexion meines eigenen Gesichtes erkennen zu können, die leeren Augenhöhlen darin und mein von keinem Fleisch mehr verhülltes Grinsen, vor das ich mir vorsorglich, dass ich nicht schreie, den langen knöchernen Zeigefinger lege …
zur Mahnung, endlich still zu sein.

17

Bis Boulogne komme ich als Autostopper, dahinter endet die Autobahn.

Das Land liegt tot unter der Hitze, selbst die Sogwelle der vorbeifahrenden Autos wirbelt nur wenig Staub auf, am Straßenrand. Oder es ist nur das Flimmern der Luft, das diese Bewegung in den Staub zeichnet. Büschel von Gras stehen starr wie korrodiertes Metall an der Böschung. Wenn der Wind durch die Halme hindurchgeht, kann man hören, wie er sich daran bricht … ein sonderbar schürfendes Geräusch ist das, Krallen am Asphalt. Ich lehne an den Leitplanken hinter dem Pannenstreifen. Das Aluminium ist so heiß wie die Straße unter meinen Füßen.

Dann bleibt endlich ein Auto stehen. Wohin ich müsse, fragt der Fahrer.

Nur fort von hier, sage ich. Wohin er denn fahre.

Nach Süden, sagt er. Nach Champagne-lès-Hesdin. Er könne mich ein Stück weit mitnehmen.

Mir sei alles recht, sage ich, wenn es nur schnell gehe.

For the dead travel fast, sagt er, schlägt das Lenkrad zur Seite und fährt hinaus auf die erste Spur. Mein entsetzter Blick bleibt im Seitenspiegel vor meiner Tür hängen. Etwas kommt darin heran, noch unscharf zu erkennen, wieder das Flimmern in der Luft, dann wird das Objekt im Rückspiegel kleiner und kleiner und endlich breitet sich nur noch der graue Beton der Autobahn hinter uns aus, die hier am Kanal auf ihr totes Ende zusteuert.

Ich nehme den Block mit meinen Notizen, die darin eingelegte Kryptoskriptseite des namenlosen Studenten auf die Knie und beginne zu schreiben.
Was ich da tue, fragt mein Fahrer.
Ich schreibe, sage ich.
Warum, fragt er.
Es sei die einzige Möglichkeit für mich zu überleben, sage ich.
Er lacht.
Die einzige Möglichkeit – doch das sage ich nicht – mir die Fossa vom Hals zu halten ... ohne Unterbrechung zu schreiben, wie ich Schierling den Tod auf den Leib geschrieben habe, das mordende Gesicht der Literatur, um nun, womöglich, das zweite Wesen der launischen Muse für mich zu gewinnen ... je mehr ich schreibe, umso mehr steigt die Wahrscheinlichkeit, ihren Medusenblick zu überstehen, und die Reise durch das Reich des Untiers, das meine Fußspur ist.
Janas Redakteure und Herausgeber kommen mir wieder in die Erinnerung und ihre Forderung nach einer Poesie des Schweigens ... dem Wunsch der Szene, fürchte ich, dass ihre Dichter allesamt verstummen mögen, ist nicht nachzukommen, solange solche Monster, solche Ungeheuer unsere Seelen fressen.
Vous êtes fou, meint der Fahrer und schüttelt belustigt den Kopf, und ich schreibe seine Worte auf, wie er sie sagt ... halte sie fest, klammere mich an sie, schreibe sie nieder und selbst in der fremden Sprache zeitigt die Literatur ihre Wirkung ... da ist nichts mehr in der Heckscheibe

und im Rückspiegel, nichts mehr in der Straße und am Ende der Zeile ... wenigstens für den Augenblick ... für das Kapitel ...

16

Montreuil ist das Bild einer sanften Hügellandschaft. Dazwischen die Reste einer Festungsmauer, noch gut erhalten, noch bewohnt, mit Läden und Maisonettenwohnungen, im einstmals so massiven Mauerwerk hat man sich gut eingerichtet. Wie die Schlangen wohnt man zwischen den Steinen ... darüber ein Kirchturm als die einzig nennenswerte Erhebung eines Landes, das immer noch die Nähe des Meeres zu spüren scheint ... den Steilbruch und die Klippen, und das die Wasserlinie fürchtet und sich darum klein hält, und unauffällig. Nur der Mensch, ohne Gefühl für die Bedeutung des Abgrundes, setzt monolithische Zeichen darin hinein.

Mir bleibt keine Zeit, still zu stehen. Die Welt wird im Vorübergehen sichtbar und immer rascher jetzt ... Bild um Bild, Sequenz um Sequenz, Kapitel um Kapitel und jedes ein wenig eiliger als noch zuvor ... lösen den einen Gedanken ab, bevor er noch sinnvoll zu Ende ... verschlägt den Ort, wo ich stehe, Montreuil ohne Punkt und Komma in den nächsten ... eine entsetzliche Syntax ist das, die Syntax des Flüchtigen, des Flüchtenden ... und jeder Schritt nur zaghaft angedacht, Richtungen sind nur Ideen, wohin es gehen könnte ... ein Satz, eine Zeile, die dann plötzlich abreißt ... vorschnell, als Punktpunktpunkt ... und erst später nimmt der Text, nimmt die Geschichte wieder jene Fährte auf, die sie selbst ausgelegt hat ... und dennoch unaufhaltsam, als zähle sie einer im Countdown herab ... eine Kapitelziffer nach der nächsten, Schlag um Schlag, das ist der Pulsschlag meines Herzens und das Ende der Reihe ist bereits vorhersehbar, ist bereits in greifbare Nähe gerückt, jedes Kapitel jetzt ein wenig kürzer als das vorangegangene, kein Innehalten, kein Atemholen auf der Flucht vor der Fossa, und weiter …

15

Abbeville ist bloß Staffage. Ich sehe das Darunterliegende: sehe die Struktur des Spielfeldes, die Strategien meines Gegenspielers und die Koordinaten seiner Stellungen. Auf exakt fünfzig Grad sieben Minuten nördlicher Breite und ein Grad fünfzig Minuten östlicher Länge hat sich die Stadt dem großen Schachbrettmuster, dem Gradnetz eingeschrieben, das die Planisphäre des gesamten Globus überspannt. Nur das ungeschulte Auge könnte glauben, es hätte tatsächlich jemand eine menschliche Siedlung an einem solchen Punkt errichtet, ohne Plan, ohne eine Absicht dahinter.

Mein Blick geht tiefer. Ich habe noch die Enzyklopädie der Welt von A–Z vor Augen und ihre Einträge zu *Abbeville: [ab'vil]*, industriereiche Stadt im nordfranzösischen Département Somme, 24.900 Einwohner, Höhen und Schütten rund um die Stadt sind zugleich das Grab der tausenden französischen Reiter, die hier am 26. August 1346 bei der Schlacht von Crecy unter den Pfeilen der englischen Langbogenschützen gefallen sind … die namenlos und ohne Grabmal unter der Erde liegen, Rösser wie Reiter … die das Treiben und die Tritte der Menschheit überkopf spüren wie dereinst die Vibrationen des Bodens unter den Hufen ihres Heeres.

Abbeville: [ab'vil], South Carolina, 1764 von den Hugenotten gegründet und von John de la Howe auf den Namen des größten Grabmals der damaligen Welt getauft, sybillinisch, als „the Cradle and the Grave of the Confederacy",

(→ American Civil War) ausgerufen am 22. November 1860, fünf Jahre und achthunderttausend Tote später an exakt demselben Ort (am 2. Mai 1865) die Kapitulation des Südens durch Jefferson Davis besiegelt.

Abbeville: *[ab'vil]*, industriereiche Stadt im nordfranzösischen Département Somme, 24 900 Einwohner, fast auf den Tag genau fünfundsiebzig Jahre später (→ 1940) erreichen die deutschen Truppen im Sichelschnitt bei Abbeville das Meer und trennen die alliierten Armeen auf (→ siehe auch: Dünkirchen, Kessel von), und rasch und ausdauernd treibt der Tod sein Spiel. Nur wer die Welt als Buch zu lesen vermag, vermag all seiner Verstellungskunst zum Trotz auch seine Handschrift darin zu entziffern.

Ich nehme die Landstraße, nicht die Route durch die Stadt, und weiter nach Grandvilliers und nach Beauvais ... umgehe den Nexus in weitem Bogen und überquere die Somme endlich in sicherem Abstand im Südosten ... verstreute Weinkeller und Höfe als die letzte Spur der ausgelegten Schlinge *(→ Abbeville)* ...

14

Über den Brunnen, über den Pfützen steht der Wasserdampf in breiten Fahnen, träge, kein Wind, und verwächst mit dem reglosen Himmel über Paris, der brütet als Hitze über den Dächern, die hier tiefer greifen als in jedem anderen Arrondissement der Stadt … zwei, drei Stockwerke zählen noch die wagemutigsten Entwürfe, die Domizile der Wallaces und der Foys und Demidoffs, und wer es kann, flieht in den Schatten ihrer Wände. Man nimmt um diese Jahreszeit die engen Gassen anstatt der breiten Boulevards, der Avenue de Thuyas oder der Avenue de la Chapelle oder der von einem Monument beschlossenen Avenue Principale.

Wie ein Nebel liegt die verdampfende Feuchtigkeit auf dem Pflaster, kriecht dazwischen hervor, zwischen den Bordsteinen der Gehwege und aus jedem offenen Spalt, aus allen Ritzen und Rissen im Boden. Ich sehe das Gesicht der Fossa darin, es ist mir hier noch näher als je zuvor auf meiner Reise … ist hier heimischer denn andernorts, tief und tiefer in ihrem Terrain.

Ich versuche, dem Nebel auszuweichen … zu zufällig, so scheint es mir, wirken die bedächtigen Bewegungen seiner Schleier, ihr beständiges und langsames Wachstum und ihr Kreislauf entlang der Gassen und Alleen. Man kann nicht länger über sie hinwegspringen, ohne zugleich in ihre Gischt hinabzutauchen.

Ich suche mir meinen Weg durch die Stadt, das ist ein Labyrinth von Sackgassen, Fallen und Gräbern, die unter der durchlässigen Nebeldecke für mich bereitstehen .... biege an der Avenue du Père Lachaise nach Süden ab, dort ist der Weg noch offen. Zwischen den Bäumen in der Avenue Circulaire steht bereits der Nebel, ein Schimmelpilz in den Kronen ... der einzige sichere Pfad führt nach Südosten, das ist das Nadelöhr zwischen dem Chemin Casarierea und dem Chemin du Quinconce, dann die Verlängerung der Avenue in die Transversale 1 hinab ... die Wände von allen Seiten eng zusammengerückt, die Schultern eng gemacht, um links und rechts nicht mit den Händen an den kalten Stein zu fassen.

Paris mit seinen ungezählten Straßen: Der Nebel sperrt von Südosten her die Avenue Transversale 1, der Weg nach Norden bereits in Finsternis, das sind die hoch aufgeschossenen Kastanienbäume, die sich zwischen den Gebäuden drängen, und auch hier steigt allmählich in feinen Schleiern der Wasserdampf aus dem Boden, versperrt mir den Rückweg und drängt mich an den Rand des Spielfelds. Dann öffnet sich plötzlich eine Allee zu meiner Linken, noch frei vom Nebel. Ich steige sie hinab, bis ich zu einem Rondeau mit einem weißen Obelisk in seinem Zentrum komme, dort teilt sich der Weg ... die breite Avenue F. Soulié führt weiter nach Nordnordwesten, die Avenue Cail weiter in der bisherigen Marschrichtung, am Monument vorbei ... die Avenue des Alliantes endlich bricht schmal und schattig nach Südwesten ab.

Von beiden Seiten zieht der Nebel auf. Immer schneller, scheint es, immer wütender ist der Schleiertanz geworden ... schneidet mir den Weg ab und zieht zugleich das Straßennetz der Stadt minütlich enger um mich. Die Avenue Neigre ist nur eine schmale Treppen durch das dicht gedrängte Häusermeer – dann endlich der Chemin Bourget nach Süden: ein selbst im Winkelwerk der Gassen dieses Stadtteiles ungewöhnlich eng ausgeflaggter Pfad, kaum gepflastert, staubig, und der Straßenstaub, der trockene Sand schluckt die Schwüle und die Feuchtigkeit unter die Erde … hält mir den Weg frei, die Avenue Laterale du Nord hinunter nach Westen, und alle anderen Straßen … der Chemin Hautoy oder der Chemin d'Ornano … sind bereits abgeriegelt. Die hat der Nebel fest in seinem Griff.

Der Sand hält mir die Fossa auf Distanz. Ich laufe die schmale Avenue Thirion hinunter bis zur Stadtmauer und taste mich an ihr entlang zum Ausgang, zum Boulevard de Ménilmontant.

Paris und die Nekropole, denke ich, das ist eine ganze Stadt für ihre Toten …

13

Bei Fontainebleau gelingt ein letzter Blick zurück aufs Meer: An einem Bahnhofskiosk stoße ich auf eine verirrte Zeitschrift ... noch ein Titel aus der Hauptstadt. Er erzählt von der Odyssee eines namenlosen Toten, der aus den USA nach Schottland überstellt worden sei und dessen Identität – so scheine es – nun endlich geklärt sei. Weil die Mannschaft des Schiffes, mit dem der Tote über den Ozean gekommen sei, sich aber weigere, wieder mit dem Leichnam an Bord zu gehen, verschiffe man die sterblichen Überreste des jungen Mannes nun auf einen kleineren Transporter, der ihn in seine Heimatstadt zurückbringen solle. Das Schiff, so steht dort, laufe noch am Abend in Richtung Rotterdam aus.
Die lange Reise kommt bald an ihr Ende, denke ich, während ich mich auf der Flucht vor der Fossa mehr und mehr davon entferne ... während ich auch der Île de France den Rücken kehre, von einer sanften Unruhe erfasst, mit der der Boden unter mir plötzlich in Bewegung gerät ... das ist nur das Anrollen des Zuges ... und immer weiter fort, immer tiefer an das Herz eines dunklen Kontinents heran ...

12

Jedes Mal, wenn die Böschung des Bahndamms höher wird, wenn die Hecken und Büsche entlang der Schienen über den Waggon hinauswachsen, verdunkelt sich die Fensterscheibe meines Abteils ... wird zum Spiegel, der in der sonderbar diffusen Halbreflexion der doppelten Verglasung mein Abteil ebenso spiegelt wie die Silhouetten und Figuren jener Dämonen, jenes Geisterheeres draußen, das vor den Fensterscheiben dem Zug und meiner Fährte folgt. Wenn die Dunkelheit im Glas länger als zehn, zwölf Sekunden bestehen bleibt, löst sich daraus allmählich die Fratze der Fossa und steigt in mein Abteil, als kenne sie keinen Halt und keine Grenzen. Sie rollt sich mir gegenüber auf den leeren Bänken zusammen, grinst und stiert zugleich gierig mit den Augen nach mir. Dann ist da mit einem Mal eine Schneise zwischen den Hecken am Bahndamm oder das Gelände wird flacher und das Phantom verschwindet wieder, sinkt zurück ins Nichts, aus dem es gekommen ist, und mit jedem neuerlichen Einbruch der Finsternis ins Glas ersteht das Untier wieder, hat sich ein wenig mehr vom Glas gelöst, das noch die Trennlinie darstellt, die feine Membrane zwischen Wirklichkeit und Phantasie.

Ich fürchte den Einbruch der Nacht und die Berge, die den Horizont in unendliche Höhen heben und in deren Schluchten und Gräben die Dunkelheit noch früher aus dem Boden kommt als in der Ebene. Ich lege mir mein Schreibzeug zurecht für den Fall, dass die Finsternis dann endgültig über dem Waggon zusammenschlägt und die Fossa ungehindert zu mir ins Abteil treten kann. Ich will bereit sein, denke ich, während die Umrisse von Sens allmählich im toten Winkel hinter dem Wagenfenster versinken. Die Häuser draußen, stelle ich mit Unbehagen fest, sind vereinzelt schon beleuchtet ... das Licht vorsorglich angemacht, während die Dämmerung unaufhaltsam in die Vorgärten und Landstraßen einfällt ...

11

Schon bei Joigny kommt die Nacht verfrüht über die Bahngeleise. Sie fasst an die hintersten Waggons, springt auf den fahrenden Zug auf und schreitet darin entlang der Korridore und der nur trübe ausgestrahlten Abteile fort, das ist das Grablicht der Notausgangsbeleuchtung und nur noch ganz weit hinten glüht der Horizont … ein infernalisches Leuchten, dessen Verglimmen ich mit Missfallen verfolge. Ich kann vorhersehen, wann auch das Bild hinter der Fensterscheibe meines Abteils auslöscht, und ich könnte plötzlich mein eigenes Gesicht im Glas betrachten, schaute mir selbst in die Augen und würde doch nur der Fossa in ihr aufgerissenes Maul starren. Von Zeit zu Zeit schlägt sie ungeduldig aus dem kalten Glas heraus nach mir … das ist ein Luftzug, ein Stoßen des Wagens … ein kühler Hauch, der mir die Finger klamm macht, der nach ihnen fasst oder nach meinem Schreibzeug, um mich davon abzuhalten, weiter zu schreiben … die Bewegungen meiner Feder über dem Papier einzufrieren und mit ihnen die endlosen Reihen von Lettern und Siglen, die ich als Bannformeln um mich ziehe.
Ich kann die Gier des Tieres spüren, das mir unmittelbar über meine Schulter von der Scheibe herab beim Schreiben zusieht. Das nur darauf wartet, dass die Nacht auch in diesen Waggon vordringt – die Flucht nach vorne zum Triebwagen ist mir untersagt, das letzte Asyl zwischen dem Speisewagen und der Lok ist nur den Reisenden der ersten Klasse vorbehalten – und dass ich müde werde …

dass es endlich Gestalt annehmen kann und mich und mit mir alles, was zu seiner Entzauberung führen könnte, in seinen Schlund hinabreißen.

Ich vermeide es, mich gegen das Fenster zu lehnen. Ich halte Abstand dazu und hoffe auf Auxerre, auf die nächste größere Stadt auf der Strecke und auf ihr Lichtermeer, dass es wenigstens für ein paar Minuten des Vorüberfliegens im grellen Gegenlicht von Leuchttafeln und Reklameschriften die Dämmerung in den Abteilen ausgleicht und das Glas, die Fensterscheibe wieder zu dem transparenten Medium macht, das den Ausblick auf die Wirklichkeit dahinter gestattet, ohne zugleich das Irrationale und das Diffuse darin einbrechen zu lassen ...

10

Ich habe keine Hoffnung mehr. Die Nacht hat nun zur Gänze von dem Zug Besitz ergriffen. In allen Gängen brennt das Orientierungslicht und alle Scheiben haben sich in Spiegel verwandelt. Ich schreibe wie verrückt. Dennoch ist das Ende abzusehen ... irgendwann, das weiß ich, werde ich mein Notizbuch vollgeschrieben haben, oder ich werde am Ende meiner Geschichte angekommen sein und nichts mehr hinzufügen können. Weit mehr als das ängstigt mich jedoch die Fossa. Ausgewachsen und ebenso materialen wie der Waggon, wie der Tisch, auf dem ich schreibe, steht sie mir gegenüber und stiert mir ins Gesicht. Ich habe vergessen, wann genau sie aus dem Glas gekrochen ist, wann sie endgültig aus der Scheibe herabgestiegen ist, und nur noch das Schreiben bewahrt mich vor ihrem Biss.

Ich muss ununterbrochen schreiben. Ich bin dazu übergegangen, bis an den Moment heranzuschreiben – so das überhaupt möglich ist –, um der Fossa keine Gelegenheit zu geben, um für sie keine Lücke in meiner Erzählung aufzutun, durch die hindurch sie nach mir fassen könnte. Dabei bin ich am Ende meiner Weisheit angelangt ... ich weiß nicht mehr, worüber ich noch schreiben könnte: Mit der Verdunkelung der Welt vor dem Fenster ist da nichts mehr außer mir selbst, dem Monster und meiner Schreiberei ... jedes Mal jedoch, wenn ich über mein Schreiben schreibe, so scheint mir, falle ich hinter meine eigene Geschichte, falle ich in der Zeit zurück ... tut sich da plötzlich ein Riss auf zwischen dem Geschehen und seiner Dokumentation, durch den hindurch die Fossa nach mir schnüffelt, weil: Während ich schreibe, geschieht um mich herum nichts mehr, und ich müsste entweder mit dem Schreiben aufhören – was ich nicht kann –, dass wieder etwas geschehen könnte, oder vom Schreiben selbst so schreiben, als wäre es Ereignis ... beständig mich selbst und meinen Dämon reflektierend oder aber den Schreibprozess selbst, das sind die letzten Dinge im Glas, ohne dadurch den Fluss der Geschichte zu stören ... ohne ihn offensichtlich zu durchbrechen und darin Lücken zu lassen für die Fossa ...

9

Zur Innenschau gezwungen, zur Konfrontation mit dem Ungeheuer im Inneren des Abteils und mit mir selbst, finde ich während des Schreibens wenigstens Gelegenheit, das Tier in seiner tatsächlichen Gestalt zu mustern. Die Fossa ist gewaltig. Das Abteil ist kaum groß genug, den bösen Geist zur Gänze aufzunehmen … selbst wenn er Abstand zu mir halten wollte, könnte er es nicht: Auf der Sitzbank mir gegenüber liegend, reicht mehr als die Hälfte des riesigen Leibes über die Pölster hinaus und bis zu meinem Schreibtisch, jener nur als Provisorium gedachten ausziehbaren Metallplatte zwischen dem Mistkübel und dem Aschenbecher an der Waggonwand. Die eine Pranke versperrt mir den Ausgang nach draußen, die andere hängt im Gepäcksnetz, dass es den Anschein macht, die Fossa, ihren Blick und ihr geiferndes Maul direkt auf mich gerichtet, möchte mich umarmen.
Ich habe mich klein gemacht. Habe mich reduziert auf mein mir angestammtes geringfügiges Ausmaß, auf jene letzte Größe, die mir noch zusteht … das ist gerade einmal der Platz, den ich zum Sitzen brauche, und der verschwenderische Raum, den die Notizbuchseite vor mir auf dem Tisch beansprucht. Die Monstrosität des Tieres ist alles, was mir über den Rand des Papiers hinweg an Aussicht auf die Welt geblieben ist. Sie raubt mir die Luft zum Atmen.
Sie nimmt mir jede Hoffnung, zu entkommen. Sie ist endgültig, und ich weiß, sie wird mich in dem Moment, da ich

mein Schreibzeug zur Seite lege, ebenso einnehmen wie das Abteil und den Zug ... und das schlafende Lyon, das irgendwo entlang des Bahndamms liegt, und den gesamten toten Kontinent. Solange ich schreibe, bleibe ich am Leben, nur was das für ein Leben sein soll, vermag ich nicht, mir vorzustellen.
Hör auf zu schreiben, sagt die Fossa dann plötzlich.
Ich sehe ihr noch erschreckter ins Gesicht.
Gib auf, sagt die Fossa noch einmal, und in ihrem glatten und pupillenlosen Auge spiegelt sich mein ganzes Entsetzen, brechen sich meine eigenen Züge nicht minder verzerrt und nicht weniger entstellt als die des Ungetüms.
Gib endlich auf, sagt sie noch einmal und deutet auf mein Schreibzeug ... gib endlich auf und lass los ...

8

Am Morgen erreicht die Pest Avignon. Der Papstpalast und die Rhône liegen noch im Dämmerlicht des Morgengrauens, doch schon jetzt zeigt sich, welche Wut, welche Hitze über den Horizont herankommt. Einer Vorahnung gleich schleppt sich die Rhône handwarm und träge, ein fiebriger Blutfluss unter den verbliebenen Arkaden der Avignoner Brücke, auf das mückengeplagte Schwemmland in ihrem nahen Delta zu. Der Sand, der Boden ist noch warm vom Vortag. Die Nacht hat kaum Abkühlung gebracht und wie eine Glocke liegt es über dem Land, über den Festungsanlagen und Wällen um die Stadt. Seit Wochen lässt die Hitze den Languedoc nicht mehr aus ihren Fängen. Alles Wasser, alle Feuchtigkeit im Boden ist verdunstet. Wenn man mit den Fingern in die hartgebackene Erde gräbt, fällt sie wie Tonscherben dazwischen hindurch. Gräser und weniger ausdauernde Sträucher sind verdorrt, dafür steht am Rosmarin und am Wacholder, an den Lavendelhecken und Ginsterbüschen das Harz in dicken Tropfen, das ist ein Duftteppich über den Uferbänken nach der Dürre und nach Weihrauch und nach knochentrockenem Geäst.

Noch schreibe ich …

Noch lebe ich …

7

Mit jedem Tunnel, jeder Dunkelheit kommt die Fossa aus der Fensterscheibe des Abteils zu mir herabgestiegen und versucht nach mir zu fassen, jeden Augenblick, wenn ich nicht schreibe ... wenn ich versuche, wieder Gefühl in meiner Hand zu bekommen und meine Gedanken anders zu orientieren als in der Schreib- und Leserichtung von links nach rechts. Auf die ist inzwischen ... das überrascht mich nicht ... sogar der Zug eingeschwenkt, seit wir Avignon passiert haben.
Ich bleibe ohne Empfinden während der Passage durch die Alpen ... jeden erhabenen Gefühls, jeden Erschauerns, jeder Regung, jeder Rührung verlustig gegangen ... überhaupt spüre ich nichts mehr, wie ein abgestorbenes Gewebe, und bereits die Nähe der Fossa hat genügt, mein Sterben zu beginnen. Oder: Ich bin schon lange tot. Ich spüre meinen Kiefer nicht mehr, keine Zähne, die habe ich artig aufgegessen, keine Zunge ... meine Finger taub, die Beine schwer geworden und ohne Reaktion auf einen beständig schwankenden Boden, nicht länger von den feinen Stößen und Reizen meiner Nervenbahnen belebt ... ein totes Holz, das mir aus dem Unterleib hängt, die Luftwurzeln der Mangroven.
Dann die Gewitter über dem Hügelland von Genua. Eine hoch aufragende und schwarze Wetterfront, die da hinter dem Zug herkommt, die ihren langen Schatten weit voraus wirft, auf die Stadt, auf den Hafen ... eine dunkle Wolke, die alles Licht aus den Straßen von Genua nimmt,

ein schwarzer Tod der Farben und der Formen, der hier an Land geht und der ein befremdendes Dämmerlicht über den Golf spannt, als könne es nicht länger Tag bleiben und noch nicht Nacht sein. Der Zug verliert kaum an Tempo, als wir in den Bahnhof einfahren. Nur widerwillig bleibt er stehen, wie mir scheint, begierig, seine Fahrt gleich wieder aufzunehmen und sie ans Ende zu bringen ... mich an mein Ende zu bringen, und wären nicht noch die anderen Passagiere an Bord, denke ich, er würde die Signale auf Durchfahrt stellen und ohne Unterbrechung bis an die letzten Schwellen rasen, wo der Schienenstrang im Sand verläuft, und darüber hinaus.

Im Schatten, den das Bahnhofsdach noch in das Dämmerlicht hineinwirft, kann ich die Fossa nun noch deutlicher erkennen als vorhin während der Fahrt ... das ist lediglich ein kurzer Augenblick, da sie auf mich herabsieht und noch nicht weiß, dass ich sie schon sehen kann ... grinst ... lacht lautlos in sich hinein, als wäre sie kurz davor, die Schlingen und Fallstricke um mich endgültig zuzuziehen. Der Blick geht hinaus aus dem Fenster, dass sie nicht merkt, dass ich sie sehen kann, und auf die Anzeigetafel über dem Bahnsteig. Napoli, steht auf der Anzeigetafel. Am gegenüberliegenden Gleis steht ein Zug in anderer Richtung. Dann lösen sich langsam die Blätter der Anzeige und fallen ins Nichts und mit ihnen die Lettern und Nummern meines Zuges. Die Türen schlagen zu und ein leichtes Beben erfasst den Waggon ... die Vibrationen des anlaufenden und allmählich wieder Schwung holenden Dieselmotors.

Neapel sehen und sterben, schreibe ich und dann wird mir mit einem Mal bewusst, was das hämische Grinsen des Tieres zu bedeuten hatte. Ich raffe meine Sachen zusammen und springe durch das Gespenst hindurch, das breit im Türrahmen meines Abteils hängt ... stürze nach draußen in den Korridor und laufe ihn hinab, während der Zug bereits ins Rollen kommt ... das Ungeheuer herumgefahren und nun wutschnaubend auf dem Weg hinter mir her, und ich reiße die Verriegelung der Türe herunter und springe nach draußen. Der Bahnsteig ist ein harter, stumpfer Schlag in meine Mitte, dann stürme ich weiter und in den Zug am anderen Geleis. Langsam, aber unaufhaltsam schieben sich die beiden Garnituren in Gegenrichtung auseinander, und da ist die Fossa, mit aufgerissenem Maul und einer unstillbaren Wut in ihren Augen, die mir durch die geöffnete Tür des anderen Zuges hinterher sicht, bereits auf Schiene gebracht, bereits auf die lange Reise geschickt, vorbei am Ende aller Wege in den Hügeln von Latium und weiter, noch darüber hinaus ... ins Ungangbare ... ans Ende aller Lebenswege, nach Neapel ...

6

Der Rhein trägt die Toten. Zum ersten Mal seit meiner Flucht kann ich die Verbindung zwischen mir und dem namenlosen Studenten wieder spüren, die, das weiß ich, zugleich das Rätsel meiner eigenen Erzählung birgt. Wo uns die Fossa auseinander getrieben hat, führt uns die Geschichte nun allmählich wieder zusammen … zum Ort des ersten Verbrechens, zum Ausgangspunkt unserer Aventiure, und als würde sich nach langer Absenz endlich wieder Bein zu Bein und Glied zum Gliede fügen, kann ich es auf der Haut spüren, wie der Frachter mit dem Leichnam an Bord immer tiefer zum dunklen Herz des Kontinents vordringt … gegen den Strom, vorbei an den Kais von Düsseldorf und Köln und auf die große Rheinschlinge, auf das Bingener Loch zu … die gefährlichen Stromschnellen und Untiefen … der hoch aufragende Mäuseturm, der auf den Klippen über das Wasser wacht und worin die Mäuse und die Ratten all jenen an den hölzernen Seelen nagen, die sie quälen. Der Gedanke gefällt mir.
Die Route des Frachters erstaunt mich nur mäßig: Der Tod ist ein Meister aus Deutschland, und lediglich das Ende der Fahrt, der Ursprung des Sterbens, liegt noch irgendwo im unbekannten Land stromaufwärts im Dunkeln.
Ich drehe mich herum. Wie ein aufgescheuchter Taubenschwarm geht es über die Piazza, flattert, steht in den Lüften und fällt dann doch nur wieder, träge, tot, zurück

zu Boden ... Tücher, Fahnen, Papierschlangen oder der sonderbare Schauer von Konfetti und Stanniol, der von Zeit zu Zeit von den Logen des Dogenpalastes herüberweht, dem Zug der Narren hinterher ... vorbei am Campanile und an San Marco und quer über den Markusplatz hinweg, hinter dessen Arkaden und Kolonnaden sich die Karnevalsgesellschaft allmählich in den Irrsinn eines Gassendickichts, einmal wasserführend, ein andermal gepflastert, einer nicht minder irrsinnigen Stadt verliert.

Venedig lebt mit dem Gesicht zum Untergang, mit dem Blick hinaus auf das steigende Meer und mit dem Rücken zum todbringenden Festland ... zu allen Zeiten Asyl für die Reichen und Zuflucht für die Narren, die sich im Schutz der Gilgameschmauer aus dem flüssigeren, aus dem flüchtigeren Element, das ist die Lagune, in Sicherheit glauben. In Gondeln und Busbooten schleppt man sie scharenweise von Chioggia oder Punto Sabbione herbei: Masken und Grimassen, zu einer Parade der Narrenschiffe entlang des Corso.

Ich versuche, mich ihrem Ansturm entgegenzustellen ... versuche, entgegen der Marschrichtung des Umzugs und der Touristen Boden gut zu machen und ein Schiff zu finden, das nicht in die Stadt hineinfährt, sondern das sie verlässt ... das mich weiter nach Osten bringt und dem namenlosen Studenten über dem Rhein damit ein wenig näher.

Die immer neu an Land schlagenden Wellen der verkleideten Gestalten, der ins Inkognito entrückten Maskeraden fluten die Stadt bis an die untersten Balkone ... Dämonenfiguren oder Vogelvisagen, oder die entsetzlichste aller Masken, die klassische venezianische Maske: ein vollkommen ebenmäßiges menschliches Antlitz, vollständig seiner Züge, seines Ausdrucks beraubt und die Augen sind nur noch dunkle Löcher im glatten weißen Gips. Dann starre ich plötzlich dem Tod ins Gesicht, in ein schwarzes Umhangtuch gehüllt, auf hohen Schuhen, die Kapuze tief ins Gesicht gezogen und das Gesicht selbst ohne Blut und ohne Fleisch ... ausgefressen von der Mäusemeute, die Zähne und die Wangenknochen bloßgestellt, eine Sense in der dürren linken Hand, und er grinst mich an und ruft mich noch einmal.

Ich warte nicht darauf, dass er die Sense hebt. Ich schlage ihm ins Gesicht, fahre mit der Hand gegen seine bleichen Schädelknochen und bekomme sie mit einem Mal zu fassen, reiße daran und raube dem Tod sein Gesicht, bevor er mir mein eigenes stehlen kann ... halte plötzlich eine Maske in der Hand, eine weitere Verkleidung in dem Spiel vom Sein und etwas Nichtsein, das über die Piazza tobt, und höre, wie mich die Gestalt noch einmal aus dem Dunkel unter der Kapuze anspricht ... nicht länger die Grimasse in meiner Hand und mit einer sonderbar vertrauten Stimme ... wie klein die Welt doch sei, lacht Beatrice, und in ihrer Kostümierung klingt das für mich wie eine Drohung.

Was sie hier tue, frage ich.

Sie habe hier ein Zimmer, sagt sie, in der Nähe des Arsenals. Wenn ich wolle, sagt sie, könne ich mit ihr kommen

… wir könnten uns zurückziehen und uns in Sicherheit bringen, bevor das Meer und die Menschen über der Stadt zusammenschlagen.

5

Beatrice liebt mich wie ein Tier. Sie frisst sich an mir voll, zerrt an der Decke, die ist nur ein textiler Schirm gegen ihre Zudringlichkeit, sonst nichts … sonst steht die Hitze des Beischlafs im Zimmer, oder des Mittelmeeres. Sie habe mich vermisst, sagt Beatrice. Ob sie mir auch gefehlt habe.
Ich hätte viel zu tun, sage ich.
Die Wärme meines Körpers habe ihr gefehlt, sagt sie dann … mein Pulsschlag in ihrem Ohr, wenn sie sich auf meiner Brust zusammenrolle, das Rauschen des Blutes unter meiner Haut … all das Lebendige an mir, das unter seinen Membranen stoße und dränge. Sie drückt mich auf das Kopfkissen und kniet über mir … nagt an mir … leckt an mir, und seltsam, denke ich, dass sie ausgerechnet das Lebendige an mir suche, wo ich mich Tag für Tag lebloser fühlte … dennoch ist es wahrscheinlich gerade das, die Anziehungskraft des Lebendigen auf das Lebende, was uns einander lieben lässt und das am meisten, worin sich das Leben am deutlichsten manifestiert: die Fortpflanzungsorgane und das Herz und alles Heiße und Sekretische, solange es frisch abgesondert ist, sowie, zuletzt, die stärker durchbluteten Körperteile … Schwellkörper und Lippen aller Art … Beatrices roter Mund wie das verseuchte Maul der Hetaera Esmeralda, immer noch … das ist ihre Art der Erregung.
Wo sie damit über meine Glieder geht, werden diese augenblicklich steif. Werden mir fremd, als gingen sie mit

ihrer Berührung in Beatrices Besitz über und als könnte ich nicht länger über sie verfügen, und sie steuere sie von nun an und sie empfinde von nun die Erschütterungen meiner Physis, als wären es ihre eigenen Vibrationen, und ich bleibe nicht mehr als ein Beobachter in ihrem lustvollen Spiel, Kopf ohne Körper ... die Stellung, in der sie über mir kniet, gleicht ihrer Verbeugung über die Gesichter der Toten, unter der sie ihnen in New York ihren letzten Ausdruck fortgenommen hat, und nun stiehlt sie mir in derselben Weise, was sie an mir begehrt: alle lebendige Substanz.

Sie habe eine fast schon unverzeihliche Schwäche für mich, sagt Beatrice, und die Art, wie ich einfach aus unserer Beziehung davongelaufen sei, habe diese auf eine irrationale Weise nur noch weiter genährt. Aber jetzt sei ich ja endlich wieder an ihrer Seite, wo ich hingehöre, und sie werde alles daran setzen, mich nicht noch einmal zu verlieren.

Sie hält plötzlich für einen Moment in ihrem Treiben inne und lächelt mich von oben herab an. Sie liebe diese sonderbare Unbeholfenheit, sagt sie, die mir auch jetzt noch anhafte ... diese zugleich gebrochene und arrogante Art, mich ihr hinzugeben, mich ihr gewissermaßen zu unterwerfen und mich dabei dennoch ständig zurückzuziehen, als halte mich noch immer etwas davon ab, loszulassen und mich ihr zu ergeben. Dann beugt sie sich zu mir herunter und flüstert mir, immerzu an mir saugend und beißend, im Spiel, ins Ohr, ich solle endlich aufhören zu schreiben.

Das könne ich nicht, sage ich.

Aber sie könne mir nicht richtig nahe kommen, sagt sie, sie komme niemals ganz an mich heran, wenn ich mit der Rechten ununterbrochen in meinen Notizen arbeite ... wenn sie mich küsse und ich schreibe, dass sie mich küsse ... wenn sie mich streichle und ich schreibe, dass sie mich streichle, und all unser Verlangen nacheinander, unsere ganze Gefräßigkeit vollziehe sich nur auf dem Papier ... das sei die einzige und letzte Grenze, die sie nicht und nicht überschreiten könne, wenn ich nicht selbst endlich mit dem Schreiben aufhörte und Block und Stift und alle Kryptoskripte, alle Hieroglyphen aus ihrem Bett verbanne.

Ich könne nicht einfach aufhören zu schreiben, schreibe ich.

So lange ich schreibe, lebe ich, schreibe ich.

So lange ich keinen Punkt mache, müsse alles immer weitergehen, ohne Ende, ohne Unterbrechung ... überhaupt hätte ich eine gewisse Scheu vor dem allein stehenden Punkt entwickelt ... man dürfe die Möglichkeit des Endes, die er in seiner ganzen Ikonizität beherberge, nicht einmal andenken ... man müsse stattdessen vielmehr das Vordere mit dem Folgenden verbinden, ohne Schnitt ... ausschweifend und degressiv, und die wenigen Pausen zwischen den Fragmenten und Ellipsen müssten zum Atemholen genügen ...

Ob ich mich jemals gefragt habe, was das dann überhaupt noch für eine Geschichte sei, sagt Beatrice, die ich auf diese Weise als unveränderlichen Status quo festzuschrei-

ben suchte. Sie steigt wieder von mir herab und legt sich neben mich auf das Bett. Sie dreht mir den Rücken zu.
Ich müsse gleich weiter, sage ich und ziehe mich wieder an. Ich gehe ins Bad, um mir das Gesicht zu waschen und um mir den Schweiß und die Schwüle abzuwischen, die unverändert unter allen Himmeln hängt. Ich kann meine eigenen Züge nicht mehr im Spiegel über dem Waschbecken erkennen ... das Glas ist angelaufen, so dicht steht die Luftfeuchtigkeit selbst hier herinnen. Ich fahre mit dem Handtuch über die Scheibe, aber der Dunst will nicht weichen, nimmt mich und die Welt in meinem Rücken unverändert in Beschlag.
Als ich ins Zimmer zurückkomme, trägt Beatrice wieder ihr Kostüm von vorhin auf der Straße.
Ob sie mit mir nach draußen gehe, frage ich sie, doch sie antwortet nicht. Es ist etwas an ihr, das mich starr macht, selbst jetzt, wo ihr Mund nicht länger nach mir greift ... wo meine Glieder nach und nach wieder beginnen, sonderbar widerwillig, meinen Gedanken zu gehorchen.
Ich weiß nicht warum, aber ich kehre noch einmal zu Beatrice ans Bett zurück und beuge mich von hinten über sie.
Ich stoße sie an der Schulter an und dabei fällt meine Hand weiter, fällt ihr ins Gesicht und bleibt dort in derselben Knochenmaske hängen wie schon einmal, im Karnevalstrubel auf der Piazza. Sie solle diese entsetzliche Maske abnehmen, sage ich und ziehe daran, aber diesmal sitzt sie fester, ist sie Fleisch geworden ... dann fällt plötzlich Beatrices Kopf zur Seite, oder das Wesen im

Umhang, die Gestalt unter der Kapuze, dreht sich zu mir herum und es ist nicht länger Beatrice.
Es ist nicht länger ihr Lächeln, das mir ins Gesicht schlägt, und keine Maske, in die ich meine Finger vergrabe ... nicht mehr der weiche Kunststoff ihrer Kostümierung, sondern ein hartes Knochengerüst und sonst nichts ... blutleer und spröde ...

4

Alles Wasser der Welt, so scheint es, steht miteinander in Verbindung … kommuniziert, als eine Wellenbewegung noch im Grundwasser der tiefsten Lehmschichten … als Turbulenzen und Strudel, als Perlmuttintarsien im Terpentingrün der Tiefe … als ein Schwingen in den Tropfsteinen und Stalagmiten im Höhlenuntergrund, und ihr Echo ist nur ein sanftes, glucksendes Geräusch, das durch die Risse und Spalten im Erdmantel nach oben dringt, durch den Karst.

Das Kastell von Sistiana auf seiner bewaldeten Klippe tritt ab und an aus den Wegbiegungen hinterrücks hervor, scheint dann gleichsam aus den Karstformationen herauszusteigen und auf das Meer hinauszuschwimmen. Wer hier am Abgrund geht, ist nur zu einfach dazu angehalten, zu glauben, dass die mächtigen Gestalten der Landschaft unterhalb dasselbe Lied entfalten, wie es in seiner eigenen Geschichte steht. Wer hier am Träumen ist, traut nur zu rasch der Fama, es spiegelten sich in dem sublimen Panorama Größe und Erosion vom ganz intimen Drama der eigenen Person … und vergisst nur allzu gerne, wandernd über dem Traum, dem süßen, dass wir nicht mehr sind als das welke Laub unter den Füßen … der Weg der Welt nichts als ein Schritt im Kies … und Klang … und nur die Poesie verschreibt noch dem Zerbrochenen Zusammenhang.

Immer tiefer stößt der Frachter mit dem namenlosen Studenten an Bord ins Herz des Kontinents … hat den Rhein

bei Wiesbaden verlassen und nähert sich nun entlang der langen Mäander des Mains mehr und mehr dem Zentrum eines umnachteten Erdteils, das ist das Abendland ... jede Schlinge des Flusslaufs entspricht einer Kehre auf meinem Weg entlang der Küste. Die Bewegungen ähneln einander, im Großen, gleichen sich mehr und mehr einander an, je näher einerseits der Wanderer dem Kastell von Duino und andererseits das Boot der Quelle seines Weges kommt ... eine sonderbare Art der Gleichschaltung, in der allmählich das eine sich zum anderen findet ...
Hinter der Vedetta beginnt der Pinienwald, die Pineta, die sich nordöstlich des Küstenpfades bis zum Kastell und zur Straße nach Monfalcone erstreckt. Von Zeit zu Zeit fährt der Wind aus der Tiefe, vom Meeresspiegel unter die Kronen und wirbelt die trockenen Nadeln aus dem Geäst, trägt sie in breiten und flirrenden Wolken über die Klippen hinaus, wo sie eine schiere Ewigkeit, scheinbar unbeweglich, in der aufgeheizten Luft verharren. Dann erst fällt zurück zur Erde, was selbst zur Erde wird, was später Schicht für Schicht als Humus zum Boden jüngerer Geschichten werde, über die man, wie stets, nur einen Sommer und nicht länger spricht ... die Hitze liegt am Festland, doch ihr Ende liegt bereits bereit, am Horizont ... wo sich jetzt noch die Perleidechse sonnt, wirft bald die Wende ihre langen Schatten an die Wände ... die Zeit der Menschen ist nur ein begrenzter Ort ... wo sich ein Schritt so unumstößlich aus dem vorangegangenen ergibt, wo Wort um Wort das Ende der Geschichte, so scheint es, so gewiss nach hinten schiebt, folgt irgend-

wann gewiss, am Ende aller Schritte, selbst auf das letzte Punktpunktpunkt kein Wort ...

Während das Castello di Duino allmählich vor mir auftaucht, erreicht der Frachter Bamberg, die alte Kaiserstadt ... das spüre ich, das schlägt in den Wellen an die Küste, das liegt als der Pulsschlag eines atmenden Wesens unter der Brandung, und das Steuerruder fährt mit einem Mal scharf herum. Der Kahn schwenkt über den Fluss, schwenkt in den Rhein-Main-Donaukanal ein und weiter nach Süden, zu mir, und ich fliege an den Marmorbrüchen von Aurisiana vorbei nach Norden. Ich streiche mir die dürren Piniennadeln von der Schulter, wo sie hängen geblieben sind, und dabei fasse ich mit den Fingern an jene Stellen, wo Beatrice mich berührt hat ... wo sie mich hinter den Palastmauern von Venedig geküsst hat, und die nun sonderbar starr geworden sind und ein fremdes Gewebe an meinem eigenen Körper. Es ängstigt mich nicht länger, das tote Material unter den Fingerkuppen zu spüren ...

3

Kahl und leer geräumt liegt der Hochwechsel als der östlichste Gipfel der Alpen inmitten bewaldeter Hügel ... ein totes Gestein, das selbst unterhalb der Baumgrenze keine Vegetation mehr tragen will, das sich seine eigene Grenze setzt, in einer unabhängigen, in einer archaischeren Geologie als jener der aufgeschütteten tertiären Tethys ringsum. Nur noch leer gefegte Latschen und erodiertes Holz, die Skelette einer Armee von Bäumen und Sträuchern, die vom Winter überrascht an Ort und Stelle erfroren ist und nun stumm die letzten Saumpfade und Weidewege bis zum Gipfel begleitet ... Distelnester und Moos am Wegrand, wo kein Gras mehr gegen den schneidenden Wind aufsteht, trotz der Hitze des Zyklons.

Dieser Berg ist anders als der Pass von Roncesvalles, das kann ich spüren. Wo die Pyrenäengipfel von der Hoffnung Santiagos träumen, belässt der Wechsel seinen Bezwingern als einzige Perspektive den Blick auf den Tod, auf seinen Ursprungsort, die düstere Nekropole in seinem Schatten. Ich stolpere, stürze hart in die Tiefe, wo das Geröll plötzlich unter mir nachgibt und sonderbar tiefe Schütten im Geschütt freigibt. Ich schlage mit dem Kopf gegen den Abraum und rolle mich an den Wänden, an Mauern und Barrikaden klein zusammen, meine Regungen, meine Bewegungen nur von ihrer Architektur bestimmt ... kann nur noch den Stein selbst riechen und das Moos und habe einen stahlgrauen Himmel über mir: Das sind die Schützengräben und Maschinengewehrnester und die Panzersperren, die Flakstellungen und Hinterhalte der Scharfschützen des großen Krieges, von jenem letzten großen Triumph des Todes, der hier am Ostwall sein finales Gefecht gefunden hat.

Ein wenig unterhalb des Gipfels steht eine Kapelle zum Gedenken an die Gefallenen der letzten Tage ... der Weg auf den Berg gestattet keinen anderen Blick mehr als den Blick zurück, auf die Straßen und Wege im Tiefland, die alle irgendwann unter dem Gipfelkreuz zusammenkommen, das streift nur an den Himmel, ohne ihn noch zu verheißen, und wer im Blick entlang der eigenen Fährte wandert, steigt zugleich in seine eigene Geschichte hinab.

In den Löchern, in den Gräben und Gräbern des Berges liegend, bemerke ich, wie sehr die toten Stellen auf meiner Haut dem erodierten Gestein gleichen ... wie ähnlich das leblose Gewebe, die leblose Struktur einander ist, gleich welcher Herkunft, gleich welcher Genetik sie entsprungen ist, als fasse die Analogie als das Prinzip mit dem längeren Atem, als die Systematik des Materials durch alle Membranen des organischen Wachstums hindurch, ohne Grenzen, und fresse so an der nur befristet wirksamen Ordnung der belebten Dinge. Alle anorganische Substanz, das abgestorbene Gewebe an mir formiert sich mit seiner Umgebung gegen mich, fällt von mir ab, wird Stein, trägt die Farbe des Steines, obwohl ich es noch am Leib trage, das ist ein Vorgriff des Todes auf die Lebenden und ich kann seine Spuren, seine Lesezeichen nicht abschütteln, kann sie nicht abstreifen ... im Gegenteil:

Je fester ich mich an dem toten Abraum ringsum davon freizuscheuern versuche, je mehr ich mit dem Urgestein des Berges in Berührung komme, umso gieriger scheint er nach mir zu greifen. Umso breiter werden die Flecken des toten Gewebes auf meinen Gliedern.

Eine andere, entsetzliche Vorstellung will nicht von mir lassen, seit ich Beatrice in ihrer venezianischen Maskerade auf dem Bett zurückgelassen habe: dass auch die Verbindung zwischen mir und dem namenlosen Studenten auf dem Prinzip der Analogie beruhen könnte und nicht auf unserer Chronologie, auf einer zufällig ineins gefallenen Geschichte ... auf ihrem gemeinsamen Wachstum innerhalb derselben fiktionalen Parameter. Dann könnten es nicht länger zwei Geschichten sein, die hier am Ort des ersten Verbrechens zusammenkommen müssten, sondern eine.

Ich halte auf dem Grat zwischen dem Hochwechsel und dem Niederwechsel an, im Schatten einer steinernen Pyramide, die nur geringen Schutz gegen die Hitze bietet. Im Süden und im Osten geht der Blick hinunter in das Hügelland und in die Steppe, verliert sich vor ihrem flachen Horizont. Ich lehne mich gegen den Stein und greife in meine Tasche, ziehe mein Manuskript daraus hervor und mein Schreibzeug und breite beides am blanken Boden vor mir aus ... das ist immer noch die Liste von den toten und den unsterblichen Literaten, die undurchschaubare Systematik vom Erfolg und Misserfolg des Schreibens, und es ist seltsam, denke ich, und blicke hinter mich ... seit Lucys Tod, seit dem Mord an Schierling und der

Flucht aus New York bin ich der Lösung ihres Rätsels keinen Schritt näher gekommen.
Kein Weg zu ihrer Entschlüsselung.
Kein Pfad aus der Tiefe bis hierher, der sich klar erkennen ließe ... kein Schritt, keine Spur im Geröll hinterrücks und keine Geschichte zwischen den Steinen. Ich weiß jetzt, der Tod ist kein Meister aus Deutschland ... das Schiff mit meiner Leiche an Bord hat bei Passau die Grenze überschritten ... der große Strom trägt alle seine Fracht an Krems und Traismauer vorbei ins Freie und in die Ebene hinaus, darin liegt sein Nabel, die Nekropole, die Stadt der Toten, und nur aus einer sonderbaren Blindheit für die Systematik meiner eigenen Geschichte habe ich sie zuvor noch nicht erkannt: Nirgendwo sonst hält der Tod prächtiger Hof als dort, über dem Pflaster der Hauptstadt eines toten Reiches.
Ich habe wieder Beatrices Gesicht vor Augen, doch anders als am Pass von Roncesvalles ... ihr zweites Gesicht, und wie sie mich ansieht, mit jener sonderbaren Gier und Widerwilligkeit im Blick, mich gehen zu lassen ... mit jenem Ausdruck einer unerfüllten Lust und einer ungestillten Wut, mit dem ich sie in der Lagune abgeschüttelt habe, und kaum mehr wiederzuerkennen.
Sie zeigt mir nicht länger den Weg über das Gebirge. Ich kenne ihn nun selbst, und ich kenne endlich auch das Ziel meiner Reise. Ich blicke noch einmal zurück, wo kein Pfad und kein Schritt im Geröll hinter mir liegen geblieben ist, dann setze ich langsam meine eigene Paraphe auf die Liste ... trage mich selbst darin ein und auf die

Seite der Toten. Dann packe ich meine Notizen wieder zusammen für meinen letzten Weg zurück ins Tal … für die letzten Kilometer meiner Rückkehr zum Ort des ersten Verbrechens, ganz an das kalte und steinerne Herz des Todes heran, an den pompösen Sitz der Fossa am Mittelpunkt des Kontinents als seine stille Beherrscherin … nach Norden … nach Wien, unter dem weit offenen Auge des Zyklons.

2

Die Hitze liegt über dem Jedlersdorfer Friedhof. Ich warte hinter der Aufbahrungshalle, bis sich der Begräbniszug endlich in Bewegung setzt … habe mich in den Schatten zwischen den Bergahornbäumen und Scheinzypressen zurückgezogen, eine zerrüttete Allee entlang der Hauptachse des Friedhofes, das gezauste und dezimierte Defilee hölzern strammstehender Wachen auf dem letzten Weg. Es sind kaum Leute gekommen … einige Schaulustige vielleicht, die von der Odyssee meines Leichnams gehört haben und die nun die Neugier auf das Ende der Geschichte nicht mehr loslässt … einige alte Damen an den Gräbern ihrer kriegs- oder herztoten Männer, mit den grünen Kunststoffgießkannen der Friedhofsverwaltung unter dem Arm. Sie strömen wie die aufgescheuchten Krähen aus allen Ecken des Friedhofes zusammen und reihen sich in die Prozession hinter dem Sarg ein. Vorneweg marschiert der Priester mit zwei Ministranten, das große Kreuz rückwärts gewandt in Richtung meiner sterblichen Überreste …
Als der Zug an mir vorübergegangen ist, schließe ich mich als Letzter meinem eigenen Begräbnis an, ein unruhiger Geist, aus den Schatten der Bergahornbäume heraus. Die Prozession führt bis zum Friedhofskreuz, dann biegt sie nach rechts und wieder nach rechts, hinter die gemauerte Einfriedung der Altkranzsammelstelle, wo zwischen zwei bemoosten Grüften ein offenes Grab liegt. Ich kann keine bekannten Gesichter in der Trauergemeinde erkennen.

Ich halte mich im Abseits, bleibe unter einer Zitterpappel in einiger Entfernung zum Rand des Grabes stehen, wo ich meinen Sarg und mein Grabkreuz zwischen den Schultern der Umstehenden hindurch nicht mehr erkennen kann, sondern nur noch Beatrice ... hoch aufgebaut zu unwahrscheinlicher Größe am Kopfende des Grabes, dort, wo man den Grabstein pflanzen wird, die Haare offen, der Mund tiefrot und voll und ihr Körper in ein schwarzes Gewand gehüllt.

Sie sieht mir in die Augen ... da ist wieder der halb lauernde, halb mitleidig-spöttische Ausdruck dahinter, mit dem sie mich vom Ende meines eigenen Grabes aus bedenkt, und ich erwidere ihren Blick.

Ich warte die Begräbnisfeierlichkeit ab ... streife durch die Reihen, ob ich ein Gesicht darin erkennen kann, verwandte Züge, doch da ist nichts ... Fremde und fremd Gewordene, die Mutter hat mich schon vor Jahren verlassen, und Beatrices Lächeln bleibt das einzige Vertraute. Der Priester spricht das Vaterunser, doch die Beistehenden, die Versammlung der Schaulustigen und der Spaziergänger, die dem unbekannten Toten hier ihre letzte Ehre erweist, kennt den Text nicht, lässt ihn allein sprechen, während der Sarg allmählich in die Grube hinabgelassen wird, und Erde zu Erde und Staub zu Staub. Einer wirft Blumen hinterher, wenn es nicht in die Erde fällt und stirbt, bleibt es allein, stirbt es aber, so trägt es reiche Frucht, danach ein Schaufelchen vom links und rechts am Rand des Schachtes aufgeschütteten Lehm, gesät wird in Schwachheit und auferweckt in Herrlichkeit ... Beatrice kann sich ein Lachen nicht verkneifen, als sich unsere Blicke erneut über dem offenen Grab treffen.

Dann verläuft sich die Trauergemeinde wieder zwischen den übrigen Kreuzen und Steinen, schüttelt die aufgeregt übergestreifte Anteilnahme wieder ab, und der eine oder andere, das sehe ich im Vorbeigehen, zerdrückt noch eine Träne über seiner Wange … die Ergriffenheit fasst uns rasch. Beatrice wartet reglos, bis ich ganz bei ihr bin. Nur der Wind geht durch ihr Haar und ihr Gewand.

Das also geschieht mit uns, wenn wir sterben, sage ich. Beatrice antwortet nicht.

Ich weiß jetzt, wer du wirklich bist, sage ich, als ich vor ihr stehe und zu ihr hinaufsehe … spätestens seit unserer Begegnung in Venedig habe ich es gewusst, doch befürchtet hätte ich es schon viel früher … noch während der Zugsfahrt, in Abbeville und Père Lachaise und jetzt endlich würde ich klar sehen.

Wer sie sei, sei nicht so wichtig, sagt Beatrice. Wichtiger sei, dass ich endlich wüsste, wer ich selbst sei … Ob ich mich denn nun auch erinnern könne und erkennen, was geschehen sei …

Ich weiß es jetzt, sage ich. Allein meinen Namen wüsste ich noch nicht, der sei noch nie gefallen, doch auch auf diese Frage würde ich nun nach langem eine Antwort finden.

Ich mache ein paar Schritte zurück zu dem Grab, wo der Bestatter bereits damit begonnen hat, Erde über den Sarg zu schaufeln. Im lehmigen Boden steckt noch das provisorische Grabkreuz, das den Totenzug von der Aufbahrungshalle bis hierher angeführt hat, mit der Rückseite zu mir. Ich gehe darum herum und lese meinen Namen, wo er ins Holz eingraviert ist und schwarz lackiert über meinem Sterbetag steht:

Frank Kasper

Ich heiße Frank Kasper, sage ich zu Beatrice. Was für ein sonderbarer Namen das doch sei ...
Wieso heiße ich Frank Kasper, frage ich.
Ob ich denn immer noch nicht verstehe, fragt sie.
Nein, sage ich.
Dein Name ist nicht Frank Kasper, sagt sie. Das sei auch nicht mein Grab, an dem wir hier stünden und nicht mein Leichnam, der da Schaufel um Schaufel unter Lehm und Braunerde verschwinde.
Wer ist dann der Tote, frage ich.
Irgendein Student, meint Beatrice. Dann hält sie mir die Hand hin.
Komm mit, sagt sie. Es sei an der Zeit, dass sie mir endlich einige Dinge erkläre ... dazu müsse ich aber endlich mit ihr kommen. Ich müsse ihr vertrauen.
Ich weiß nicht, sage ich.
Welchen Grund sie denn nun noch haben sollte, ihr Versteckspiel fortzuführen, sagt Beatrice und streckt mir noch einmal ihre Hand hin, fordernder diesmal, drängend. Ich greife zögerlich danach und Beatrice fasst mich fester, kaum dass ich mit der Nagelspur an ihren kleinen Finger komme, und zieht mich hinter sich her.

Sie führt mich in ein Café nahe des Broadway, im Trägwasser abseits der vorwärts drängenden Besucherströme. Die Ausstattung längst schon jenseits jeder Moderne, längst nicht mehr en vogue und damit unbehelligt von den Menschenmassen, den Tagestouristen draußen vor dem Panoramafenster, die sich immerzu selbst auf den Fuß folgen.

Das Café kommt mir bekannt vor. Es erinnert an Edward Hoppers Nachtschwärmer oder an Automat, an Bilder, die mir während meines Studiums untergekommen und die mir in Erinnerung geblieben sind, gleichsam als die verknappte piktoriale Zusammenfassung, als die Untermalung des späten amerikanischen Realismus, in wenigen Farben, wenigen Strichen, irgendwo zwischen Steinbeck und Salinger …

Lediglich der Geruch im Inneren des Lokals erscheint mir ungewohnt, ist sonderbar papieren und trocken. Die Luft, die Hitze, die auch hier unter der Decke hängt, wird nur von einigen Ventilatoren im Kreislauf, in Bewegung gehalten … aromatisiert von dem alten und abgewetzten Leder der Sitzbänke, als wolle das Buch, aus dem ich gestohlen habe, als wollten alle Bände und Konvolute der Bibliothek hier nun endlich nach mir fassen, im schweren Geruch ihrer Einbände und Rücken. Das ist ihre Art der Betäubung.

Sie müsse sich irren, sage ich. Ich wisse, dass ich der Tote in dem Grab sei.

Aber du atmest noch, sagt Beatrice.

Dein Herz schlägt.

Das könne nicht sein, sage ich. Ich hätte meinen eigenen Tod gespürt, noch lange bevor ich ihr in die Arme gelaufen sei … ich hätte das fühlen können, wie meine Stoffwechselsysteme von Tag zu Tag ihren Fluss verlangsamt hätten … wie mein Körper abgekühlt sei, in der Folge, und wie meine Bewegungen, meine Flucht nur noch wie gehemmt vor sich gegangen sei, die Muskeln gleichsam wie Wachs so starr und die Haut an den äußeren Extremitäten des Körpers, den herzferneren physiologischen Regionen, allmählich spröde geworden. Ich zeige ihr die Stellen auf meiner Schulter, die wie der Stein sind.
Beatrice kann sich ein Lächeln nicht verkneifen. Das sei die Hypochondrie der Schriftsteller, sagt sie … was ich denn glaubte: Wenn ich tatsächlich tot sei und dort in jenem Grab liege, wieso ich dann immer noch mit ihr sprechen könne.
Mein abgestorbener Kiefer, werfe ich ein …
Beatrice wirft mir einen sonderbaren Blick über den Tisch zu. Die Welt habe sich gewandelt, meint sie dann, langsam, nach Worten wie nach Atem ringend. Sie entspreche nicht mehr den Bildern, die ich von ihr habe, sagt sie, während die Kellnerin Kaffee und zwei bleiche Waffeln vor sie hinstellt, dazu Ahornsirup, um dreifünfzig zusammen … sie integriere diejenigen, die ihr einmal fremd geworden seien nicht, sagt sie. Biete ihnen keinen Platz mehr außer in unterirdischen Kellerwohnungen und in ebenso lichtlosen Schauspielhäusern. Sie lasse sie zwar eindringen in ihre Gassen und in die Felslandschaft, zwischen die Klippen, in das Häusermeer und die Zir-

kulation von Verkehr und von Leben darin auf Plätzen und Plazas, doch sie könnten sich nicht länger mit ihrem Blutkreislauf verbinden. Würden abgestoßen, müssten draußen bleiben und blieben damit am Ende für sich.

Beatrice gießt sich Ahornsirup über die Waffeln. Ich sehe ihr beim Essen zu. Gegensätzliche Pole seien wir: sie, Beatrice, und ich.

Gegensätze ziehen sich an, sagt Beatrice und beißt in ihre sirupgetränkte Waffel. Ich kann ihre Zähne sehen, weil sie die Lippen heben muss, um sich nicht mit Sirup zu beschmieren.

Das sei lediglich ein Topos, antworte ich: die Attraktion des Gegensätzlichen zueinander. Mehr nicht als das: ein Unort des Gemeinsamen, oder ein Ort des Ungemeinen. Ein literarisches Konstrukt, und ganz nach Belieben auch etwas modernistischer zu formatieren: New York. Ein Nachtcafé.

Ein literarisches Konstrukt, nickt sie. Du warst nie in Manhattan, sagt Beatrice dann.

Aber du warst bei mir, sage ich.

Ich war bei dir, sagt sie, aber du warst nie in New York. Nie in China Town. Nie in der Bayard Street oder in irgendeiner anderen der Straßen von Manhattan, die im Netz von Häuserblöcken und Quadranten die Insel überziehen.

Ein Wetterleuchten strahlt die Dämmerung im Inneren des Lokals für wenige Sekunden aus. Ich höre ein Donnergrollen vom Flussufer her, der lange angekündigte Ausbruch des Unwetters, während seine Vorfronten, die

Hitze und die Schwüle, die Stadt immer noch unnachgiebig besetzt halten.
Sieh dich doch um, sagt Beatrice.
Ein Schwarm Trauermücken hat sich ins Innere des Cafés verirrt und unter der Decke verfangen, unfähig, wieder nach draußen zu entkommen oder sich auf einem der Tische, auf einer der Bänke zu neu sammeln. Man scheucht das Ungeziefer fort, kaum dass sich die Mücken den Gästetischen nähern. Langsam, aber stetig lichten die beiden Deckenventilatoren die dunkle Wolke der Fluginsekten aus, bannen sie in ihrem Sog, in ihre Strömungen und unsichtbaren Winde und zerschlagen ihre Reihen. Tier für Tier bleibt als regloser Punkt auf den Rotorblättern der Ventilatoren zurück, selbst als zerschmetterte Kreatur noch zum Kreislauf in der Hitze, zum Laufraddasein der Lebenden verdammt.
Erkennst du das nicht, fragt Beatrice und dann, eindringlicher als zuvor, noch ein zweites Mal: Erkennst du nicht, was hier geschieht?
Dann kommt die Dämmerung tiefer über die Stadt und die sich nach und nach auflösenden Wolken der Trauermücken verschwinden ebenso wie das Wüten der Ventilatoren vor dem Halblicht der bunten Neonröhren im Lokal. Beatrice hat ihre Waffeln aufgegessen, den Kaffee zur Hälfte ausgetrunken. Wir sollten gehen, sagt sie und zieht mich hinter sich her durch die Türe, hinaus aus dem Lokal, aber es ist nicht der Lärm der Straße, der uns empfängt, nicht das Stoßen und Drängen der inneren Stadt … im Gegenteil, es ist der Tauchgang durch eine fremde

Atmosphäre, die Stille in den Korridoren als der angehaltene Atem darin, ein Kleinmachen des beanspruchten Luftraums, um nur ja kein Geräusch zu machen. Um die nebenan Sitzenden nicht zu verstören oder die, die immer noch zwischen den Regalwänden hin und her irren, unstete Geister in ihrer Sisyphusarbeit befangen, und nur die Einbände der Bücher, die Zuschreibungen über den Regalen ändern sich, niemals jedoch die monotone Tätigkeit selbst.

Es sei sonderbar, sage ich zu Beatrice und deute auf den Fußboden, der als ein schwarzweißes Karo den Raum vor uns zum vertrauten Spielbrett macht … es sei sonderbar, wie sich alle Dinge und alle Orte auf der Welt aus denselben wenigen basalen Strukturen aufbauten, wie es immerzu die gleichen Muster seien, die allem zugrunde lägen, und wie man nur lernen müsse, einmal genauer darauf zu schauen, um auch die Spielregeln dahinter zu erkennen … dieselbe Architektur, die, so scheine es, allen Bibliotheken rund um den Globus als Grundfeste diene, dasselbe Schachbrettmuster am Boden.

Es ist dieselbe Bibliothek, sagt Beatrice.

Der Ort des ersten Verbrechens, sage ich.

Es gibt kein Verbrechen, sagt Beatrice. Nicht hier und nirgendwo anders. Kein Mord an Schierling. Nichts sonst.

Das habe Jana auch gesagt, sage ich.

Jana, fragt Beatrice sonderbar hellhörig, wer ist Jana?

Ich solle mich hier umsehen, sagt sie dann. Ich müsse hier doch irgendetwas erkennen, das mir weiterhelfe. Ich gehe langsam die Reihen der Lesebänke ab, Beatrice immer hinter mir her, die Fossa, an meiner Seite. Dort hinten sei der Tisch, sage ich, an dem der namenlose Student gesessen habe, bevor er über der Erkenntnis der Welt von A–Z zusammengebrochen sei. Ich sehe etwas wie eine rasche Bewegung mit der Zunge über Beatrices Lippen, dann nimmt sie mich wieder an der Hand und hält mich zurück.

Es sei wichtig, dass ich mich erinnerte, was hier geschehen sei, sagt sie. Dass ich so weit wie möglich in meiner Geschichte zurückreiste und bis zu dem Punkt, an dem sie begonnen habe ... Schierling und der Rattenkönig ... die Hitze in den Laboratorien und das heimliche Rascheln in den unzähligen Käfigen an den Wänden ...

Weiter, sagt Beatrice ... meine Zwillingspüppchen ... meine Mumien, mein gesichtsloses Geschirr in Kammern und Kästchen, jenseits des Himmels, der ist nur ein unstetes blaues Flackern ...

Davor, sagt Beatrice.

Ich war in San Francisco, sage ich. Weiter zurück könne ich mich nicht erinnern. Weiter könne ich nicht gehen. Das sei bereits das erste Kapitel.

Du musst dich anstrengen, sagt sie ... da waren zwei Rückblenden im Text, kurz eingeschoben ... die Kindheit am Eisernen Vorhang und der Moment, als meine Mutter mich verlassen habe ...

Da sei sonst nichts, sage ich.

Komm, sagt Beatrice noch einmal. Sie zieht mich wieder hinter sich her und aus der Bibliothek hinaus, manövriert mich in undurchschaubaren Bocksprüngen über den

schwarzen und weißen Fußboden ... ein Tanz, ein nicht länger entzifferbarer Code, in dem sie zwischen hell und dunkel, zwischen Licht und Schatten hin und her wechselt, und es gibt kein Innehalten in ihrer Raserei. Es gibt kein Spielen gegen den Tod, das ist Pavels Lektion, so weit ich mich noch erinnern kann ... bereits die Ausgangshypothese sei falsch, dass man sich als Spieler auf derselben Ebene, derselben Augenhöhe gegenüberstehe: Für die Spielfiguren gibt es keinen anderen Weg nach draußen als aus dem Spiel geschlagen zu werden. Nur der Tod, nur Beatrice kann auch den Spielfeldrand überschreiten, ohne eine Grenze, und endlich in jenen Graubereich gelangen, da das Gradnetz durchscheinend wird und das offenbart, was als seine Konstruktion darunter liegt ... das ist ein grobes Pflaster, ein wenig aufgeschütteter Zement, ein die Feuchtigkeit und den Staub in den Spinnennetzen überkopf atmender schmaler Korridor.
Wohin sie mich führe, frage ich Beatrice.
Ins Totenreich, sagt sie und lacht. In die tiefsten Region der Unterwelt, in den Tartarus in ihren Fundamenten.
Der Tartarus ist ein rechteckiger Raum und misst drei mal vier Meter im Quadrat. Moos und die bleichen Bahnen zerrissener Spinnennetze hängen von der Decke. Durch zwei schmale Schlitze in der Wand der Türe gegenüber fällt etwas Licht herein, aus den oberen Regionen, so scheint es, doch ohne Aussicht auf die Lichtquelle dahinter, auf einen helleren Horizont ... der bleibt unerreichbar, ein aussichtsloses Dasein, das sei die Strafe für die schlimmsten Vergehen, meint Beatrice.

In der rechten hinteren Ecke des Tartarus ist ein Stapel von Zeitungen und Zeitschriften wie zu einem Podest geschlichtet, ein Papierberg, gestützt von nur wenigen dicken Ledereinbänden, alten Lexika und Almanachen. Am Kopfende des großen Stapels türmt sich noch ein zweiter, kleinerer, als wachse das Papier nach und nach aus allen Ecken ... ein Pilz ... ein Nachtkästchen, das jemand der Matratze aus zersetzten und zerlesenen Texten beigestellt hat. Zwei Lichtstrahlen fallen aus den beiden Fensterschlitzen in die Mitte des Raumes, das ist das helle Zentrum einer abgedunkelten Welt und darin steht mein Schachbrett aufgebaut, die Enzyklopädie der Welt von A–Z als Spieltisch und die Figuren auf den Quadraten noch immer unverändert, um keinen Millimeter verrückt, seit Lucy zuletzt daran gerührt hat.

Es müsse Monate her sein, sage ich zu Beatrice, und die Figuren seien noch nicht einmal staubig. Neben dem Spieltisch liegen Essensreste, verklebter Reis und ein wenig Fisch, ebenfalls auf wundersame Weise konserviert, ebenfalls erst wie gestern ausgestreut, wo die Infektion in meinem Zahnfleisch inzwischen meinen halben Unterkiefer aufgefressen hat. Etwas Seltsames gehe hier vor, sage ich, doch ich könne nicht genau sagen, was.

Woran erinnert dich der Raum, fragt sie.

An Lucy, sage ich. An meine Liste, an das Kryproskript und dass wir dem Tod selbst auf seine Fährte gerückt seien ... nur wenig, und wir hätten ihr Geheimnis endgültig entschlüsselt.

Glaubst du das, lacht Beatrice.

Ich weiß es, sage ich. Womöglich seien hier herunten sogar noch Hinweise auf die Lösung des Rätsels zu finden, zurückgebliebene Glossen oder Formeln von Lucys Decodierungsarbeit, und ich müsste nur meine Augen weit genug öffnen, um diese auch zu erkennen und damit ihr Spiel, die Schmierenkomödie, die sie selbst jetzt noch inszeniere, zu beenden. Sie sei tatsächlich keine gute Schauspielerin, sage ich.
Beatrice lacht wieder, doch diesmal liegt etwas Bedrohliches in ihrem Lachen. Wir müssen weiter, sagt sie, der nächste Kreis warte bereits auf mich … heraus aus den Niederungen der Unterwelt und höher, immer höher über ein enges Treppenhaus, das nach Desinfektionsmittel und Linoleum riecht, ebenso ohne Fenster und ohne Aussicht wie die Gewölbe darunter. An jedem Treppenabsatz ist ein Lichtschalter in der Wand, dahinter ein orangerotes Glühen, ein Grablicht, und jedes Mal, wenn Beatrice dagegen schlägt, reißt für wenige Augenblicke die Dunkelheit um uns herum auf und ich kann die nächsten Stufen, kann Beatrice vor mir erkennen, wie sie höher und höher springt und mich immer noch nicht aus der Hand lässt, bevor die Nacht sich wieder um uns schließt, ihr Vorhang, und die letzten Schritte, die letzten Meter bis zum nächsten Grablicht, bis zum nächsten groben Schlag gegen den Schalter sind Blindflug, sind der Sturz nach oben durch ein uniformes Nichts … ich spinne Gedanken über die Höhe der Treppe, das ist die Tiefe des Abgrunds, das ist die Angst, ich könnte in der Dunkelheit stolpern und in den Schacht zurück, ein schmerzhafter Fall über drei,

vier oder mehrere Stockwerke und ein harter Aufprall am Absatz des Treppenhauses, irgendwo aus einer anderen Geschichte herausgenommen … dann stößt Beatrice unmittelbar vor uns plötzlich eine schmale Tür auf und anstelle des orangen Grablichts der Lichtschalter schluckt uns das Blaulicht meines Himmels.
Wenigstens hier, so scheint mir, hat alles noch seine Ordnung. Die Monitore sind an, alle Kameras in Betrieb … die Übertragung auf die Bildschirme läuft ohne Verzögerung und ohne Schnitt, dann flackert das Bild auf dem Schirm ein wenig, aber es ist nur eine Lücke in der Übertragung, mehr nicht, das Signal reißt ab, ein Ameisenschwarm, der für Kurzes den Platz der Welt besetzt, dann kehrt die Welt wieder in ihrer gewohnten Gestalt zurück. Es ist jedes Mal dasselbe, meine ich, ohne jegliche Veränderung: Zimmer 142 rührt das Essen nicht an. Verschwindet stattdessen kurz im Bad, für fünf Minuten nur, vier Minuten, drei, zwei, eins, das vergeht in einem Atemzug … das ängstigt mitunter … scheint die Zeit noch zu beschleunigen, wenn man sie herabzählt, als fliehe sie selbst vor dem Nichts, vor der Null an ihrem Ende.
Deshalb womöglich, von Zeit zu Zeit, das Flackern auf dem Schirm, wie ein Schnitt.
Eine Gestalt huscht katzengleich über den Gang vor 130 und 131 und verschwindet dann in Richtung der Raucherräume, oder in eines der angrenzenden Zimmer. Wenn sie kurz anhält, ist mir, als könnte ich von der Seite ihr Gesicht erkennen. Jetzt erscheint es mir wie Beatrices Gesicht, doch so erscheint mir im Moment alles und jeder.

Ein Besucher, meine ich.

Ein Anstaltsfremder, das erkennt man an der Festigkeit der Schritte, die noch Ziele außerhalb dieser Mauern haben. Die noch nicht behutsam aufzutreten brauchen, aus Angst, die Stille zu zerschlagen, die sich als ein Vorbote des Kommenden in den Korridoren und Treppenhäusern und in den Liftschächten, Lichtschächten eingenistet hat.

Die Frau auf 111 richtet sich zum Gehen und mit ihr zusammen geht das letzte Licht des Tages aus dem Zimmer, fällt nicht länger durch die Glasfronten nach drinnen, nicht länger unmittelbar, sondern nur noch im Regress, in der fahlroten Reflexion von den Backsteinmauern der angrenzenden Gebäude. An den Fenstern fehlen die Griffe. Sie sind abmontiert, oder man hat sie niemals daran angebracht.

Es ist ein sonderbares Abschiednehmen, mehr ein Verinnerlichen der letzten Dinge bis zum nächsten Morgen als ein unangebrachter Wortlaut in der Stille: eine Berührung an Wange und Armen, ein zärtliches Streicheln, und selbst das darf nicht mittelbar zum Ziel gelangen: Die Frau auf 111 rückt die Schutzmaske vor ihrem Gesicht zurecht … überprüft noch einmal ihren Sitz, wie man die Sauberkeit seiner Schuhe überprüft, dann nimmt sie das Tablett vom Nachttisch des Krankenbettes … das am Teller übrig gelassene und nun von der Soße aufgeweichte Stück Fleisch darauf, den welk in sich zusammengefallenen Salat, nur ein wenig Grießpudding fehlt in der Schüssel daneben … dann geht sie nach draußen. Alles andere bleibt jenseits der Luftschleuse zurück, nur das in die Tür eingelassene Fenster gewährt noch einen Blick zurück ins Schattenreich des Krankenzimmers.

Im Vorraum dasselbe Ritual wie jeden Abend: die Schutzmaske, das Haarnetz und die Latex-Handschuhe in den Abfall, den weißen, nur mit dem Emblem der Anstalt bestickten Besuchermantel über den Haken gehängt, von wo er später weiter in die Desinfektionsabteilung geht. Das Tablett und das Geschirr darauf kommen in einen kleinen Wagen aus mattgebürstetem Stahl. Der geht danach ebenfalls zur Dampfdesinfektion in die Kellergeschoße des Hauses, irgendwann während der Nachtstunden.

Auf dem Gang hinter der Druckschleuse strömen die letzten Besucher zusammen. Die Nachtschwester, die eben erst ihre Schicht antritt, streift noch ihren Kittel zurecht, dann weist sie den Angehörigen stumm den Weg nach draußen. Die Treppen hinab, ohne Blick zurück und ohne Zorn, und nur mehr meine Puppenmenschen und ich bleiben in der Station zurück: ich vor dem bläulichen Ablicht der Schirme und sie in ihren Zimmern … sonderbar beschnitten in ihren Gliedern, langsam in ihren Bewegungen oder überhaupt nur noch auf Zuruf der Visitenärzte dazu fähig, sich nach den Seilzügen der Schwestern oder der Desinfektionstrupps zu rühren, die allgegenwärtig über den Linoleumfußböden der Abteilung sind.

Alles, was hier in seinen Betten liegt, wirkt farblos, und es ist nicht allein das Überlicht der Monitore, das ihnen ihre Züge stiehlt, das ihnen die Gesichter aufschwemmt und sie bis zur Unkenntlichkeit aufbläht, mit dicken Lippen und weichen Hälsen und ohne Konturen, die sind von der Medikamentation wie abgeschliffen … ausgeschlagen vom steten Tropf der transparenten Substanzen, die an Bügeln über den Bettlehnen hängen oder an eigens dazu herbeigeschafften Wägen: hohen Stangen, wo eine Flasche unter der nächsten für den ununterbrochenen Fluss der Infusionen sorgt.

Die Haare bleiben am Fußboden und in der Dusche zurück, die nimmt der Desinfektionstrupp jeden Morgen mit sich fort. Säcke voller Haare sind das, die von ihren Wägen baumeln, die gehen an die Verbrennungsöfen der Anstalt: Wer mit bloßen Händen hineinfährt und in dem dichten Filz wühlt, dem fallen nach einigen Tagen ebenfalls in breiten Schneisen die Haare aus, heißt es.

Manchmal liegen zwei meiner Puppenmenschen nebeneinander in derselben Wabe, für wenige Stunden, bevor man sie in ihre eigenen Zellen weiterverfrachtet. Solange die noch kontaminiert sind.

Wie Porzellan liegen sie dann beisammen, wie artig eingestelltes Geschirr, das auf seine weitere Behandlung wartet, und es gehört einiges Geschick der Pfleger dazu – oder auch Glück –, nicht ein Figürchen mit dem anderen zu verwechseln und es an dessen Stelle in sein Zimmer zu bringen.

Meine Zwillingspüppchen, sage ich: das eine nicht länger vom anderen zu unterscheiden.

Das sind die eigentlichen Symptome einer Krankheit, deren Verlauf kein äußeres Erscheinungsbild nach sich

zieht. Kein anderes Stigma als den Verlust all dessen, was man bislang gewesen ist, bis hin zur Austauschbarkeit … als eine Nummer unter vielen hier gelistet, und sonst nichts Bemerkenswertes mehr an ihnen, mit einem Mal.
Ich bleibe bei dem Zwillingspüppchen aus 111 hängen. In seinen Zügen, das sind Atemzüge. Ich denke, ich kann sie durch den Bildschirm hindurch erkennen, oder eine sanfte und dennoch wie der Herzschlag kontinuierliche Bewegung der Bettdecke, des Bettsaumes mit dem aufgestickten Kürzel der Abteilung darauf über der Porzellanbrust, aber da ist nichts.
Ich lege meine Hände auf sie, bis ich sie nicht mehr sehe, aber da ist immer noch nichts. Nichts, das ich spüren könnte.
Keine Wärme.
Kein Gefühl.
Keine Herzensregung, diese Nacht.
Fällt dir etwas auf, fragt Beatrice.
Nein, sage ich.
Du musst genauer hinschauen, sagt sie.
Aber da ist nichts, sage ich und mustere noch einmal die Reihen der Bildschirme, springe von einem Monitor zum nächsten … verharre jedesmal ein wenig über der bläulich schimmernden Oberfläche, das ist ein stilles Wasser und weiter … der nächste Monitor … die nächste Szene.
Das Bild auf dem Schirm flackert ein wenig, aber es ist nur eine Lücke in der Übertragung, mehr nicht, das Signal reißt ab, ein Ameisenschwarm, der den Platz der Welt be-

setzt hält, dann kehrt die Welt wieder in ihrer gewohnten Gestalt zurück.

Es ist jedes Mal dasselbe, meine ich, ohne jegliche Veränderung: Zimmer 142 rührt das Essen nicht an. Verschwindet stattdessen kurz im Bad, für fünf Minuten nur, vier Minuten, drei, zwei, eins, das vergeht in einem Atemzug … eine Gestalt huscht katzengleich über den Gang vor 130 und 131 und verschwindet dann in Richtung der Raucherräume, oder in eines der angrenzenden Zimmer … Ein Besucher, meine ich … ein Anstaltsfremder, das erkennt man an der Festigkeit der Schritte, die noch Ziele außerhalb dieser Mauern haben. Die noch nicht behutsam aufzutreten brauchen, aus Angst, die Stille zu zerschlagen, die sich als ein Vorbote des Kommenden in den Korridoren und Treppenhäusern und in den Liftschächten, Lichtschächten eingenistet hat.

Die Frau auf 111 richtet sich zum Gehen und mit ihr zusammen geht das letzte Licht des Tages aus dem Zimmer, fällt nicht länger durch die Glasfronten nach drinnen, nicht länger unmittelbar, sondern nur noch im Regress, in der fahlroten Reflexion von den Backsteinmauern der angrenzenden Gebäude. Die Frau auf 111 rückt die Schutzmaske vor ihrem Gesicht zurecht … überprüft noch einmal ihren Sitz, wie man die Sauberkeit seiner Schuhe überprüft, dann nimmt sie das Tablett vom Nachttisch des Krankenbettes … das am Teller übrig gelassene und nun von der Soße aufgeweichte Stück Fleisch darauf, den welk in sich zusammengefallenen Salat, nur ein wenig Grießpudding fehlt in der Schüssel daneben …

dann geht sie nach draußen. Alles andere bleibt jenseits der Luftschleuse zurück, nur das in die Tür eingelassene Fenster gewährt noch einen Blick zurück ins Schattenreich des Krankenzimmers.

Auf dem Gang hinter der Druckschleuse strömen die letzten Besucher zusammen. Die Nachtschwester, die eben erst ihre Schicht antritt, streift noch ihren Kittel zurecht, dann weist sie den Angehörigen stumm den Weg nach draußen. Die Treppen hinab, ohne Blick zurück und ohne Zorn, und nur mehr meine Puppenmenschen und ich bleiben in der Station zurück: ich vor dem bläulichen Ablicht der Schirme und sie in ihren Zimmern … manchmal liegen zwei meiner Puppenmenschen nebeneinander in derselben Wabe, für wenige Stunden, bevor man sie in ihre eigenen Zellen weiterverfrachtet. Solange die noch kontaminiert sind. Wie Porzellan liegen sie dann beisammen, wie artig eingestelltes Geschirr, das auf seine weitere Behandlung wartet, und es gehört einiges Geschick der Pfleger dazu – oder auch Glück –, nicht ein Figürchen mit dem anderen zu verwechseln und es an dessen Stelle in sein Zimmer zu bringen.

Meine Zwillingspüppchen, sage ich: das eine nicht länger vom anderen zu unterscheiden. Ich bleibe bei dem Zwillingspüppchen aus 111 hängen. In seinen Zügen, das sind Atemzüge. Ich denke, ich kann sie durch den Bildschirm hindurch erkennen, oder eine sanfte und dennoch wie der Herzschlag kontinuierliche Bewegung der Bettdecke, des Bettsaumes mit dem aufgestickten Kürzel der Abteilung darauf über der Porzellanbrust, aber da ist nichts.

Ich lege meine Hände auf sie, bis ich sie nicht mehr sehe, aber da ist immer noch nichts. Nichts, das ich spüren könnte.
Keine Wärme.
Kein Gefühl.
Keine Herzensregung, diese Nacht.
Siehst du es nicht, fragt Beatrice.
Nein, sage ich und spüre, wie nach und nach die Wut in mir hochkommt ... weshalb sie mich hierher gebracht habe, fahre ich sie an, und wie lange sie noch ihren Missbrauch mit mir und meinen Porzellanfiguren treiben wolle, und sie solle nun entweder gehen, solle mich gefälligst in Ruhe lassen oder die Geschichte an ein Ende bringen.
Ich für meinen Teil könne in dieser sonderbaren Szene, in die sie mich verschleppt habe, nichts erkennen. Ich könne nichts darin sehen und nichts darin lesen. Alles sei wie immer und das sei gut so. Das Bild auf dem Schirm flackere ein wenig, aber es sei nur eine Lücke in der Übertragung, mehr nicht, das Signal reiße ab, ein Ameisenschwarm, der den Platz der Welt besetzt halte, dann kehre die Welt wieder in ihrer gewohnten Gestalt zurück.
Es sei jedes Mal dasselbe, ohne jegliche Veränderung.
Zimmer 142 rühre das Essen nicht an. Verschwinde stattdessen ins Bad, für fünf Minuten nur, vier Minuten, drei, zwei, eins, das vergehe wie im Flug ... wie ein Schnitt.
Eine Gestalt husche katzengleich über den Gang vor 130 und 131 und verschwinde dann in Richtung der Raucherräume. Als sie kurz anhält, ist mir, als könnte ich von

der Seite ihr Gesicht erkennen. Jetzt erscheine es mir wie Beatrices Gesicht, doch so erscheine mir im Moment alles und jeder.

Der nächste Schnitt, und weiter so, den Korridor der Station hinab, bis ich – wie jedes Mal – an dem Zwillingspüppchen aus 111 hängen bleibe. In seinen Zügen, das sind Atemzüge ... ich denke, ich könne sie durch den Bildschirm hindurch erkennen, oder eine sanfte und dennoch wie der Herzschlag kontinuierliche Bewegung der Bettdecke, des Bettsaumes mit dem aufgestickten Kürzel der Abteilung darauf über der Porzellanbrust, aber da ist nichts.

Ich würde meine Hände auf sie legen, bis ich sie nicht mehr sehen könne, aber da sei immer noch nichts. Nichts, das ich spüren könnte.

Keine Wärme.

Kein Gefühl.

Keine Herzensregung, diese Nacht.

Und sonst nichts. Nichts würde hier geschehen, solange ich Wache hielte.

Eben, sagt Beatrice und sieht mich lange traurig an. Genau darum gehe es ja: Nichts geschehe.

Nichts habe sich verändert.

Alles gehe seiner Wege wie eh und je, alles entwickle sich nach immer demselben Schema, wachse entlang immer derselben Strukturen und komme stets an immer dasselbe Ende. Verstehst du das denn nicht, sagt sie. Hier und nirgendwo anders sei der Ort des ersten Verbrechens, wenn ich es so wolle, an den sie mich geführt habe.

Nein, sage ich, das verstehe ich nicht, und Beatrice wird plötzlich wütend. Sie reißt ihr Maul auf, dass ich die unstillbare Gier darin erkennen kann, die sie nur mehr mühsam unterdrückt, und die unbezwingbare Macht, die noch darunter lodert ... die sie selbst antreibt und deren Trieb sie, Beatrice, ist.

Wenn es mir selbst nicht gelinge, dann wolle wenigstens sie mich zum Ausgangspunkt meiner Geschichte führen, brüllt sie mich an, zurück an jenes erste Kapitel, das unter all meiner Erinnerung, die sei Fiktion, verborgen liege, und zugedeckt ... und zugeschüttet ... dann wolle sie mir endlich den Anfang und damit das Ende meiner Geschichte diktieren, über die Ränder der Erzählung hinweg und in meinen eigenen Worten ...

1

Zimmer 142 rührt das Essen nicht an. Verschwindet stattdessen kurz im Bad, für fünf Minuten nur, vier Minuten, drei, zwei, eins, das vergeht in einem Atemzug … das ängstigt mitunter … scheint die Zeit noch zu beschleunigen, wenn man sie herabzählt, als fliehe sie selbst vor dem Nichts, vor der Null an ihrem Ende. Das ist gut so, wider den Stillstand …
Eine Gestalt huscht katzengleich über den Gang und verschwindet dann in Richtung der Raucherräume, oder in eines der angrenzenden Zimmer. Ein Besucher. Ein Anstaltsfremder, das erkennt man an der Festigkeit der Schritte, die noch Ziele außerhalb dieser Mauern haben. Die noch nicht behutsam aufzutreten brauchen, aus Angst, die Stille zu zerschlagen, die sich als ein Vorbote des Kommenden in den Korridoren und Treppenhäusern und in den Liftschächten, Lichtschächten eingenistet hat. Jedes Wort, jeder Wink, jede schlecht angebrachte Geste und jeder aufrechte Habitus zerbrechen die Stille … belassen sie nur im Inneren jener drei Wände unangetastet, die die Skene zum letzten Akt umstellen, die Vierte Wand offen, kein Mauerwerk mehr, sondern das Glas des Panoramafensters … dahinter dann erneut das Mauerwerk, das ist der gegenüberliegende Trakt des Spitals, kein weiterer Prospekt, keine größere Aussicht mehr als diese.
Die Frau auf 111 hat ihren Platz seit Tagen nicht verlassen. Ist nur gelegentlich hinausgegangen in den Korridor … da steht ein Kaffeeautomat etwas weiter den Flur hi-

nauf, in einer Art Bucht, umrankt von Blähtonkästen mit Hibiskus und Philodendren, dass wir wach bleiben, und das ist gut so ... dass wir uns nicht entschlafen. Denn wenn wir sterben, geschieht das nicht in einem Augenblick. Schon lange vor dem Eintreten des Todes setzt allmählich jene Sequenz der Ereignisse und der Prozesse ein, die sich während der letzten Stunden überschlägt. Und das Sterben zehrt gleichermaßen an der Substanz der Lebenden wie der Toten.

Die Frau auf 111 hat sich ganz weit nach vorne gebeugt, ans Kopfende des Bettes. Sie summt ein Lied, das ist gut so gegen die Stille ... waren zwei Königskinder, summt sie in das gläserne Gesicht hinein, das dort auf dem Kissen liegt, auf den Überzug mit dem Emblem der Krankenanstalt gebettet, das noch so ganz ohne Ausdruck ist ... das Zwillingspüppchen, das der Ausdruck noch überkommen wird, das Zwillingskind, das man umsteht, und es ist, als beschaue man das eigene Gesicht vor sich auf dem Kissen. Die Stoffwechselsysteme in ihrem Fluss verlangsamt. Der Körper abgekühlt, in der Folge, und seine Bewegungen nur noch wie gehemmt, die Muskeln gleichsam wie Wachs so starr und die Haut ist an den äußeren Extremitäten des Körpers, den herzferneren physiologischen Regionen, spröde geworden.

Waren zwei Zwillingskinder, summt die Frau auf 111, und es ist ein so sonderbarer Ton in ihrer Stimme, und alles war gut, und dann fährt sich das eine von den beiden ins Haar und es geht ihm in Büscheln vom Kopf ab. Es ist gutes Haar, sagt es, so kräftig und überhaupt nicht gespalten an den Spitzen … richtig gut ist es, das ist nur der Krebs, weshalb es jetzt ausgeht. Der sitzt in den Adern und im Gebein, bis tief ins Mark hinein ist er gekrochen und malt von dort aus Ödemflecken an der Oberfläche … wo die Immunabwehr nachlässt, geht die Haut mit, löst sich in breiten Bahnen vom rohen Fleisch wie der Wandverputz vom Mauerwerk des Traktes gegenüber, das ist die einzige Aussicht, die hier noch bleibt, aber das ist gut so, das ist noch besser als drüben zu stehen, die dort drüben müssen unentwegt auf die Krebsstation schauen.

Die Heilungschancen sind gut, sagt die Schwester, mehr als neunzig Prozent unserer Patienten kommen nicht wieder, und die moderne Chemotherapie ist weitaus besser verträglich als die Präparate der Vergangenheit, sagt die Broschüre … kaum noch kotzen müssen, allerhöchstens acht- bis zehnmal am Tag, sagt mein Zwillingspüppchen, meine Glasfigur, meine Mumie, und da ist immer die Nähe des Todes. Da ist immer die Fossa, die am Kopfende des Bettes sitzt und die zuwartet. Die warten kann und die zur einzigen Gesellschaft wird während der Nächte, und das ist auch gut so oder wenigstens besser als nichts. Die Fossa ist hartnäckig wie die Ölspur in den Buglinien der Schiffe am Hudson, oder die perlenden und grünen Wirbel in den Fahrtrinnen der großen Frachter.

Mitunter geschieht es, dass die Augen erblinden. Dann rückt die Fossa noch ein Stückchen näher, kommt auch tagsüber, wenn die Mutter von Zeit zu Zeit und nur für das Notwendigste nach draußen geht … wenn sie sich

in die Lagune neben dem Kaffeeautomaten zurückzieht und darauf wartet, dass der Vater sie ablöst, oder die Geschwister, dass sie Platz nehmen und Wache halten am Bett des Zwillingspüppchens, auf dem jetzt die Fossa hockt und in sein blindes Gesicht grinst.
Keine andere Aussicht mehr.
Am Nachttisch liegt noch das Blatt Papier, die kleine Zeichnung, wochenalt inzwischen … ein Tisch darauf und ein Stuhl, und der Stuhl hat Blumen unterm Arm und eine rote Mütze auf, das ist das Rotkäppchen, und das ist gut, aber der Tisch, das ist ein mächtiges Ungeheuer mit langen Fangzähnen und gierig ausgestreckten Pranken. Nur einmal darüber gelacht, über den Unsinn, über die Phase einer neuen Kindlichkeit in ihrer Regression … das ist nur vorübergehend, das ist schon gut so … das ist die letzte Perspektive auf eine Welt, die keine andere Aussicht mehr bereithält als die auf das Sterbezimmer und seine Ungeheuer.
Und trotz aller Monstrosität – oder vielleicht gerade deswegen – hat alles hier seine erschreckende Ordnung, hat seine Hierarchien: der Tagesablauf ebenso geregelt wie der Sitzkreis rund um das Krankenbett, einmal stärker, einmal schwächer bestückt, doch immer in derselben Reihenfolge, und niemand ist dem Zwillingskind näher als seine Mutter.
Niemand ist stärker als der Vater.
Niemand ist ihm gleicher, niemand verwandter als der Bruder. Der versteht es, die eigene Angst zu schlucken und stattdessen zu lachen, die Stille zu durchbrechen, das

ist gut so, und in die Arme zu nehmen, und mehr kann man nicht tun. Da ist sonst nichts zu machen.
Und was übrig bleibt, kann seine Arme nicht öffnen. Kann nur aus der Ferne zusehen, kann sich nur in seine eigene Entfernung verkriechen und wie aus einem Terrarium, wie hinterglas das Drama mitverfolgen ... kann nicht wärmen und kann nicht sprechen, aber die Fossa ... die kann es erkennen, wie sie sich riesig und dunkel am Kopfpolster räkelt, gleich neben dem Gesicht ... kann sie sehen, weil es auch ein Zwillingskind ist, und da ist die entsetzliche Ohnmacht, die nach ihm greift, wenn es das Monstrum ansieht, und dafür schämt es sich.
Und da ist die Wut, plötzlich ... die unstillbare Wut auf die eigene Ohnmacht.
Diese Nacht werde es zeigen, sagt die Ärztin.
Heute Nacht wird keiner sterben, sagt es. Nicht solange es aufpasse.
Nicht solange es hier sei und über sein Zwillingspüppchen wache, und die Fossa sieht ihm ins Gesicht, Auge in Auge, sonderbar traurig zuerst, dann lacht sie. Lacht entsetzlich laut und zugleich unhörbar, reißt ihr Maul auf und dahinter ist sonst nichts zu erkennen als dieselbe lodernde und unstillbare Wut.
Das ist der Krebs, sagt die behandelnde Ärztin. Das ist die Infektion, sagt sie, wir wissen nicht woher ... die luftdicht gemachten Zimmer, die Desinfektionstrupps ... das Sterilisierungsritual im Talar von Schutzkitteln und Masken und Haarnetzen und Latexhandschuhen. Vor einer Stunde haben wir die Behandlung mit dem Antibioti-

kum begonnen, sagt sie, das ist gut so, da ist sonst nichts zu machen.

Und die Mutter summt ihr Lied von den Zwillingskindern gegen das Kopfende, das ist gut so, aber da ist nur mehr die Fossa, die es hört ... die Ohren taub und nicht länger ansprechbar, längst anspruchslos geworden, und alles Sensorische, alles Motorische, alles Außenweltliche und auf die Außenwelt Gerichtete hat sich schon auf den Weg des Regresses in sein Innerstes gemacht, und ohne Wiederkehr.

Die Kälte drückt aufs Herz und endlich bleibt es stehen. Dann setzt die Atmung aus und das Gehirn verödet, nur Minuten nach dem Stocken des Blutflusses. Irreparabel zerreißen die Knoten und Synapsen, die Nervenbahnen ... die Nervenzellen ausgehungert über einem Magen, der noch eine Weile weiter das verdaut, was ihm vom Leben als letzter Rest geblieben ist. Die Lunge fällt langsam in sich zusammen, dann versagen der Reihe nach alle anderen inneren Organe. Die Kohlensäure in den Muskelfasern kann nicht länger abtransportiert werden und lagert sich darin ab, endgültig: karbonisiert ... fossiliert ... versteinert Glieder und Gelenke, während die Ärztin den Todeszeitpunkt und das Eintreten der Leichenstarre feststellt.

Die inneren Prozesse aber laufen weiter: Das Blut, das nicht mehr fortbewegt wird, steigt in breiten Ödemflecken an die Oberfläche der Haut oder es sickert durch den Körper hindurch – ein bleicher Schwamm, ein wenig Bimsstein – an den Rücken, wo mein Zwillingspüppchen mit dem Kopf nach oben auf seinem Sterbebett liegt, die Augen unnahbar weitsichtig in den Himmel gerichtet, das ist nicht mehr als ein blinder Fleck.

Die Haut legt sich nun enger um die starren Glieder und dick und dunkel vom stillgelegten Blut treten die Venen darunter hervor. Dann, nach drei, vier Stunden versagen auch die Nieren ihren Dienst. Die Magensäure und die übrigen Verdauungssäfte fressen sich, in ihrem Zersetzungswerk von keinen anderen Prozessen mehr behindert, durch Darm- und Magenwände und eröffnen damit endlich aus seinem Innersten heraus, wohin es sich zurückgezogen hat, den letzten Prozess über mein Zwillingspüppchen: die Verwesung.

Die Erosion.

Und keiner nimmt während des Todes einen Gewichtsverlust des Sterbenden wahr: ein Gerücht nur, vom Erschlaffen aller Körperregungen: aller Muskulatur und damit allen Kampfes gegen das Unweigerliche, das doch als die logische Konsequenz hinter den letzten Doppelpunkten lauert: gegen das Ende: nur das ist mit Sicherheit zu spüren, wo die fremde weiße Hand in der eigenen plötzlich so kraft- und gefühllos wird, als weiche einem selbst jegliche Regung aus dem Körper ... dass da nichts ist.

Dass es nichts gibt, was uns fängt.

Nichts, das uns trägt.

Und keine Macht, die stark genug wäre, über uns zu wachen. Und kein Weiterleben vorstellbar, und mit einem Mal setzt ein anderer Prozess ein, nicht minder sonderbar als der des Sterbens, und der beschleunigt sich von Augenblick zu Augenblick, und das ist gut so … da ist der Ausdruck des Toten, der nun plötzlich über sein Gesicht gekommen ist, und da ist fast etwas wie eine nachgebürtliche Unschuld darin … das ist daraus herauszulesen, aus Falten und Zügen wie aus einem Buch: Unschuld und Frieden, und wo nach dem letzten Akt ein solcher Frieden zurückzubleiben vermag, da muss auch etwas Friedvolles sein, danach … und wo es eine Unschuld gibt und ein Danach, müssen die Unschuldigen auch von den Schuldigen geschieden werden, eine eigene Gerichtsbarkeit für die einen und die anderen, und wo ein Gericht ist, muss ein Gesetz sein, das ist gut, das ist ein gutes Gesetz, und wenn es gut ist und selbst den Tod überdauert, und das ist gut so, dann muss da auch etwas sein, das dieses Gesetz erlassen hat. Und das ist gut.

Wo aber das Gute in den Himmel wächst, braucht es das Übel, um als Fundament darin zu wurzeln. Das ist gut: Und noch in demselben Moment, in dem man aus dem Nichts heraus an einer neuen Hoffnung schreibt, schreibt man auch an der Ursache des Unglücks … sucht nach dem *granum infectionis*, und wo man sonst nichts in Händen hält, wird plötzlich eine neue Rolle frei, das ist der Platz der Antagonisten und der Bösewichte abseits des Sterbebetts.

Das sind die ersten gehässigen Worte.

Die ersten abschätzigen Blicke.

Abstoßende Gesten, die immer denjenigen treffen, der in der größten Entfernung zum Krankenbett gesessen hat … der selbst jetzt die Arme noch nicht öffnen kann, sondern stattdessen nur böse auf das Kopfende des Bettes stiert, und da ist etwas Wahnsinniges in diesem Blick, etwas Ungesundes, und dass einem das nicht schon vorher aufgefallen ist … dass man erst jetzt erkennen muss, woran man bisher seine Zeit verschwendet hat.

Die Frau auf 111 richtet sich zum Gehen und mit ihr zusammen geht das letzte Licht des Tages aus dem Zimmer, fällt nicht länger durch die Glasfronten nach drinnen, nicht länger unmittelbar, sondern nur noch im Regress, in der fahlroten Reflexion von den Backsteinmauern der angrenzenden Gebäude. An den Fenstern fehlen die Griffe. Sie sind abmontiert, oder man hat sie niemals daran angebracht.

Es ist ein sonderbares Abschiednehmen: mehr ein Verinnerlichen der letzten Dinge als ein unangebrachter Wortlaut in der Stille: eine Berührung an Wange und Armen … ein zärtliches Streicheln. Die Frau auf 111 rückt die Schutzmaske vor ihrem Gesicht zurecht. Überprüft noch einmal ihren Sitz, wie man die Sauberkeit seiner Schuhe überprüft, dann nimmt sie das Tablett vom Nachttisch des Krankenbettes … das am Teller übrig gelassene und nun von der Soße aufgeweichte Stück Fleisch darauf, den welk in sich zusammengefallenen Salat, nur ein wenig Grießpudding fehlt in der Schüssel daneben … und geht nach draußen. Alles andere bleibt jenseits der Luftschleuse zurück, nur das in die Tür eingelassene Fenster gewährt noch einen Blick zurück ins Schattenreich des Krankenzimmers.

Nur sie und ich seien noch in der Station zurückgeblieben, sagt Beatrice: ich vor dem bläulichen Ablicht der Schirme und mein Zwillingspüppchen auf seinem Zimmer.

Und was hier in seinem Bettchen liegt, wirkt sonderbar farblos, und es ist nicht allein das Überlicht der Monitore, das ihm seine Züge stiehlt, das ihm das Gesicht aufschwemmt und bis zur Unkenntlichkeit aufbläht, mit dicken Lippen und weichem Hals und ohne Konturen, die sind von der Medikamentation wie abgeschliffen … ausgeschlagen vom steten Tropf der transparenten Substanzen, die an Bügeln über den Bettlehnen hängen. Wie Porzellan liegt es da, artig eingestelltes Geschirr, das auf seine weitere Behandlung wartet, und es gehört einiges Geschick der Pfleger dazu – oder auch Glück –, nicht das eine kaputte Figürchen mit einem anderen zu verwechseln und es an seiner Stelle aus dem Zimmer zu bringen. Meine Glasfiguren, sage ich, meine Mumien: die eine nicht länger von der anderen zu unterscheiden. Aber so lange ich wache, habe ich geschworen, das habe ich ihr, Beatrice, ins Gesicht gesagt, würde hier niemand sterben.

Nicht in dieser Nacht.

Einen Monitor nach dem anderen habe ich eingerichtet.

Ich habe mich vor den Bildschirmen niedergelassen.

Habe die Videoaufzeichnungen der Überwachungskameras angehalten und sie bis zum Anbruch der Nacht zurückgespult … habe das Band dort geschnitten … habe eine Endlosschleife gelegt und sie anstelle der Wirklichkeit, anstelle ihrer Schrecknisse und Monster wieder eingespielt. Habe die Nacht zum Tag gemacht und diesen Tag selbst, wenigstens für mich, in meinem blau flimmernden Himmel, unendlich.

Das Bild auf dem Schirm flackert ein wenig, aber es ist nur eine Lücke in der Übertragung, mehr nicht, das Signal reißt ab, ein Ameisenschwarm, der den Platz der Welt besetzt, dann kehrt die Welt wieder in ihrer gewohnten Gestalt zurück.

Es sei seither jedes Mal dasselbe, sagt Beatrice, ohne jegliche Veränderung: Ich bleibe bei dem Zwillingspüppchen aus 111 hängen. In seinen Zügen, das sind Atemzüge. Ich denke, ich kann sie durch den Bildschirm hindurch erkennen, oder eine sanfte und dennoch wie der Herzschlag kontinuierliche Bewegung der Bettdecke, des Bettsaumes mit dem aufgestickten Kürzel der Abteilung darauf über der Porzellanbrust, aber da ist nichts.

Ich lege meine Hände auf sie, bis ich sie nicht mehr sehe, aber da ist immer noch nichts. Nichts, das ich spüren könnte.

Keine Wärme.

Kein Gefühl.

Keine Herzensregung, diese Nacht. Kein Ausschlag mehr auf dem Monitor des Kardiographen neben dem Bett, den schrillen und gleichförmigen Piepton hat man abgestellt. Anstelle der Pulsfrequenz, anstelle eines Lebenszeichens steht dort neben einer flachen Linie nur noch eine farblose.

0

Da ist die unerträgliche Leere.
Und der unerträgliche Schmerz, sagt Beatrice und nimmt meine Hand. Sie drückt sie, beinahe mitfühlend. Die Zeit scheint angehalten zu einem einzigen und niemals enden wollenden Augenblick. Dann wird jede weitere Anwesenheit im Raum plötzlich ebenso unerträglich wie der Anblick des toten Zwillingspüppchens auf dem weißen Laken mit dem Anstaltsemblem darauf.
Die Flucht, sagt Beatrice.
Mit dem Nichts, mit der Null vor den Augen hinaus aus dem Krankenzimmer, hinaus aus dem Himmel … den Treppen in die Tiefe gefolgt … Korridore entlang gelaufen, ohne Ziel … in andere, fremde Zimmer vorgestoßen, in andere Stationen mit anderen Symptomen … ihre Einwohnerschaft hochgeschreckt wie einen Vogelschwarm, selbst nur im Vorüberfliegen, und wieder weiter … in einem ruhigeren Trakt des Spitalsgebäudes plötzlich vor der Anstaltsbibliothek gestanden und sich ihr sonderbar verwandt gefühlt … das war die Kindheit und das Studium, eben erst begonnen: Literatur, Philologie, nun sonderbar abgeschattet und entfremdet in einer Welt jenseits des Krankenhauses, und dennoch ist das ihr verinnerlichtes Abbild im Kleinen … ihre reduzierte Struktur, die in der Parallele ein Geringes von deren Vertrautheit zu erzeugen vermag … ein wenig von jenem Vertrauen schaffen, das sich in den Stockwerken überkopf verloren hat.

Da ist die Kindheit wieder, wenn auch nur im eingeschränkten Sortiment, und an seine Kindheit gewöhnt man sich immer wieder leicht zurück ... an ihre Aussichtslosigkeit mit einem eisernen Vorhang vor den Fenstern, und nur die Bücher sind Okular nach draußen ... da ist überproportional viel medizinische Literatur, Volumina zur Molekularbiologie und zur Vivisektion, auch einiges Mathematisches, die Grundlagen von Algebra und Analysis, dann das Füllmaterial, das sich in jeder Bibliothek fast wie von selbst sammelt: Lexika und Atlanten, großformatige ausländische Zeitschriften und Kataloge, die Enzyklopädie der Welt von A–Z.
Die spannendsten Schachpartien der Geschichte.
Die Lektürekästen der Patientenbibliothek schließlich: Märchenbände, Drucke in großen Lettern, Bilderbücher für die Kleinen, gebrauchte und zerlesene und von anderen Bibliotheken ausrangierte, aus ausgestorbenen Wohnungen delogierte Exemplare, die hier zu einer Bibliothek der toten Bücher für eine tote Leserschaft zusammengetragen sind ... der ganze Kanon der Literaturgeschichte in zerschlissenen und vergilbten und verschmutzten Paperbackausgaben.
Aber der Geruch ist derselbe ... das sind die spröde gewordenen Lederrücken und die Leinenbindungen und ihre fast mütterliche Berührung, die einen niemals verstoßen, die einen niemals verfluchen und fortweisen wird, und es ist stets dasselbe Set von sechsundzwanzig Zeichen darin abgedruckt, das noch in der vollständigen Aussichtslosigkeit, in der fensterlosen Bibliothek des

Spitals wie im Fraktal die gesamte Welt aus sich heraus entstehen lässt ... Städte und Ozeane, fremde Länder und Eisenbahnlinien, die sie durchkreuzen, Flüsse, die sie durchwachsen ... andere Menschen schließlich, und andere Lebensgeschichten und zuletzt sogar ein ganzes eigenes Leben ... es sich darin zurechtgemacht, sich in den Büchern zurechtgelegt und sich darauf gebettet ... alles zusammengetragen, worauf sich bauen lässt ... immer wieder geht das eine Exemplar mit in den Keller, in die Fundamente der Krankenanstalt hinein, in ihre Lift- und Luftschächte tief drinnen im Beton: Dort sucht kein Mensch nach seinesgleichen ... Stück um Stück sammelt sich zusammen, das ist die Matratze, das ist ein Nachttisch, das ist das gesamte Mobiliar zur Ausstattung der neuen eigenen vier Wände ... alles zusammengetragen, was man braucht: Straßenkarten, die Gebrauchsanweisungen zum medizinischen Gerät, sogar weggeworfene Beipackzettel aus dem Medikamentenabfall und die großen Atlanten.

Und nur in den Nächten, Nacht für Nacht, immer wieder aus den Büchern hinaufgestiegen, um vor den Monitoren eines blau flackernden Himmels über die immergleiche Stunde zu wachen.

Verstehst du jetzt, sagt Beatrice: Du hast nie Literatur studiert.

Das könne nicht sein, sage ich. Was sei denn mit allen meinen Analysen ... woher wüsste ich sonst so viel von den inhärenten Strukturen der Literatur und den impliziten Werten ihrer Geschichte, von Normenkatalogen und darin vergrabenen Mustern ... wie könnte ich alles das erkennen, wenn sie, Beatrice, die Wahrheit sage.

Hast du dir deine Analysen schon einmal angesehen, fragt Beatrice.

Was sie damit meine, frage ich.

Ob mir denn noch nie aufgefallen sei, dass nicht etwas von dem, was ich sage, jemals zum Ziel führe ... dass ich zwar beständig glaubte, irgendwelche Strukturen zu erkennen, dass sich aus allen diesen Parallelen und Gegensätzen und Kontrapunkten ... aber beinahe widersinnig niemals ein tatsächlicher Zusammenhang erschließen lasse?

Ich sei vollkommen unfähig, aus irgendeiner Sache die richtigen Schlüsse zu ziehen, darum hätte ich es auch bis jetzt noch nicht geschafft, die Hieroglyphen meines Kryptoskriptes zu entschlüsseln.

Und die große Lesehalle in New York, meine ich ... immerhin seien wir uns dort begegnet ...?

Der Korridor vor der Patientenbibliothek, sagt Beatrice und deutet mit dem Finger zum Boden.

Und deine Theatergruppe, frage ich. Ihr Schauspielstudium, die Auftritte des deutschsprachigen Theaters, die große Premiere von Doktor Faustus an der Backside des Broadways?

Die Laienspielgruppe der Krankenanstalt, sagt Beatrice: Theatertherapie ... Rollenspiele zur Selbsthilfe. Man lerne dort, aus sich selbst herauszutreten und so die eigene Krankheit von außen zu bekämpfen, den eigenen Körper als Fremdkörper zu sehen ... du warst nie in New York,

sagt Beatrice noch einmal. Auch nicht in San Francisco und überhaupt noch nicht einmal in den Staaten.
Aber ich kenne jede einzelne Straße, sage ich, in der Bay ebenso wie auf Manhattan. Jeder Winkel, jede Abzweigung, jedes Haus dort sei mir vertraut ...
Der Illustrierte Weltatlas, sagt Beatrice. Ob ich denn meine eigenen Beschreibungen all dieser Orte niemals genauer gelesen habe ... die Deskription von Sandy Hook in Kapitel 55 etwa, oder meine Flucht durch das Gassenwerk von New York in Kapitel 50 ... die Straßen von San Francisco ganz am Anfang der Geschichte in Kapitel 60 oder später, die Fahrt der Demeter über den Ozean in den Kapiteln 27 bis 20, und den Stadtplan von Edinburgh in ebendiesem 20. Kapitel.
Meine Beschreibungen seien präzise und korrekt, sage ich.
Es seien lediglich die Aufzählungen von Längen- und Breitengraden, sagt sie ... Verkettungen von Straßennamen wie aus einem Routenplaner heraus.
Und meine Europareise, frage ich.
Verunstaltete Zitate aus den wenigen Büchern, die ich gelesen habe, sagt sie, die ich aus der Anstaltsbibliothek entwendet und hier als mein Bett wieder aufgeschichtet habe.
Meine Pilgerfahrt entlang des Jakobsweges ...
... ein jämmerlicher Don Quijote, sagt sie.
Mein Frankreichaufenthalt und die Reise nach Schottland ...
... Jules Verne, etwas Byron, etwas Wordsworth ...

Wordsworth ...?

... der Lake District, sagt Beatrice. Dann Scott und Dickens ... der dichte Nebel an den Bänken des Leigh, das sei Bleak House, in Wahrheit.

Und meine Flucht vor ihr, vor der Fossa quer über den Kontinent ...

... Tristram Shandy, Dantes Inferno und der Reiseführer für Europa, den sie mir zu meiner Abreise – sie lacht – geschenkt habe, sagt Beatrice.

Später dann ein paar Sonette und Elegien von Rilke und von Celan, zuletzt etwas Kafka, mehr sei da nicht ...

Das könne einfach nicht wahr sein, sage ich.

Du kannst es ja nachlesen, sagt sie. Ich könne ja, wenn ich ihr nicht glauben wolle, zurückblättern und an den Anfang zurückgehen, zu den ersten Kapiteln oder dorthin, zu jenen Stellen, wo ich der Meinung sei, ich wäre unterwegs gewesen und nachlesen, Kapitel 21 etwa oder Kapitel 4.

Dann könne ich mich selbst davon überzeugen, wie mechanisch meine Beschreibungen seien, dass es sich dabei zumeist nur um Wegbeschreibungen handle oder überhaupt um die Beschreibung von Landkarten anstelle von Landschaften wie in Kapitel 55 ... dass ich keine konsistente Perspektive einnehme beim Erzählen und überhaupt in allem nur sehr vage bleibe, dass etwa vor den meisten entscheidenden Sätzen oder Szenen ein „vielleicht" stehe oder ein „wahrscheinlich" oder auch ein „denke ich" und „sage ich" ... ausweichende Floskeln, Fluchtformeln bloß, zu deren Bestätigung ich niemals

einen anderen Beweis nachreichen würde als meine eigenen Worte, meine eigene Geschichte.
Kapitel 18 wiederum enthalte überhaupt keine Beschreibung einer Landschaft, sondern es sei lediglich die Depiktion eines Gemäldes. Ich hätte den Titel des Bildes sogar namentlich genannt, ohne es zu bemerken.
Ob ich mich denn niemals darüber gewundert hätte, weshalb an allen Orten meiner Reise stets derselbe Zyklon drohe, weshalb dieselbe Hitze lähmend über allem liege?
Ein Winter in Portugal ... werfe ich ein.
Eine Ansichtskarte, sagt Beatrice. Ein historisches Foto, eine Kuriosität mit Seltenheitswert, die eben darum ein beliebtes Motiv sei … eine von tausenden gestrandeter Grußkarten und Genesungswünsche aus der Patientenbibliothek.
Es hätte mir doch auffallen müssen: Ich hätte trotz des Eises niemals gefroren. Immer nur seien es Äußerlichkeiten gewesen, die Dingwelt, die vom Frost und vom Wetter in Mitleidenschaft gezogen worden sei. Niemals ich selbst.
Und kaum jemals Empfindungen.
Kaum Gerüche.
Dies hier, das Fundament des Krankenhauses, sagt Beatrice, sei der einzige Ort meiner Geschichte und zugleich der Ort des ersten Verbrechens, nach dem ich stets gesucht hätte. Hier und nirgendwo sonst habe meine Geschichte ihren Ausgang genommen, und nun kenne ich endlich auch das Vergehen selbst.

Aber was für ein Ort ist das, frage ich. Wo, wenn nicht in meinem Weltatlas und in meiner Phantasie liege das Spital denn ...
Willst du das wirklich wissen, fragt Beatrice und wirft mir wieder einen ihrer so rätselhaften Blicke zu, zur Hälfte bedauernd, zur anderen Hälfte ist da aber auch das Grinsen der Fossa, ein begierliches Abtasten, und da ist wieder der volle rote Mund der Hetaera Esmeralda, liebkosend und todbringend zugleich, ein infektiöses Geifern.
Komm, sagt sie und fasst mich wieder an der Hand. Es wird Zeit, dass du es siehst. Dass ich was sehe, möchte ich fragen, aber da ist Beatrice schon losgelaufen, immer noch mit unnachgiebiger Gewalt meine Hand gepackt, und zieht mich hinter sich her. Zur Linken öffnet sich eine Tür in die Wand, oder es ist das Ende des Korridors ... ein dämmriger Schacht, in dem eine Treppe im unablässigen Wechsel immer weiter in die Tiefe führt ... oder hinauf, in die höhergelegenen Stockwerke. Ganz oben, so scheint es, unzählige Treppensprünge höher, liegt ein warmer Schimmer wie das durch Blenden und blindes Glas einfallende Tageslicht.
Das Stiegenhaus des Spitals, sagt Beatrice. Sie bemerkt mein Zögern ... folgt meinem Blick in die Nacht unter uns, die die Treppen bereits wenige Stufen tiefer vollständig verschlingt. Komm jetzt, sagt sie dann. Wir sollten nicht noch mehr Zeit verlieren.
Dann läuft sie los und ich hinter ihr her. Stufe um Stufe höher hinauf, Schritt um Schritt, hinein in das fahle Licht, das von oben, das von der Decke des Schachtes

kommt, und bereits nach wenigen Metern, nach wenigen Windungen des Stiegenhauses versinkt auch die Türe zur Krebsstation, der Weg, auf dem Beatrice und ich gekommen sind, unter uns im Nichts.

Beatrice spricht kein Wort. Von Zeit zu Zeit sieht sie sich nach mir um, läuft mir voran, oder sie greift erneut nach mir, wenn ich zurückzufallen drohe … einzig unsere Schritte über den Treppen, immer derselbe Takt, metronomisch, ein schlagendes Herz … ein Herzklopfen, das, so scheint es, langsam aber stetig zu seinem Ende findet: Das ist das Ende des Stiegenhauses.

Wie könne es sein, sage ich zu Beatrice, um jenen bedrohlichen Rhythmus zu verdrängen, … wie sei es denn möglich, dass ich Kontakt zu so vielen Menschen gehabt hätte, wenn ich doch niemals aus der Anstalt herausgekommen sei … Menschen, die nicht bloß Patienten gewesen wären wie Pavel … Leute wie F., oder Jana und ihre Begleitung …

Wer ist Jana, fragt Beatrice, ohne im Gehen innezuhalten, und etwas wie Eifersucht klingt in ihrer Stimme, oder es ist die Angst, die Nacht des Treppenschachtes, die mit jedem Schritt weiter hinter uns herkommt, könnte uns einholen … könnte uns überholen und verschlingen, wenn wir zuviel Zeit mit Dialog und Deskription zubrächten anstatt unsere Flucht, unseren Aufstieg, unsere Geschichte unbeirrt weiter zu schreiben. Die Dunkelheit steigt wie der Pegel eines artesischen Brunnens näher an mich heran, wo ich kurz auf dem Treppenabsatz Halt mache … die Distanz verkürzt, die Schwärze hinterrücks fassbar geworden und wie ein Wasser bereits im Spiel an meinen Zehen. Durch eine schmale Öffnung in der Wand, zwischen den Blenden der vorgezogenen Balken hindurch kann ich ein seltsam flackerndes rötliches Licht erkennen ... ein Feuer, kommt mir, das sich unscheinbar in der Tiefe widerspiegelt, und nur noch durch ein, zwei Stufen von mir getrennt, unzählige Male vervielfacht in den zahllosen Augen, die das Dunkel an mich richtet.

Die Tiere der Unterwelt sind anhängliche Jäger.

Ich habe doch mit Jana gesprochen, sage ich, ebenso ungeduldig.

Eine fiktionale Figur sei Jana, sonst nichts, sagt Beatrice abschätzig und zieht mich eine Stufe weiter, reißt mich aus der Nacht und fort von dem vagen Feuer hinter dem Mauerwerk.

Jana sei nichts als die Figur eines anderen Buchs ... sie gehöre nicht hierher, sagt sie, und ob mir denn auch das nie aufgefallen sei: Niemals spreche irgendjemand unmittelbar zu mir, in der direkten Rede. Die lebendigste Form der Kommunikation, der Dialog, existiere in meiner Welt, wie ich sie konstruiert hätte, nicht. Tote Worte hausten darin, sonst nichts, anonym vermittelt durch eine zweifelhafte Erzählerinstanz, von blassen Charakteren und verblassten Gestalten.

Das beruhige mich sogar ein wenig, haste ich hinter ihr her ... zu erschreckend, zu absurd seien Jana und ihre Gesellschaft bei näherer Betrachtung gewesen, um sie sich tatsächlich wahr zu wünschen ... der ganze Schwarm von Möchtegern-Redakteuren und Kulturmachern und

Literaturfreunden, die die wahren Zugrabeträger ebendieser Kunst seien, als zu deren Befruchtung ebenso wie zur Befriedigung impotente Liebhaber sie sich bloßgestellt hätten ...

Nein, sagt Beatrice und wirft mir einen Blick über ihre Schulter hinweg zu ...

Nein, sagt sie, die waren wirklich, die F.s und Journalisten und Theatermacher ... diesen sei ich tatsächlich begegnet. Sie kämen von Zeit zu Zeit in der Cafeteria des Krankenhauses zusammen ... es sei dort ruhiger als anderswo und zugleich ein inspirierendes Umfeld, in gewisser Weise, so sagten sie. Der Mensch und seine Defizite, seine körperlichen Abscheulichkeiten ließen sich hier ganz vortrefflich studieren und für die Bühne aufbereiten.

Was das eigentlich für ein Feuer sei, das fortwährend hinter dem Mauerwerk brenne, frage ich dann.

Wie kommst du darauf, dass es ein Feuer ist, sagt Beatrice.

Weil es sich bewege, sage ich. Weil ich erkennen könne, wie es loderte ... wie von einem Augenblick zum nächsten andere Risse im Mauerwerk, andere Fugen rot aufleuchteten als eben noch zuvor, und andere verlöschten, als laufe eine unauslöschliche Glut neben uns her und die Wände und den Treppenschacht des Krankenhauses hoch.

Wir müssen weiter, sagt Beatrice. Wir müssten nach oben. Wir dürften uns hier nicht lange aufhalten. Das Treppenhaus, die höher und höher steigenden Stufen seien ein Graubereich zwischen den Welten, in dem man nicht verweilen könne.

Und all die anderen Personen und Nebenfiguren meiner Erzählung ... die Hirten aus den Pyrenäen – ein literarisches Klischee, eine Pastourelle, sagt Beatrice –, die Globalisierungsgegner an der französischen Küste – ein alter Zeitungsbericht – und die Bowlingspieler am Sandy Hook ... die Kellner und Gäste im Kaffeehaus über meiner Wohnung ...

Über meiner Wohnung seien nur der Beton der Fundamente und der Tiefgeschoße des Spitals, sagt Beatrice ... kein Café ... keine Gäste.

Wir seien doch gemeinsam dort gewesen, sage ich ...

Ein Bildband, sagt Beatrice. Postmodern Painting and Pop Art. Ich hätte das Buch aus der Hinterlassenschaft eines toten Patienten mitgehen lassen. Es hätte mir doch auffallen müssen, sagt sie. Allein die Art und Weise, wie ich davon gesprochen habe, hätte mich bereits an mich selbst verraten müssen: Das Café kommt mir bekannt vor, habe ich gesagt. Es erinnere an Edward Hoppers Nachtschwärmer oder Automat, an Bilder – Bilder! –, die mir bereits während meines Studiums untergekommen und die mir in Erinnerung geblieben seien, gleichsam als die verknappte piktoriale Zusammenfassung, als die Untermalung des späten amerikanischen Realismus, in wenigen Farben, wenigen Strichen, irgendwo zwischen Steinbeck und Salinger ... die piktografische Metaphorik meiner eigenen Sprache ...

Und Lucy ... frage ich.

Lucy war immer echt, sagt sie. Nur die Ratten, der Keller und das Labyrinth der Kanäle und Abfallschächte darin seien zur letzten Gesellschaft geblieben.

Du darfst nicht zurückschauen, sagt sie dann und in dem Moment komme ich in einer Kehre des Stiegenhauses, auf dem Absatz zur nächsten Treppe dort zu stehen, wo das sonderbare Feuer hinter dem Mauerwerk seine Glut entlang der Mörtelfugen zeichnet. Die Wandfarbe, der Verputz, der Stein darunter fühlen sich heiß an.

Komm jetzt, sagt Beatrice, wir sind bald oben.

Wieso ausgerechnet mein Zwillingspüppchen, frage ich dann. Wieso nicht auch mich.

Die Verdammten leben ewig, sagt Beatrice düster, und wieder stoße ich beim Laufen an die Wand des Treppenschachtes und ich kann die Hitze dahinter spüren und das Feuer, ein Schwelbrand, ein Schwefelbrand unter dem Gestein.

Am Ende der Treppe angelangt, stößt Beatrice plötzlich eine schmale Blechtüre auf, unscheinbar und ohne eine andere Beschriftung als das grüne Fluchtweg-Schild nebenan an der Mauer. Wir sind da, sagt Beatrice und hinter ihr, durch die aufgestoßene Türe, fällt ein tiefrotes, flackerndes Licht ins Innere des Treppenhauses und die Hitze eines niemals ruhenden Brandes, eben erst in seine eigene Asche zurückgekrochen und schon wieder aufs Neue daraus entstanden, schon wieder im Aufflammen begriffen … der Himmel selbst rot und orange und mit einem sonderbar kobaltblauen Ton dazwischen, und zum ersten Mal sehe ich ihn so, womöglich …

Ich folge Beatrice hinaus auf das Dach. Der Himmel ist nicht mehr als ein fahles Licht in der Ferne, die Distanz nicht zu bemessen, die Farbe nicht zu sagen. Ein *pale fire* ohne Wärme und dennoch ist das Blech der Verkleidung glühend heiß, räkelt sich die Hitze darüber wie ein böses Wesen, das nach unseren Knöcheln greift. Jeder Schritt verbrennt. Beatrice hat meine Hand losgelassen und geht vor mir, über Funk- und Fernsehkabel und die Verdrahtungen der Blitzableiter hinwegsteigend, auf den Rand des Daches zu. Am Abgrund angelangt, bleibt Beatrice stehen und wartet auf mich.

Ich stelle mich neben sie und folge ihrem Blick hinaus in die Weite, hinab in die Tiefe einer Welt, die, so scheint mir immer deutlicher, je näher ich der Brüstung komme, ihr, Beatrice, zu Füßen liegt.

Siehst du jetzt, wo wir stehen, fragt sie.

Eine andere Perspektive, ein weiterer Horizont dahinter. Das ist die Stadt: der stockende Verkehr in ihren Straßen. Die Dachlandschaft der Innenstadtpalais und ihre Durchbrüche: deckenhoch verglaste Penthouses und Dachgärten, ein eigenes Reich, eine eigene kleine Welt für die oberen Zehntausend in der unmittelbaren Berührung des Himmels.

Ihm den Bauch pinselnd, auf Augenhöhe mit uns. Dahinter der aufragende Turm der Kathedrale, die Flutlichter und Dachaufbauten des Nationalstadions wie ein aufgelaufenes Kriegsschiff, gestrandet inmitten der Stadt. Der Fluss selbst, die Kaimauern und der Glaspalast des Zollamtes. Die Brückenpfeiler, die den Verkehr im Höhenflug über das Wasser tragen. Die Hochhäuser und Bürotürme des Neubauquartiers endlich, die in der Blickachse zwischen dem Naturhistorischen Museum – darin die große zootomische Sammlung – und der Technischen Universität sichtbar werden, und alles hell erleuchtet. Immer hell erleuchtet. Die Scheinwerfer an, selbst unten auf der Straße, selbst die Wagenlichter während der Fahrt, dass es unmöglich wird, länger zu sagen, ob noch der Tag über der Metropole liegt oder bereits die grell ausgeleuchtete und an ihre Ränder verdrängte Nacht. Der Weltabgrund. Allein die Reflexion jenes Leuchtens am Himmel überkopf, der Bildbruch vor einem keine Farbe und keine Tiefe tragenden Horizont legt wie ein Filter etwas Trübendes über das Diorama einer blinkenden und glitzernden Stadt. Ihren Negativfilm gewissermaßen, die Ablichtung eines Lebens im Blendlicht, das sich zunächst nur als eine leichte Verfinsterung der Straßen und Gebäude und des Himmels darüber äußert. Als ein Schmutz ... als etwas Stockfleckiges auf den Mauern der Manufakturen und Fabriken, die allmählich in den Häuserzeilen entlang der Gürtelstraßen, an der Peripherie des Stadtkerns aus dessen prachtvoller Fassade ausbrechen. Dann prallt das Bild in der Tiefe für einen Augenblick auf seine eigene Spiegelung vor dem Horizont, mischt sich, und für denselben kurzen Augenblick, so scheint es plötzlich, zerschellt das Glas der Leuchtkörper in den Reklametafeln und Gebotstafeln, oder es ist nur deren Reflexion, und der Leuchtstoff, der bislang – wohldosiert – in seinen Reagenzgläsern und Kolben die Stadt erhellt hat, ergießt sich in einer lodernden Flut entlang der Straßen und Avenuen. Bricht sich an den Häuserfronten, ätzt sie blank, löst sie auf, dass ganze Blockbauten allmählich in der Säure untergehen wie die vertriebenen Eismassen der Polarmeere in äquatorialem Gewässer.

Du tust es schon wieder, sagt Beatrice und mit einem Mal fügt sich all das Zerbrochene, all das nur an der Oberfläche so Sinnlose zu einem lesbaren Ganzen … das große Feuer und Beatrices Allgegenwart, die Allgegenwart des Todes … die Einsamkeit in den Grundmauern des Spitals und die Angst vor den Ungeheuern, die neben meiner Matratze nisten, und all die Herausgeber und Journalisten und die Päpste eigener Krönung, die ganze letzte aller wünschenswerten Gesellschaften, die, was ihr unterkommt, zu geringfügigen Existenzen reduziert, gering und gefügig gemacht in den Ansprüchen … ein gegenseitiges Sich-Zunichtemachen, bis das Schweigen an den Rand der Sprache tritt, und eine Kultur des Stillhaltens, bis eine Literatur des Schweigens bereitwillig Platz macht für die Billigkeiten der Marktschreier und Herolde ihrer eigenen Mission …

Das ewige Feuer …

Ich verstehe die Parabel jetzt, sage ich zu Beatrice.

Es ist die Hölle, sage ich.

Es ist Wien, sagt sie.

Es ist Sartre, sage ich: Die Hölle, das sind die anderen.

Du kannst es nicht lassen, sagt sie und sieht mich mit einem Mal wieder tieftraurig an, und da ist etwas anderes, zugleich … da ist wieder jenes herablassende Begehren, jenes mitleidige Verlangen, die Hetaera Esmeralda, die mich ansieht und zugleich, so scheint es, wie ein Raubtier angrinst.

Die anderen, sagt sie, das ist die Wirklichkeit. Nur den Dichtern verkommt die Wirklichkeit zu ihrer ganz privaten Hölle … ein eigener Ort ist darin für sie reserviert: der Limbus, ein fernes, unerreichbares Licht und ein Horizont ohne Perspektive. Das ist die Strafe für ihr Vergehen …

Für die unzähligen Morde, die sie in ihrer todbringenden Kunst verübten, sage ich und Beatrice nimmt meine Hand, starrt mit mir hinaus auf die Weite der Stadt und in das Glühen der Sonnenscheibe, die unbeweglich in der Ferne einen niemals anbrechenden Morgen verheißt.

Nein, sagt Beatrice, das ist nicht das Verbrechen der Dichter.

Im Übrigen treffe die Verdammnis in den Limbus nur jene letzten Unbelehrbaren, flüstert sie, plötzlich nahe an meinem Ohr, und ihr Haar streichelt dabei meinen Hals … nur jene von Vorneherein zum Scheitern Verurteilten, die immer noch der Meinung seien, sie müssten an den großen Werken arbeiten. Die glaubten, sie könnten all der Deutlichkeit zum Trotz, mit der die Zeit ihre Zeichen setze, immer noch etwas von zeitloser Gültigkeit schaffen, etwas von Dauer … die uralten Erzählungen und Aventiuren von Liebe, Tod und Teufel … von der Flucht und von der Reise und von der Erkenntnis, dass da ein sinnvolleres Ende sein könnte, am Ende … eine Donquijoterie, deren Lehren sie aus ihren eigenen Worten nicht

zu ziehen verständen: dass jedes Ritterstück der Kampf gegen Windmühlen bleibe, und vergebens.
Darum verschanzten sie sich.
Darum bunkerten sie sich ein, sagt Beatrice und küsst mich während des Sprechens unentwegt auf den Mund, sanft zuerst und dann immer fordernder, nach und nach immer hungriger, die Finger, ihre scharfen Nägel auf meiner Brust und ohne Abstand plötzlich, ohne eine Grenze zu mir, dass ich ihre Zärtlichkeiten erwidern muss, um sie mir so wenigstens einigermaßen vom Leib zu halten.
Sie würden sich zurückziehen und eingraben, sagt sie.
Sie würden von trauriger Gestalt, gleich dem Vorbild, dem sie nacheiferten, gebückt, geduckt und arm ...
Je ärmer sie aber würden, umso mehr glaubten sie, schreiben zu müssen.
Sie sähen im Schreiben ihre einzige Hoffnung.
Die einzige Aussicht, die ihnen noch bleibe.
Sie verbrächten die Tage wie die Nächte vor ihren Bildschirmen, vor Papier und Schreibzeug, wortkarg geworden und nur noch mit der Leere vor sich kommunizierend, in die sie hineinschrieben ... eine Welt im Wort wiedergebend, bis ins letzte Detail, bis in die letzte Schlinge, die ihnen selbst fremd geworden sei ... je einsamer sie aber würden, umso verzweifelter schrieben sie, und je verzweifelter sie schrieben, umso mehr schrieben sie ... gegen ihre Ängste, gegen ihre Trennung von Familie und Freunden ... man würde sich wieder öfter treffen, wenn alles einmal geschrieben sei ... dann würde alles besser, und gegen ihre Unfähigkeit, noch länger in den Arm

zu nehmen, wenn nicht in ihrer Dichtung, und zu wärmen.
Noch anders berühren zu können als in ihrer Sprache.
Immer längere Bücher schrieben sie, sagt Beatrice und zieht mich langsam zu Boden.
Drückt mich auf das heiße Blech, dass es mir im Rücken brennt wie die Verdammnis, und kriecht über mich, immer wieder mit ihrem karmesinroten Mund auf mich losfahrend und an mir knabbernd, an mir herumbeißend.
Immer dichter knüpften sie ihre Geschichten, als den neuen Grund, auf den sie bauten, wo ihnen selbst der Boden unter den Füßen verlustig gegangen sei ... sie knüpften Handlungsfaden an Handlungsfaden, reihten eine Episode an die andere und immer weiter so, ohne die Aussicht darauf, mit ihren Erzählungen zu Rande zu kommen – das Ende ihrer Geschichten sei zugleich das Ende ihrer Geschichte.
Sie stiegen immer noch einen Stock höher, eine Stufe weiter hinauf in ihrem Elfenbeinturm von Lettern, Szenen und Zitaten, trieben ihre fiktionalen Gebäude in babylonische Höhen, wo die Tragfähigkeit der Zeilen und Erzählstränge in ihren Geschichten doch schon lange überschritten sei.
Nur diese Dichter treffe die Verbannung in den Limbus, sagt Beatrice und ist mit einem Mal in all ihrer Gewalt über mir aufgebaut, küsst mich immer noch, fingert an mir herum, streichelt mich und zerkratzt mir das Becken und die Schultern.

Das sei das erste und einzige Verbrechen all ihrer Geschichten, sagt sie: nicht was sie getan hätten, sondern was sie wegen ihrer Schreiberei nicht getan hätten.
Der Verzicht auf alle Annehmlichkeiten des Lebens.
Das Hintanstellen aller ihnen nahe stehenden und zugetanen Menschen.
Die Unbelehrbarkeit in ihrem Bestreben, auch als geringfügige Existenzen das Große wagen zu wollen. Die Größe nämlich sei ihnen versagt, die bleibe ihnen ebenso unerreichbar wie das fahle Licht der Sonne hinter dem Horizont, in ihrem Fegefeuer. Sie selbst hätten Schuld an ihrer Verdammnis in Kellerfundamente und Grundmauern: Das sei die Strafe für ihre Anmaßung.
Verstehst du jetzt, sagt Beatrice: Du bist deine eigene Hölle.
Sie beginnt vorsichtig damit, mich auszuziehen. Zerrt an meinem Gewand, bis da nur noch das glühende Metall der Dachverkleidung ohne eine Grenze an meiner Haut ist und sie selbst als ein unruhiger, als ein unablässig nach mir greifender und auf mich losfahrender Schatten, dahinter der blasse Himmel und der rote Lichtschein von unten, von der Stadt herauf über ihrem Gesicht, überall auf ihrem nackten Körper, in ihren Augen.
Und mit einem Mal lacht sie mich an, von oben herab, dass ich ihre Hauer sehen kann und die lange Reihe spitzer Zähne hinter ihren Lefzen, ihren heißen Atem, ihre gierige und wild im Rachen umherpendelnde Zunge, sonderbar lang und schmal, dieselbe unstillbare Wut dahinter zu erahnen wie bei unserer ersten Begegnung in

den Seiten des illustrierten Lexikons der Fauna und Flora Madagaskars.

Ich stemme mich zu ihr hoch und küsse sie, streichle Beatrices Brust und ihre Hüften ... wiege mich sanft darin.

Wieso tust du das alles, frage ich ... warum so viel Aufsehen um mich und weshalb so ein Katz-und-Maus-Spiel.

Ich habe einen Narren an dir gefressen, sagt Beatrice und fällt mir mit einer Zärtlichkeit, die ich ihr nicht zugetraut hätte, in den Nacken, tastet sich mit ihren Lippen vorsichtig an meinem Bauch und an meiner Brust hinab, und tiefer.

Wieso sei sie mir dann nicht schon viel früher um den Hals gefallen, frage ich.

Das sei nicht möglich gewesen, sagt Beatrice. Da sei immer noch etwas gewesen, was zwischen uns gestanden sei. Was sie mir vom Leib gehalten habe, bis zuletzt.

Mein Manuskript, sage ich.

Beatrice nickt. Sie kommt wieder hoch und kriecht bis vor mein Gesicht und sieht mir dann tief in die Augen, dass ich nichts anderes mehr sehen kann als wiederum ihre Augen, und das Feuer darin. Keine andere Perspektive mehr unter einem leer geräumten Himmel.

Warum endet die Geschichte dann immer noch nicht, sage ich. Wir sind doch schon längst jenseits des letzten Kapitels ...

Es liegt an dir, sagt sie und küsst mich mit ihren heißen, karmesinroten Lippen auf den Mund.

Du musst endlich lernen, loszulassen, sagt sie … deinen Kampf gegen Windmühlen aufgeben und dich fallen lassen, dich mir ergeben.
Aber wie soll ich das tun, frage ich.
Lass los, sagt sie noch einmal, und mir ist, als könnte ich in ihren Augen mich selbst gespiegelt sehen, und einen Raum ohne Fenster und ein ganzes Puppenhaus voller Glaspüppchen darin, jedes von ihnen ohne ein Gesicht, blass und kahl, die man auf ihren Rollwägen durch die Korridore karrt, und da ist die Kälte meiner eigenen Hände, die Bewegungslosigkeit meines eigenen Gesichts, so ungerührt, so steinern, so an sich selbst vergessen, wie mir plötzlich scheint, so jeder Erinnerung verloren an eine Zeit außerhalb der Anstaltsmauern und jenseits aller Luftschleusen und aussichtslosen Fenster.
Beatrices Haar fällt mir weich und warm auf die Stirn, dann beugt sie sich ein letztes Mal zu mir herab.
Ich müsse endlich loslassen, sagt sie noch einmal.
Ich solle endlich Papier und Schreibzeug zur Seite legen und mich ganz auf sie einlassen …
Ihrem Verlangen nachgeben …
Und, sie flüstert: Hör endlich auf zu schreiben.

Drucklegung gefördert durch den Literaturpreis
der Steiermärkischen Sparkasse.

© 2007 Leykam Buchverlagsges.m.b.H. Nfg. & Co KG, Graz

Alle Rechte vorbehalten
Kein Teil des Werkes darf in irgendeiner Form (durch Fotografie, Mikrofilm
oder ein anderes Verfahren) ohne schriftliche Genehmigung des Verlages
reproduziert oder unter Verwendung elektronischer Systeme verarbeitet,
vervielfältigt oder verbreitet werden.
Einbandgestaltung: Peter Eberl, Gleisdorf, www.hai.cc
Gesamtherstellung: Leykam Buchverlag

ISBN 978-3-7011-7589-5

www.leykamverlag.at